清張鉄道

1万3500キロ

文藝春秋

夜の締め切り前に戻ってくればよい日もあった。昼間、宇部線や小野田線に乗り、瀬戸内海を眺めたり、旧産炭地の街並みの変化をチェックしたりした。工業都市の岩国と徳山の間を、海岸線沿いの山陽線ではなく、山間部を走る岩徳《がんとく》線でたどる経験もした。そして、2009年に退職。この時点で、JR全線の45％ほどを走破していた。

思う存分鉄路旅ができる日々が来た。中国・四国から近畿、東海、関東。乗りつぶし路線は東へ東へと広がった。帰宅すると、鉄道白地図を塗りつぶし、走破区間と距離をエクセルに打ち込んだ。版図が広がる喜びである。それが、今回の研究の方法論につながった。

松本清張と最初に出合ったのは、映画『点と線』（1958年）であろう。小学4年生の私に筋はほとんど分からなかった。だが、鉄道少年は、タイトル部分で、特急「あさかぜ」が走る東海道、山陽、鹿児島の各線と停車駅が文字通り、点と線になって表されていることに感動した。

1971年の就職後、初期のミステリーものを結構読んだ。そのうち、ストーリーよりも日本各地の風景を描いた部分が印象に残るようになった。自分も見たいと思った。絵葉書的な景色ではなく、様々な場所で働く人々が背景にいる寸描である。山田洋次監督の映画を見た時も膝を叩く感じだったのが、『男はつらいよ』の冒頭やエンディングで出てくる、地方とそこで暮らす人々の姿である。

私の乗り鉄行脚も、車窓から日本の今をまぶたに焼きつけたい、という思いがあった。

清張に引きつけて言えば、作品に描かれた風景を見つけようと、車窓にかじりついていた。旅から帰って、印象に残った風景を作品で再確認することもあった。

自分の乗り鉄経験と清張の世界をもっと近づけたくなった時、「清張世界を読む乗り鉄」、しかも「完乗」をしたくなった。それが、この研究に挑んだ最大の動機である。研究は、私のJR走破旅が終わってから始まった、とつくづく思う。

研究の手順は以下のようになる。

第1に、乗り鉄場面がフィクションとして出て来そうな作品を可能な限り読む。登場人物たちが鉄道乗車する場面をことごとく拾い出す。時代物や評伝、ノンフィクションを除く320編を読んだ。

第2に、登場人物が乗った駅、降りた駅、その間のキロ数を一覧性のある表にする。そして、作品発表順に並べ直す。最初はデビュー作である『西郷札』、最後は死去後に刊行された『犯罪の回送』ということになる。

第3に、その一覧表のうちから、最初に登場した線区・駅間を抽出する。東海道や中央、山手、東北など繰り返し登場する線区が多数あるが、2回目以降はカウントの対象外とする。そうすると、最初に乗った線区だけが、日本列島の鉄道地図の中に次第に浮かび上がり、広がりを持ち始める。

本研究ではこれを「初乗り路線」または「初乗り区間」と呼ぶ。「初乗り」を発見、確

目次

カバーイラスト　モリナガ・ヨウ
装幀　鶴丈二

清張鉄道1万3500キロ

終わりからの始まり

２０１３年４月17日14時15分、私は福井県の白山山系の谷間にある越美北線九頭竜湖駅《くずりゅうこ》に降り立った。残雪の谷間だった。目標としていたＪＲ全線（この時点で１万９９８１・８キロ）を乗りつぶした瞬間である。１両編成のディーゼルカーは、18分停車で引き返す。沿線の大野盆地は春爛漫だった。「鉄ちゃん」と呼ばれる人種の中で、私は「乗り鉄者」と自称する。田起しが進む風景を眺めながら、乗り鉄人生を振り返った。

幼いころから、列車の窓側席に座ると、いつまでも、どこまでも乗っていたいと願う鉄道少年だった。だが、旅をするのはせいぜい九州内。金がなかった。新聞記者になってからはヒマがなかった。40代終わりごろから、ようやくチャンスが巡って来た。取材競争の最前線を離れ、自分がいなくても紙面はできるという現実を噛みしめるようになってからだ。年に何回かある九州から東京への出張の帰りに浮気を始めた。例えば……。

羽田に向かわず、上野駅へ行く。長野行きの特急に乗り、東北、高崎、信越各線の車窓を見る。おかげで在来線の碓氷《うすい》峠越えを体験できた。長野で中央線の名古屋行き特急に乗り換え、木曾川や駒ヶ岳を眺める。名古屋からは新幹線だ。午後の便に乗る時は、東海道線で藤沢まで行き、江ノ電で鎌倉へ回る。大仏を見上げたり、参道を歩いたりした後、大船から根岸線回りで横浜に至り、京急線へと乗り継ぐ。蒲田で乗り換え、羽田を目指す。

50代、山口総局長という時間の融通がきくポストに就いた。朝一度職場に顔を出した後、

定することこそ、私が最も情熱をかけ、かつ苦労した部分である。それらをつなぎ合わせると鉄道網、言い換えれば「清張鉄道会社」の路線図になる。作品が発表された年次にいくつかの節目を作ると、路線の拡大プロセスがより明瞭に見えて来る。清張ファンに示し、ともに味わいたいと考えるのである。

清張鉄道の初乗り路線を経年的に見る意義を示したい。

（一）作品舞台がどのように広がって行ったかが一目瞭然である。彼は九州出身で、当初は九州がよく登場した。登場人物の足跡は次第に北へ東へと広がり、早い時期に信州のほぼ全線を乗りつくした。東北や北海道にも足を踏み入れたが、一転して登場人物を中国山地や近畿圏に足しげく通わせる時代もあった。

（二）乗り鉄の結果として数多くの車窓風景が登場する。清張が作家活動を始めた時期、日本は戦後から成長期へ移ろうとしていた。ベストセラー作家としての名声が不動になるころ、経済成長はより急ピッチになった。農漁村に工場ができ、大都市は急激に膨張した。清張の初乗り描写はそれらをいち早く捉えている。

（三）彼が描く車内や駅頭には、老若男女様々な人がいる。金持ちから貧しい人々まで階層も多様である。登場人物はリアリティを持っている。善人か悪人かというよりは、煩悩に苦しみ、躓く人々が圧倒的に多い。それは戦後を生きた庶民の姿である。作品を積み重ねていくと、様々な庶民を描いたモザイク画を見ているような気になる。

前口上を切り上げる前に、表現、表記のルールを示す。

人を乗せる鉄道といっても様々ある。旧国鉄は１９８７年、分割民営化され、主要路線の多くは、６つの旅客会社（北海道、東日本、東海、西日本、四国、九州）、いわゆるＪＲに生まれ変わった。だが、地方の赤字線は自治体と民間が運営する第３セクター（公でも、民でもないという意味。以後、３セクと略す）になったところが少なくない。地方自治体からも敬遠された線区は、廃線に追い込まれた。清張が作品中に登場させた線区が現在は３セクや廃線となったところが結構ある。初乗り探しの旅は、地方路線切り捨ての確認作業にもつながってくる。

本研究では、旧国鉄、ＪＲ、３セクとその廃止区間を１つのグループ、もう１つのグループを私鉄とその廃線区間として別々にキロ数計算する。私鉄は狭い地方に散発的に展開されるが、旧国鉄とＪＲは全国的にネットワークされており、広がって行く清張鉄道の醍醐味はここでこそ味わえるからだ。路面電車はまぎれもなく鉄道なのだが、研究の対象から外した。大部分が都電なので、東京、それも１９６４年の東京五輪以前の地理に疎い私には解説ができない。それをまとめるのにふさわしい人に託したい。ただし、作品に登場する場面は紹介する。また、外国での乗り鉄も、数は多くないので書き残した。

鉄道、特にＪＲの駅間距離は、時刻表を見ていただければ分かるように営業キロと呼ばれる。運賃計算の基になるものだが、実測した距離と違うことが少なくない。その理由は、

「運賃収入を減らしたくない」「煩雑な精算事務を省きたい」など、概してＪＲ側の都合が反映している。営業距離は不変ではない。曲がりくねった区間をトンネルや鉄橋工事で直線にすればその分短くなる。だが、清張作品の発表時期の時刻表で計算するのは最早困難である。距離は２０１７年４月の時刻表に出ているものである。ただし、北陸本線の敦賀―今庄間だけは例外とする。清張作品が多数出て来る時期の真っ只中の１９６２年に「北陸トンネル」が開通した。その意味合いが大きいためである。また、広く呼ばれている線区だが、登場しない例がある。例えば、京浜東北線は東海道か東北のいずれかの線になる。一方、名古屋とそこから２つ東京寄りの金山の間３・３キロは東海道線、かつ中央線なのだが、そうした特異な場所は複数ある。それらの由来の説明は「ＪＲの都合」ということで勘弁してもらいたい。

年号は、原則西暦とし、下２桁にする。元号は必要に応じて使う。作品引用にあたっては、「松本清張全集」（文藝春秋）に準拠した。全集に収録されていない作品は、他出版社の文庫本等からのものである。加筆や直しをすることが多かった作家だったと聞く。版を重ねる際に直しが入ったかもしれない。出版社と版を各章扉裏に明記する。

駅名は時代の変遷で変わったものがある。できるだけ現在のものにし、古い駅名は注を付けるよう心掛けた。だが、作品からの引用の際には、その原則が揺らぐ。韓国の地名はルビ抜きの漢字を多用したが、ソウルについては引用箇所以外、植民地時代に日本が押しつけたとされる京城を避けた。

作品発表順をどう決めるか。短編の場合は問題ないが、長編連載の場合同じ時期に重なり合っている。先に始まったものが、より遅くまで続くことは少なからずある。年をまたぐものはもちろん、足掛け3年に及ぶ長編もいくつもある。本研究では、最終回が掲載された新聞・雑誌の日付・月号を発表順の根拠とした。これもまた、全集の年譜に従った。

苦労したのは、初乗りの認定法である。乗降駅がそれぞれ具体的に示されている場合は問題ないが、片方だけしか書かれていない例もある。また、「京都から東京へ帰った」という表現では、本当に鉄道に乗ったのか、という疑義が生じる。前後の文章の流れを勘案しながら判定するしかなかったのだが、厳しかったり、甘かったり、二重基準だと批判されるかもしれない。引用する解説者たちの敬称は略した。線区名から「本線」という言葉を避けたのは、一字でも短く表現したい新聞界の慣習を踏襲したためである。

「初乗り」という言葉を多用する。文章が一本調子にならないよう、「一番乗り」「初登場」と言い換えた箇所が多いが、意味は同じことである。一方、既に乗った区間のことを「既乗区間」と呼ぶ。読み進むにつれ、違和感は解消していただけると信じる。

発車のベルが鳴り始めた。初乗り場面のある延べ134作品の中で、旧国鉄、JR、私鉄を合せて1万3500キロの旅になると予告する。一覧表や地図も適宜読んでもらえば、旅への興味が深まるだろう。（ただし、各章末尾の地図は、その時点の国鉄・JRの路線図の一部ということではない。廃線になった部分も含まれており、清張作品の鉄道の「総和」である。）

第1章

明治一二一年の陸蒸気

（1951年3月〜1955年11月）

本章に登場する作品

西郷札（全集35巻9刷）
火の記憶（全集35巻9刷）
或る「小倉日記」伝（全集35巻9刷）
青春の彷徨（『共犯者』新潮文庫3刷）
湖畔の人（全集35巻9刷）
大臣の恋（『憎悪の依頼』新潮文庫62刷）
ひとり旅（『延命の負債』角川文庫1刷）
恐喝者（『共犯者』新潮文庫3刷）
断碑（全集35巻9刷）
赤いくじ（全集35巻9刷）
父系の指（全集35巻9刷）
青のある断層（全集35巻9刷）

（細字は初乗り場面なし）

延岡への道

日本の鉄道の始まりは、1872（明治五）年10月14日、新橋（後の汐留貨物駅）と横浜（現桜木町駅）間の開業である。松本清張の世界に初めて鉄道が登場するのは、その7年後の話として書かれた文壇デビュー作**『西郷札』**の中になる。主人公はやはり新橋―横浜間に乗る。国内初の鉄道線区を初作品に登場させた。鉄道の開業と作家のスタートが重なっている。偶然というべきか、当然と見るべきか。後の作品群で鉄道乗車の話が多数出て来ることを予告しているかのようだ。

『西郷札』は、1951（昭和二六）年3月、「週刊朝日別冊・春季増刊号」に掲載される。「週刊朝日」の懸賞小説に応募して3等に入り、直木賞の候補作にもなった。以下のような粗筋である。

――新聞社勤務の私は、「九州二千年文化史展」の企画チームに入り、国宝など出品史料の収集を進める。「西郷札」の出品申し込みがあり、それは何かと調べると、西南戦争の際、西郷隆盛軍が発行した軍票であると分かる。続いて、西郷札とともに、1879（明治一二）年に書き残された旧佐土原藩士樋村雄吾の覚書が届いた。それを読んだ私は、何か書こうと思い立つ――

朝日新聞西部本社（北九州市小倉北区）の広告部で働いていた清張自身を等身大に見せながら話が進む。

――西南戦争で西郷軍に入った雄吾は和田峠（宮崎県延岡市郊外）の戦闘で負傷し戦線から離れた。戦後、上京する。継母の娘である義妹季乃は明治政府の官僚塚村圭太郎と結婚していた。紙問屋の幡生粂太郎と知り合う。粂太郎は、薩摩軍敗北で紙屑と化した西郷札が、押し付けられた人々の救済のため、新政府によって買い上げられると見て、雄吾、季乃兄妹の伝手で塚村に働きかける。だが、塚村は妻と義兄の仲を疑い、嘘の情報を流す。雄吾と粂太郎は宮崎に出向き、西郷札を買い占めるが、買い上げは行われず、粂太郎は身代をつぶす。雄吾は塚村に一太刀浴びせようとするが――

庶民は官の力を利用して一儲けを企む、権力者の意地悪が庶民を破滅に追い込む、という構図は、清張作品に繰り返されるテーマとなる。西南戦争の戦況の推移にも行数を割き、歴史小説群の嚆矢となっている。西南戦争といえば肥後の熊本城包囲戦や田原坂の死闘がよく語られるが、日向でも激戦が続いた。清張は地名や西郷軍の動きを細かに書く。ノンフィクションのような筆の運びである。雄吾と粂太郎の日向入りもリアリティがある。

《雄吾と粂太郎は横浜まで汽車でゆき、横浜から郵便汽船に便乗して神戸に上った。ここから別の便船を求めて瀬戸内海を西へ西へと航行した》

《船は諸所に寄港してやっと臼杵《うすき》港に入り上陸した。ここから馬車また馬車に乗り継ぎして十日余を費して東京からの旅を終った。
　宮崎についたときは、明治十二年の秋の深いときであった》

引用した二つの文章を読むと、当時、東京から宮崎に向かう際、速くて、疲れない旅とはこういう乗り物とルートだったのか、と目を開かされる。延岡はいったん通りすぎて宮崎に入った、と読み取れる。乗車駅がどこだったか書かれていないが、2人は東京の中心部で生活していたという記述をもとに新橋と判定する。今の時刻表で言えば、東海道線新橋―横浜26・9キロと根岸線横浜―桜木町2キロの計28・9キロ。清張世界の鉄道の第一歩である。

　どのような車窓風景が広がっていたのか、乗り合わせたのはどんな人たちだったのか、駅頭の賑わいぶりはいかなるものだったのか。それらは書かれていない。だが、デビュー作から登場人物たちの足跡を書かずにはおられない清張の作風に注目したい。

　大分県臼杵市は、豊後水道に面した港町である。近世以降、瀬戸内海海運の西のターミナルであったことは、街を歩けば今も実感できる。醸造業の野上弥生子の生家が象徴的なのだが、堂々たる商家造りの家が並び、寺も多い。雄吾と粂太郎は、臼杵から延岡に行く際、今の国道10号沿いに宗太郎峠という県境の山を越えたのだろうと眼に浮かぶ。細かに書きこむ時はそれを徹底するという清張の文章上の特徴を思い知らされるくだりである。

　明治時代に瀬戸内海から船で延岡入りする旅は、夏目漱石の小説『坊っちゃん』にも登場する（注1）。うらなり君こと古賀先生が松山から延岡に転勤する場面だ。待遇改善を願い出たところ、赤シャツの企みに遭って、僻遠の地に飛ばされるばかりかマドンナまでも奪われる。坊っちゃんは驚く。

《延岡と云へば山の中も山の中も大変な山の中だ。赤シヤツの云ふ所によると船から上がつて、一日馬車へ乗つて、宮崎へ行つて、宮崎から又一日車へ乗らなくつては著けないさうだ。名前を聞いてさへ、開けた所とは思へない。猿と人とが半々に住んでる様な気がする》

宮崎市に2回、計7年近く勤務した私としてはストンと胸に落ちない文章である。太平洋に面した南北に長い県土を思い浮かべてほしい。延岡―宮崎間は単調な海岸線が続き、天然の良港は細島港（日向市）だけである。松山を出たうらなり君一家は、八幡浜辺りから船で豊後水道を渡るのが普通の行き方である。その場合、臼杵に向かうのが一番自然だ。細島は外洋に出る航行上のリスクが伴う。

赤シャツの言葉通りであれば、宮崎よりさらに南の油津港（日南市）辺りに上陸したことになる（地図A参照）。でなければ、「馬車で宮崎まで一日、宮崎からまた一日」という条件を満たさない。漱石は宮崎の地勢や交通事情に疎かったのか、分かっていながら話を面白くしたのか、そこは分からない。ついでに言えば、延岡は「山の中も山の中も大変な山の中」ではない。五ヶ瀬川と北川の河口に開けた城下町である。

『坊っちゃん』の揚げ足取りをするつもりはない。漱石も清張も、いや多くの文豪、巨匠がそうなのだが、話の本筋から外れたちょっとした支流の部分でディテールを書き込み、

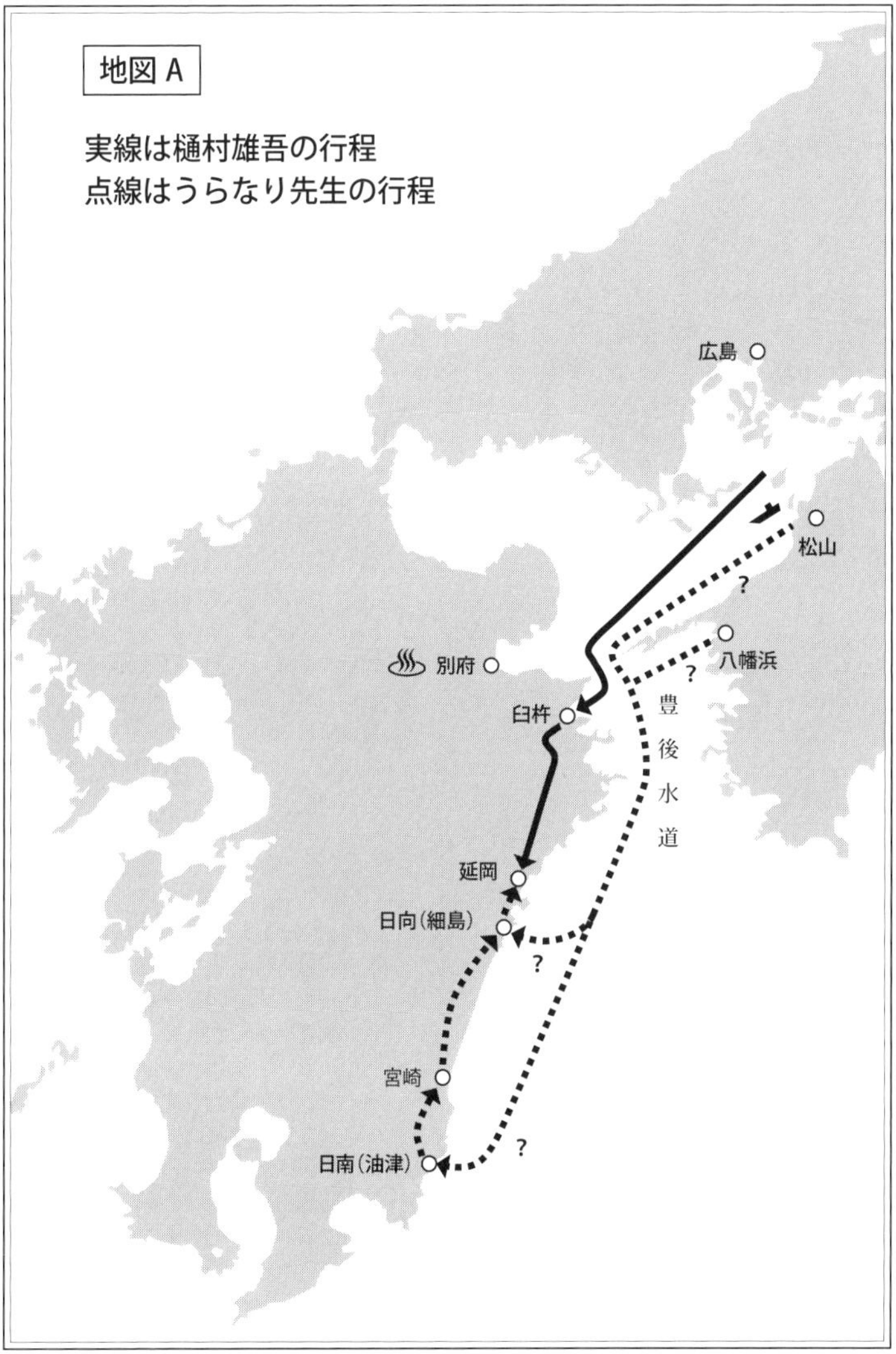
地図 A
実線は樋村雄吾の行程
点線はうらなり先生の行程
広島
松山
?
八幡浜
?
別府
臼杵
豊後水道
延岡
日向(細島)
?
宮崎
?
日南(油津)

その味付けが主流を読ませる推進力、ポテンシャルになる。清張の場合、ディテールの対象の一つがデビュー作から、人が移動する時の交通手段だったのだ、と思う。

清張は毎日新聞に『私の小説作法』というエッセイを寄稿している（注2）。「文章」の項で「平明で簡潔なものを志したが、（略）文章は筋運びのためのみにあるのではないから、部分的な描写には、細緻な文章になるよう努める」とある。なるほど、登場人物の容貌、着衣、経歴、住まいはもちろん神社仏閣や工芸品、絵画などでもディテールを書き込んでいる。話の筋運びとディテールのコントラストが強く、読者が筋を追うことに疲れたところで、口直しの飲み物を出されるような快感を覚える。

母と子のいる風景

52年3月の「三田文学」に、『記憶』（『火の記憶』に改題）が発表される。子どもの頃に両親を失った高村泰雄は母親が不倫していたのではないかという疑念を拭えない。母が残していた古い葉書を頼りに東京から九州の炭鉱町へ行く。犯罪容疑者の父親を追っていた刑事との間に男女の仲があったと確信する。高村と結婚した頼子の兄も、自分なりに経緯を推理する。乗り鉄論的に重要なのは、次のくだりだ。

《僕は東京を出発して九州に向った。N市は僕の生れた土地B市から汽車で二時間ばかりで、筑豊炭田の中心地だった。僕がN駅に降りたのは二十五時間の車中の後だった》

かつての筑豊炭田は、直方《のおがた》、飯塚、田川の3市が正三角形の頂点を占め、辺に相当するのは筑豊、伊田（今は3セクの平成筑豊鉄道）、後藤寺の国鉄3線であった。飯塚、田川を流れる2つの河川は、直方で合流して遠賀川《おんが》となる。石炭の大消費地である北九州工業地帯へも近く、昭和二〇年代、直方は筑豊の表玄関という風格があった。

N市は直方と断定してよいだろうが、傍証を挙げる。後述する『大臣の恋』でも相手の女性は直方にいた。また、清張の自叙伝『半生の記』には、結婚を考えた女性が直方と飯塚の中間にある幸袋《こうぶくろ》にいた、と書かれている。自らの貧しさゆえにあきらめたとあるが、直方という地名に想を得やすいものがあったのかもしれない。

この旅を時刻表に落とすと、東海道（東京―神戸589・5キロ）、山陽（神戸―門司534・4キロ）の両線すべて、鹿児島線の門司―折尾24・6キロ、筑豊線折尾―直方14キロの計1162・5キロになる。ただし、東海道線の新橋―横浜26・9キロは、『西郷札』で樋村雄吾が乗っている。従って、清張の作品群の中で、『火の記憶』の高村が一番乗りした区間は1135・6キロとなる。

清張作品中の鉄道乗車区間と距離をカウントするのは、膨大な登場人物たちの中の誰が最初にその線に乗ったかを調べることでもある。清張の側からすれば、初めて書いた区間、距離ということになる。ぴったりした言葉が見つからないのだが、本研究では「初乗り」のほか、「一番乗り」「初登場」といった言葉を多用することは既に述べた。タクシー料金のイメージと重なるが、すでに乗ったところは「既乗区間」だし、どの登場人物も乗っていなければ「未乗区間」と呼び分けしやすい。既乗と初乗りを合わせて「踏破区間」という呼び方もする。

こう書くと、「それでは初期の作品の登場人物は初乗りを果たしやすいが、時代が下った作品の登場人物は初乗りできる区間が少なくなっていて不利になる」と思われるかもしれない。まったくその通りである。東海道、東北、中央といった線区は繰り返し登場する。60年代になると、登場人物は北海道、四国や僻遠の地の支線に行かなければ初乗りの認定を得られなくなる。これは私自身の乗り鉄経験でもある。

題名の『火の記憶』とは、帰京のためN市から夜行列車に乗ったところ、ボタ山で真っ赤な火が燃えているのを見て、幼児期、母親、元刑事と共に見上げた光景と同じだと気付いたことに由来する。ボタ山とは、石炭を採った後の岩石を積み上げてできたピラミッド状のもので、残った石炭が自然発火することがある。

《車窓の闇の中をボタ山の火は次第に遠のいて行った。その火はあたかも僕の母に対する永年の疑惑の確証のようであった。僕は頭に血が一時に上り、汽車の窓枠を力一杯摑んでゆすった――》

夜汽車の窓辺。後の作品に比べれば、少し情緒過多で、ぎこちなさも感じる。しかし、車窓に登場人物の心象を反映させるという手法が早くも2作目から登場することは押さえておきたい。心の内を描くのにいたずらに字数を重ねるのではなく、風景に託すことで簡潔に伝える効果をあげている。

52年9月の「三田文学」で、『**或る「小倉日記」伝**』が発表され、芥川賞（52年下半期）を受ける。

――1909（明治四二）年に生まれ、福岡県小倉市（現北九州市小倉北区）で育った田上耕作は頭脳明晰だが、生まれつきの難病で障害者に似た差別を受ける。軍医でもあった森鷗外が小倉時代に書き残したものの所在不明になった日記の空白を埋めようと、ゆかりの人々から聞き書きを進める。母ふじが寄り添った。耕作の病気は進み、貧困の中で、昭和二五年に死去する。その直後、小倉日記が見つかる――

耕作の人生は無意味ではなかった、という読後感が残る。

取材を進める中、田上親子は福岡県南部の柳川町（現柳川市）へ行く。水郷の城下町であり、北原白秋の生地として知られる。

《二人は汽車に乗った。もう、その頃は戦争がかなり進んでいた。汽車の窓からみる田舎の風景も、農家の殆どの家が、『出征軍人』の旗をたてている。車中の乗客の会話も、戦争に関連していた。

小倉から汽車で三時間、久留米で下りて、更に一時間ほど電車に乗ると柳河（注3）に着いた。有明海に面し十三万石のこの城下町は近年水郷の町として名を知られてきた。道を歩いていても柳を岸辺に植えた川や濠が至るところに見られたが、町はどことなく取り残された静かな荒廃が漂っていた》

鉄道図で確認しよう。鹿児島線の小倉から久留米までは、１０２・９キロ。小倉―折尾間は『火の記憶』の高村泰雄が乗っているので、折尾―久留米83・8キロが田上耕作の初乗り部分になる。電車とは西鉄天神大牟田線の西鉄久留米―西鉄柳川19・8キロである。

汽車の窓から見える「『出征軍人』の旗」が、さりげない描写だが、効いている。国家の非常時であれ、生きる情熱を燃やせるものに傾倒せずにはいられない親子の心情が行間に読み取れる。『火の記憶』で夜汽車の車窓が出て来たが、より磨きがかかった表現ではなかろうか。

駅を降りた時の第一印象が出て来るのは、この作品からである。短いが、読むものは容易に情景を浮かべることができるだろう。ディテールを書き込むことに冴えを見せる清張だが、優れたデッサン力があってのことだと知らされる。

田上親子は柳川で目指す人をなかなか探し当てられない。

《二人は道端の石の上に腰を下して休んだ。そこにも濠が水を湛《たた》えていて、向い岸の土蔵造りの壁の白さをうつしていた。空は晴れ渡り、ただ一きれの小さな白い雲が不安定にかかっていた。それは妙に侘しいかたちの雲だ。見るともなくそれを見ていると、耕作の心には、また堪え難い空虚な感がひろがってくるのだった。こんなことを調べてまわって何になるのか。一体意味があるのだろうか。空疎な、他愛もないことを自分だけが物々しく考えて、愚劣な努力を繰り返しているのではないか。――

ふじは横に並んでいる耕作の冴えない顔色を見ると、可哀想になってきた。それで引

き立てるように自分から起ち上り、

「さあ、元気を出そうね、耕ちゃん」

と歩き出した》

本研究では、清張の描いた日本各地の風景のうち、車窓や駅前風景については論考の対象とする。だが、風景一般にまでは広げないつもりだ。収拾がつかなくなるし、清張の風景論自体で立派な研究テーマになると考える。ただ、濠端の親子の描写は、情景と心象を重ねる手法でも初期作品中の白眉だと思って紹介した。

清張は後年、風景、心象ともっと短く、抑えた表現を目指すようになったと思う。

東京を離れて

『死神』(「週刊朝日別冊」53年6月。『**青春の彷徨**』に改題)は、木田という25歳の男と21歳の佐保子が、佐保子の父に結婚を反対されたという書き出しで始まる。2人は阿蘇山の火口に投身しようと九州行きの列車に乗った。
《いよいよ出発の晩は、しめしあわせて落ちあって男の行きつけのホールで二人で踊った。酒も飲んだ。発車近くに東京駅にかけつけて、列車が動きだして、しだいに東京の灯が後ろに走り去ると、木田も佐保子も、はじめて涙を流した》
清張の鉄道世界に登場する最初の道行である。

《京都と大阪で降りて遊んで、熊本に着いたのは五日めぐらいであった。
阿蘇に行くには、熊本から豊肥本線というのに乗りかえる。
列車はたえず山に向って勾配をのぼった。渓流がある。滝がある。小さな駅をいくつか過ぎた。さんりぎ、ひごおおづ、という駅々の立札を読みながら、木田と佐保子とは、ようやく死地に近づきつつある思いをした》

　駅名は三里木、肥後大津である。ただ、実際の沿線風景とは異なる。渓流や滝があるのは肥後大津から阿蘇の外輪山に切り込んでいく辺りである。それまでは、当時ならのどかな熊本平野を走っていた。目につくのは加藤清正が整備させたという杉並木で、三里木とは熊本城から豊後街道の一里ごとに植えた巨木の所在地に由来する。

　若い男女は阿蘇山登山口の坊中《ぼうちゅう》（現阿蘇）で降りて火口に登るが、怖くなる。大分県の名勝、耶馬渓へ行き、山に分け入っては心中しようかどうか、と生と死の間を彷徨する。しかし、以前に同じ場所で心中した白骨遺体を見て急に震えが来た。

　木田と佐保子の乗車区間はまず東京―熊本１２９３・３キロだが、久留米までは田上耕作らが踏破している。初乗りは久留米―熊本82・7キロである。豊肥線熊本―阿蘇49・9キロも一番乗りになる。

　熊本平野の車窓風景に疑義を示したが、同様なことは他の作品にもある。清張が１９７６年、「小説推理」（11・12月号）で五木寛之と対談した際の言葉に注目したい。
《『ゼロの焦点』では能登を舞台に使ったけれども、取材に行ったわけじゃない。それも書くより前に、普通の旅行で行ったことがあり、そのときの印象を想い出して書いたんだね。だから、ぼくが行ったときと較べて、道順も鉄道の便も変ってはいるけれど、大抵二度目に行ってみると、印象も興味も一度目のときより薄らいでいる。だから、下調べのためにもう一度行くというのは、ぼくの場合には合わない》（注4）

清張の作品には多数の鉄道乗車場面が出て来るし、車窓風景が描かれる。作品執筆のたびに確認の旅行をしていたら、締切日を守れなくなるだろう。

清張の言葉からは、やはり乗った区間が書きやすいということがうかがえる。初期の作品で、長年住んだ九州が舞台になることが多い理由につながってくる。

『湖畔の人』（「別册文藝春秋」54年2月）は、長野県の諏訪湖一帯の風景が主人公の心象と重なっている。

――49歳で記者の矢上は最後の勤務地となるであろう上諏訪通信部へ下見に来た。高冷地らしい湖に心惹かれる一方、父徳川家康に疎まれ、反抗するような生き方もし、この地に流された松平忠輝のことを知った。忠輝に付き添い、この地に根を下ろした家来たちの凛とした生き方を思うにつれ、自分も前向きに生きようという気持ちになる――

風景描写が精緻である。

《矢上は寝がけに湯に入った。浴場の窓からもやはり対岸の灯が見えた。

炬燵はあったが、夜中に蒲団の下の肩が冷え込んで寒かった。山国の冷気だった。

翌朝、矢上はAと二人で踏切を越えて諏訪湖の岸に出た。湖水は明るく、深味のある色ではなかった。昨夜、灯を見た下諏訪《しもすわ》の町が細長く対岸にあった。背後の山なみの間に、穂《ほ》高《だか》の白い姿が挟まれていた。湖面に三、四艘の小舟があった。

城址はせまかった。石垣だけだが、濠には小さな橋がかかっていた。欄干にのせた擬《ぎ》宝《ぼ》珠《し》が、いかにもこの小造りな城あとに似合った。

高地に上ると、湖面一帯の展望があった。矢上は腰を下して眺めた。

彼は見ているうちに、次第にこの湖水が好きになった。このような高原盆地に湛えられた水の静止の姿が、心に合うのであろうか。湖面の寂しさも、明るさも、好ましかった》

矢上は世渡りが下手で、忠輝同様どこに行っても人に好かれないと思う。似たような殿様に仕えていた家来はどんな心境だったのか。栄達に縁遠い者たちへの時を超えた連帯感が矢上に芽生えて来る。40歳を過ぎて作家デビューし、それでも文筆家として生きて行こうという清張の心境が反映されているように思える。

乗り鉄場面だが、多分東京から来て東京へ戻ったのだろうが、はっきり書かれていない。中央線は今後もよく出て来る線区である。フォーカスが絞れた作品に一番乗りを譲らせたい。ただし、上諏訪通信部管内の東端、富士見駅から上諏訪駅まで中央線に乗ったことは明示されており、この19キロは初乗りと認定する。

『**大臣の恋**』（「週刊朝日別冊・中間読物号」54年4月）は、国務大臣になった元大蔵官僚の布施英造が、門司税関勤務時代の初恋の人、園田くに子に会いたいと願う話である。『火の記憶』の項でも触れたように、くに子は筑豊の直方市に住んでいたが、還暦前なのに身持ちが悪かった。夫から刺され、事件は新聞に出た。直方へ遊説に来ていた布施はそれを読んでどう思ったか。

若いころの布施は、同僚の妹であるくに子を訪ねて玄界灘に面した遠賀郡の漁村へ行く。架空の地名だが、現在の岡垣町波津《はつ》のことと見られ、駅で言えば鹿児島線の海老津になる。文中では門司から汽車に乗ったとあるが、大正時代という時代設定なので、現在の門司港駅を指す。山陽線の関門トンネル開通（42年）まで、門司港駅が門司を名乗り、今の門司駅は大里という名前であった。布施が乗った門司港―海老津39・4キロのうち門司港―門司5・5キロが布施の一番乗りとなる。

大臣の回想に門司港はこう描かれている。

《布施英造は学校を出たばかりで門司《もじ》の税関に回された。事務所の窓からは始終、せまい海峡に窮屈そうに出入りする外国船が見えた。洋菓子のように甘い色をした綺麗な外国船の煙突が眼を瞠《みは》るように美しかった。今から考えても、過ぎた青春の象徴のようだった》

列車に乗る自画像

『ひとり旅』（「別冊文藝春秋」54年7月）は、後に書かれる自叙伝『半生の記』を先取りしたエピソードが含まれる。清張自身、終戦後の生活難の中、箒を問屋に売り込むため西日本各地を回っていた。

――田部正一は大分県の奥地でできる熊手や竹籠を問屋に売り込む仕事をしていた。夜行列車を乗り継ぐ味気ない旅ばかりだった。琵琶湖を望む大津駅前の食堂で男女が仲良くしていたのを見て、仕事をやめる。名古屋の無尽会社で働きだし、洋裁店経営の女と親しくなり、不正貸付けをする。ばれそうになり、2人で九州へ死出の旅に出る。博多―熊本間でかつての自分のように働いている男を見て、かえってうらやましく思えた――

初乗りとしては、中国地方での問屋回りが終わり、日豊線で小倉から大分へ夜行で戻る場面がある。小倉―大分132・9キロは田部が初乗りした。大阪の天王寺で注文を取り、京都の東本願寺の横の店を訪ねる際、天満から京都へ向かう場面もある。京阪電鉄の天満《てんま》橋《ばし》から乗り、少なくとも近鉄との乗換駅である丹波橋《たんばばし》までの40キロを一番乗りしたと判断する。さらに、大津から電車に乗って比叡山の東麓にある坂本で宿に入った。京阪石山坂本線の浜大津―坂本7・4キロも初乗りである。

博多から南下する際、熊本までは『青春の彷徨』で乗りつぶされているが、鹿児島線の熊本―八代35・7キロと肥薩線八代―人吉51・8キロは田部と愛人が一番乗りと見る。

未明の広島に着いた時の描写が印象的だ。47年の早春のことである。

《駅前には屋台の飲食店がならんで、たき火をして駅の客を寄せていた。燃えている火の色が煖《あたたか》かった。田部は火の傍で、うどんを喰べた。喰べ了ったら、そこを離れねばならない。食っている間だけの席だった。町に足を運んでみたが、どこも深夜のように戸を閉《とざ》している。田部は寒いので前の場所にもどり、また火の傍に坐ってうどんをとった。

そこから朝の始発の電車が出た時は、ほっとした。どこでもよいから行って、早く明るくなるのを待ちたかった。

着いたところは宇品《うじな》であった。海に突き出たところに小さい丘があった。ここまで来ると潮の匂いが強かった。（略）

夜のあけた景色は急に忙しいように田部に見えた。工場勤めの人が流れていた。四国通いの船着場にも多くの人間が群れていた。小舟や小さい汽船が動いていた》

終戦の時、被爆地広島は国破れて山河さえ焼き尽くされていた。だが、1年半経つと、衣食住が逼迫する中でも民草は生き延びていた。誰に助けてもらうでもなく、頼りは自分自身である。清張の気持ちも伝わってくる。広島電鉄が路面電車登場の第1号である。

『脅喝者』（「オール讀物」54年9月。『**恐喝者**』に改題）もまた九州が舞台である。前年の「二八水害」で筑後川が氾濫、K市（福岡県久留米市のこと）の拘置所も浸水する混乱の中、受刑者の尾村凌太は逃げ込んだ家で若妻と一緒に流される。水の中で意識を失った若妻は自分が犯されたと思う。１年後、九州の山奥のダム工事現場で尾村は作業員として働き、女は電力会社の幹部社員の妻として来た。女が自分を恐れていることを知った尾村は金をせびり出す。

ダムの場所はこう書かれている。

《九州の西海岸の幹線の駅から支線に乗り換えて山の方へ三時間。終点からバスで四時間、さらに工事場専用のトラックで一時間を要する不便な地点である》

50〜55年に建設された上椎葉ダムしか考えられない。幹線の駅とは先述の八代駅である。肥薩線で人吉まで行き、湯前線（現在は3セクのくま川鉄道、24・8キロ）に乗るのが当時の唯一現実的な行程である。作品中には誰が乗ったとは書かれていないが、尾村もまたこうしてきて、一番乗りをしたと考える。湯前から秘境米良荘《めらのしょう》の中心集落、村所《むらしょ》、さらに椎葉村の大河内まで国鉄バスが走っていた。時間的にも矛盾点がない。

尾村は仲間とけんかして転落死する。上椎葉ダム建設時、労災事故で死んだが、無縁仏になった人が相当数いる。清張はそんな人々の存在を知っていたのだろうか。

『半生の記』を読むと、箒の部品の針金を融通してもらう男が出てくる。その妻は貧しさを短歌に詠み、容姿もよく、清張は好感を覚えていた。その夫婦が椎葉のダム工事に行って消息が絶えたことが書かれている。

清張のモデル・伝記小説は主人公の鬼気迫るような生き方、彼らが筆者に乗り移ったかのような息をもつかせぬ文章が印象的である。弥生時代の稲作研究などで知られる森本六爾を木村卓治の名で登場させた『風雪断碑』（『**断碑**』に改題）は、54年12月の「別冊文藝春秋」に載る。

奈良県の三輪山付近で代用教員をする木村は京都大学に通って考古学の教えを受ける。

《卓治のいる土地から京都までは汽車で二時間くらいで行ける》

時代設定は大正末期から昭和の初めごろ。桜井線の三輪か巻向《まきむく》から奈良を経て京都に行った。巻向駅は昭和三〇年代に出来たので、三輪駅と特定しよう。桜井線三輪—奈良18キロ、関西線奈良—木津7キロ、奈良線木津—京都34・7キロが初乗りである。

木村は上京し職を得る。研究仲間と上総国分寺遺跡を見に行く。両国駅から乗った。遺跡最寄りの五井駅まで行ったと見る。その時、教師だった久保シズエと知り合い、結婚する。総武線の両国—千葉35・9キロ、外房線千葉—蘇我3・8キロ、内房線蘇我—五井9・3キロは2人の一番乗りである。

《帰りの汽車で、偶然卓治の座席がシズエと隣合せとなった。彼女は身体を固くしていた》

鉄路による男女の道行きは『青春の彷徨』に出て来るが、列車の座席で男女が並ぶシーンを明瞭に見せたのはここが初めてである。

大学出の学者が洋行するのを見て、対抗するように木村も欧州へ行く。シズエが資金の面倒を見た。旅費を切り詰めるため、シベリア経由だったという。作品中の主人公が洋行する第1号になる。だが、結核に侵され、成果もなく船で帰国する。靖国丸下船後、神戸か三ノ宮から東京駅まで列車だった。帰京後、他の学者からは「ハッタリだけで洋行した」と嘲笑される。そんな中でも、弥生式土器と稲作の関係について、先駆的な研究論文を残し始める。しかし、死が忍び寄っていた。

シズエも感染し、奈良に戻る。木村は京都で研究しながらも三輪にいるシズエのもとへ通う。シズエは死去し、木村も上京して間もなく亡くなる。

鎌倉の描写が美しい。

《昭和十年二月、今まで居た小石川水道端の家から鎌倉に転居した。

鎌倉の方が暖く、空気もよいというので、卓治が歩き廻って捜したのだ。極楽寺の切通しを越えて由比《ゆい》ヶ浜の方へ一町ばかり、谷間のような場所で、南向きの藁葺きの百姓家であった。

稲村ヶ崎へ抜けるせまい道端に真赤な寒椿が咲いていた。その紅と白い砂と蒼い海とは、彼に南仏の海岸を思い出させるような色の構成であった》

この時点で清張には訪欧経験がない。筆の力というべきだろうか。

『赤い籤』（「オール讀物」55年6月。『赤いくじ』に改題）は、清張の兵隊時代を色濃く映す韓国ものの第1作となる。全羅道や済州島を守る師団が高敞に司令部を置く。出征軍人の美人妻を参謀長と高級軍医が張り合う。敗戦後、師団は進駐してくる米軍に対して慰安婦を差し出すことにし、日本人女性にくじをひかせ、赤いくじをひいた美人妻は慰安婦候補に入る。米軍は慰安婦を求めず、女性たちの貞操は守られたが、赤いくじをひいたというだけで以後、白い目でみられる。美人妻も例外ではなかった。

　昨今の従軍慰安婦をめぐる歴史認識を清張だったら、どう語るだろうか。軍隊とはどんな存在なのか、庶民の視点で射抜くであろう、と信じたい。

　師団や日本人女性たちが23両編成の列車で釜山に向かう途中、２人の幹部は美人妻を奪い合い、高級軍医は参謀長を射殺し、自殺する。これが最初の海外乗り鉄である。ただし、経路が特定できない。大田まで北上して京釜線で行くのか、韓国南部の山岳地帯を漂うようにして行くのか、判断材料が見いだせない。

　清張作品には自伝的要素を盛り込んだものが相当数ある。その第1作目が**『父系の指』**（「新潮」55年9月）になる。主人公であり、九州のY市に住む「私」の父は、鳥取県の山奥で生まれるが、里子に出され、貧しい人生を過ごしてきた。実の親に育てられた叔父は、東京に出て成功した。

　父の出自が気になる「私」は、終戦から3、4年経った年の暮、大阪出張の帰り、思い立って広島から芸備線に乗る。備後落合まで１１４・５キロが初乗りとなる。そこで泊まり、翌朝、芸備線の残り、備中神代《びっちゅうこうじろ》までの44・6キロを行く。伯備線に乗り換え、山陽山陰の分水嶺を越え、鳥取県の生山《しょうやま》までの24・6キロ。これらはいずれも一番乗りである。

父の故郷を訪ねると、叔父の西田民治の活躍ばかりが話題になり、父のことは忘れ去られようとしていた。「私」は屈辱を覚える。

それから2年ばかり後、「私」に初めて東京出張の機会が訪れた。田園調布の叔父の家を訪ねる。三田にある宿を出て、国電で渋谷に行ったと書かれている。山手線外回りで田町―渋谷間を乗ったことになるが、品川―渋谷7・2キロ、東急東横線渋谷―田園調布8・2キロは初乗りになる。

この作品では、乗降時間や車窓の景色がこれまでになく詳しく書かれる。

《(広島駅を=筆者挿入)午後二時ごろ出た汽車は備後《びんご》十日市あたりで暗くなった。雨が降っていて遠い所に三次《みよし》の町の灯が光っていた。汽車を降りた人たちがその灯の方へ肩をすぼめた黒い影で歩いていた。それから名も知らぬ駅が真っ暗い窓をいくつも過ぎた。顔を窓硝子によせると闇をすかして山奥らしく谷が迫っていて雪が深そうだった。車内は客がほとんど降りてしまって寒々となった。終点の備後落合という駅についたときは十一時ごろだった》

備後十日市駅は今の三次駅である。

「私」は父の過去を訪ねようとしている。空間的、時間的な距離を埋めるものが鉄路旅という形で象徴されている。車窓風景を見ながらも、その向こうに「私」と父が過ごした人生を走馬灯のように見つめている。暗く、幸薄い人生である。心象と風景の重なりが、『火の記憶』より抑制されながらも、深み、厚みを増している。

田園調布訪問も読ませる場面である。

《渋谷《しぶや》まで国電で行って東横《とうよこ》線に乗りかえた。渋谷駅では東横線の乗り場がなかなかわからないでうろうろした。

中目黒《なかめぐろ》、祐天寺《ゆうてんじ》を過ぎたころの沿線は、いかにも東京の中流住宅地らしい風景であった。低いなだらかな丘陵には、赤、青の屋根や白い壁がならび、秋の陽を吸っていた。それはやはり九州にはない都会的な雰囲気だった。私は、これから訪ねていく西田民治の家を想像して怯みを覚えた。

田園調布の駅前の交番で番地を言って道順を教えてもらった。白い、きれいな道路がいくつも交差していた。杉垣や白い塀の内側は植込みが深く、ヒマラヤ杉が直線に秋空にのびていたり、黄ばんだ銀杏の葉が散り敷いていたりした。瀟洒な和洋建てのどの家も奥まっており、ピアノの音が聞えていた。私は教えられたとおりに道をいくつも曲ったが容易にわからなかった。人通りもなく高級住宅街はひっそりしていた》

叔父は死んでおり、従弟にあたる息子は裕福で幸せな家庭を築いていた。「私」を東急に乗せて屈指の高級住宅地へ送り込むことは、2人の対比を描くための必然であろう。東横線の車窓を見つめながら、芸備線・伯備線を辿る「私」と従弟が歩いた道の違いを噛みしめたと読み取れる。従弟の道はまさしく東横線そのものではないか。

食事の時に見た彼の指は、「私」と似て一族に共通する長い指であった。不条理を感じつつ辞去する。貧者のルサンチマンという読み方もできるが、「私」がなお強く生きて行こういう気持ちが伝わってくるラストではなかろうか。

上り線、下り線

備後落合の一夜も注目すべき箇所である。深夜に着いた「私」は宿屋に泊る。

《隣りの部屋からは中年の夫婦者らしい話し声が高くいつまでも聞えていた。こみいった面白くない話題とみえ乾いた声だった。この奥の出雲《いずも》の者らしく、東北弁のような訛である。こんな宿で、人生に疲れたような夫婦の苦労ありげな話し声を聞いていると、私は自然と自分の父と母のことを連想せずにはいられなかった》

豊かではなさそうな夫婦を見て好悪の感情が起きたわけではないが、何か気になる。旅で見かけた人に対する一瞥や凝視によって、自らの心が高ぶったり、動いたりするという場面は、以後よく出て来る。「奥出雲の東北弁」は、後年の『砂の器』の謎解きのポイントになる。東京・蒲田のバーで、加害者が口にした「カメダ」は、秋田県の羽越線羽後亀田のことではなく、島根県の木次《きすき》線亀嵩《かめだけ》だった、という話だ。備後落合は芸備線と木次線の分岐駅で、木次線で分水嶺を越せば、亀嵩まで36キロの距離である。中国地方のごく狭い地域にだけ擬似東北弁があるというネタを、清張はいつごろから温めていたのだろうか。

短編を集めた文春文庫『火神被殺《かしんひさつ》』の「うしろがき」で、清張自身が備後落合で一夜を過ごしたことがあり、48年1月9日のことだと明らかにしている。小説同様の田舎宿で、囲炉裏を囲んで雑魚寝した、という。翌朝のことにも字数を割いている。《翌朝八時ごろに起きて十二、三人がめいめいに自分の蒲団を片づける。それでもおかみさんは高脚つきの朱塗りの膳を各人の前に出した。田舎の宿だからそういう古いものはあった。朝食は何だったか憶えていない。九時ごろに客は宿を出て駅から木次線に乗る者、芸備線を乗り継ぐ者、雪の道を別れて歩いて行く者さまざまであった。わたしは芸備線の列車に乗って備中神代へ向かった。そこで伯備線に乗換えるためだった》

松本清張は、53年に朝日新聞西部本社から東京本社に転勤する。翌54年には家族を呼び寄せ、練馬区に居を構える。56年には退社して文筆に専念する。『父系の指』を書いた55年は、人生航路の舵を大きく切ろうと考えていた時期であろう。自らの来し方を振り返りつつ自伝めいた作品を書こうとしたのだろうか。心の内は分からない。だが、清張はもっと大きく地方と東京の関係を見つめていたはずだ。次に鉄路が出て来る『青のある断層』とともに考えてみたい。

清張には美術界の裏にうごめく権謀術数、インチキを描く作品群がある。**『青のある断層』**（「オール讀物」55年11月）は、その第1作として位置づけられよう。

――銀座で一流画廊を経営する奥野は、自分が育てて売れっ子になった姉川滝治がスランプに陥ったことを見抜く。山口県萩市から画家を夢見て上京した畠中良夫が稚拙な絵を奥野画廊に飛び込みで売りに来る。「何か」があり、姉川の創作のヒントになると思い、奥野は次々に買い込む。畠中の絵からインスピレーションを得た姉川は新作「青のある断層」を発表、それが評判となって、立ち直る。絵が売れたことで自信を得た畠中は本格的な絵の勉強をするが、かえって「何か」を失う。奥野は買うのをやめ、畠中は失意の中、妻と帰郷する――

冒頭、美術雑誌の作品評の詰らなさ、薄っぺらさを奥野に語らせるが、清張自身の見方だったのだろう。美術界モノでリフレインのように出て来る。

姉川が畠中の絵を見たのは、静養していた伊豆の山奥の船原温泉でのことだった。畠中夫婦が帰郷する際、思い出にと泊まったのも船原温泉で、時は違うが、同じ旅館の同じ部屋になる。姉川と畠中はお互いのことを知らない。偶然過ぎるという批判を読者に起こさせないのが清張の筆である。「必然的な偶然」は、清張ミステリーの大きな柱であり、たびたび用いられる。

乗り鉄場面としては、奥野と畠中夫婦がそれぞれ船原温泉に行くため、東海道線で東京から三島まで乗り、伊豆箱根鉄道駿豆《すんず》線で修善寺へ向かうところ。駿豆線19・8キロの初乗りは、姉川との連絡調整をする奥野が先だった。船原温泉は後年、『球形の荒野』、『彩霧』にも登場する。清張世界では、繰り返し描かれる特異な地点がある、と予告しておこう。

畠中の妻津奈子は生活を支えるためバーで働いている。その帰りを良夫が駅頭で待つ風景が心に滲みる。

《東京からくる終電は荻窪《おぎくぼ》駅が十二時三十五分である。この時刻になるとたいていの家は戸を入れていて、灯が明るいのは駅前の三、四軒と、客待ちしているタクシーの〝空車〟の標識だけであった。

畠中良夫は三十分前に来て、南口の構内の灯の届かない場所に待っていた。ここに立つのは毎晩の習慣である。それでわかったのだが、やはり終電の人を迎えに待っている者は、ほかに一人か二人は毎晩必ずあった。

音をたてて電車がはいってきた。ホームが離れているから、降りる客の群れが跨線橋の階段に姿を見せはじめるのは、電車がふたたび発車の音をひびかせてからだ。

この一つ前の電車に乗っていなかったから津奈子は今度だった。酒場《バー》のその晩の都合によって最終だったり、その前だったりする。

はたして階段をぞろぞろと降りてくる二十人ばかりの人の中に、津奈子のピンクのセーターの色があった。改札口にいる夫の方を見て、手を上げる》

津奈子は東京から乗ったのか、新宿から乗ったのか、何も書かれていないので記録の対象にはしない。

この後、絵が売れそうな良夫は津奈子と寿司屋へ行き、睦まじく小宴を張った。清張が若い2人に優しい書き方をするのは珍しい。

電車が着いて、会いたい人が改札口に姿を現わすまで、短くも長いと感じる寸時の流れ、見知らぬ待ち人同士が互いの気持ちを推し量る改札口。こうした若者の心象は、誰もが携帯を持つ平成の代にもあるのだろうか。

私は2015年秋、夜の荻窪駅地下改札口に立ったが、降りて来る人を待つ姿は見出せなかった。跨線橋はあったが、往時とは違う建て替えのものだろう。この時、私は60年前のことを思い出していた。55(昭和三〇)年春、福岡市の小学校に入学する直前、「今なら、まだ運賃がただである」という理由で、父が東京への用事に私を連れて行った。上野動物園、二子玉川園、浅草の記憶がある。チョコレート色の国電に乗った。九州にはなく、自動開閉する扉に挟まれるのではないか、とおびえたものだった。渋谷、上野両駅の風景が頭の片隅に残っている。東京の空は青かった。少年・学生時代、東京に憧れながらも、大学4年の就職試験まで行くことはなかった。あの時の上京体験は、私の幼少年時代の記憶の中で、ひときわ光彩を放っている。

清張作品での鉄路旅の描写やストーリー中における役割は、55年ごろを境に比重が大きくなった。

「もはや『戦後』ではない」。経済白書が日本の経済回復ぶりをそう総括したのは、56年だった。すでに54年からは神武景気が始まり、産業別(3部門)就業者数の構成比が大きく変化した。50年は、1次(農林水産)49%、2次(鉱業、建設、製造)22%、3次(卸売、小売、不動産など)30%だった。65年には2次が31%に増え、1次は25%まで減る(表1参照)。

当然の結果として、農村から都市へという人の流れが強まってくる。55年の都道府県別の転出入者数を見ると、転出より転入が多いのは、北海道、埼玉、東京、神奈川、愛知、京都、大阪、兵庫、福岡の9都道府県で、残りは転出者の方が多い。北海道、福岡は石炭産業が最後の輝きを放っていたからであろう。

　東京都は21万8291人の転入超過である。昭和三〇年代前半は毎年、中小県庁所在地一つ分の人口が増加した。三〇年代後半になると、飽和状態になってくるが、代わって神奈川や埼玉が10万人規模で増えていく。

　仕事を変える、遠い所へ引っ越しをする。そうした場合の移動手段の最たるものは当時なら国鉄であろう。国鉄にとって、戦後に一つの区切りをつけたのは、経済白書やサンフランシスコ平和条約締結（51年）より一足早く50年10月のダイヤ改正だった。進駐軍優先の列車運行から日本人向けの輸送力強化とサービス改善に乗り出した。寝台車や食堂車、特別2等車が連結されるようになった。長距離急行に「阿蘇」「きりしま」「雲仙」「みちのく」「北斗」「日本海」などの愛称名が付けられたのもダイヤ改正直後からで、旅情という要素が演出された。日本人の多くが列車に乗るようになり、列車に乗る人を見かける機会も多くなった。

表1　産業（3部門）就業者の割合の推移

年	1次	2次	3次
1950	49%	22%	30%
1955	41%	23%	36%
1960	33%	29%	38%
1965	25%	31%	44%
1970	19%	34%	47%
1975	14%	34%	52%

総務省統計局データ。小数点以下は四捨五入

　清張は51年、『西郷札』が直木賞候補になった後、作家になろうという気持ちを強める。東京の大佛次郎、長谷川伸、

木々高太郎らの激励を受けて、同年に初の上京を果たす。53年には『或る「小倉日記」伝』が芥川賞を受け、東京での授賞式に臨んだ。一方、地元の文壇との交わりは冷たいものがあり、東京への想いを強める。朝日新聞東京本社転勤を願い出て年末に単身赴任した。翌54年に家族を小倉から呼び寄せた。車中で、駅頭で、旅する人を眼にしたことであろう。1人旅か、家族旅か、旅する理由とは何だろう、その心情は……。並外れた好奇心と洞察力、想像力で観察していたのではないか。高度経済成長が始まった昭和三〇年代冒頭、日本と日本人を描く際に鉄道旅を使うことで、よりリアルなストーリーが展開できる、という考え、手ごたえを持ったのではなかろうか。

『青のある断層』では、山口県から上京した若夫婦が夢と富をつかもうともがき、敗北して帰郷する。当時、上京するのは就学、就職など明るい未来を目指すことが多かった。その陰に、帰郷という逆の流れがあることを見抜き、作品に仕立てたのは流石だと感服させられる。畠中夫婦に再度の上京はなかったのだろうか、と思ってしまう。

地理的な水平移動だけではない。社会の階級、階層を上昇・下降する垂直移動もある。『父系の指』の「私」は、若いころは見習いや小僧をし、戦後になって九州のY市の商事会社に勤めるようになった。

《主任という役職も、私のそれまでの苦労からみれば、自らかちえたといえば云えた》

清張の実生活の反映ではなかろうか。

「私」が父の故郷を訪ねる前に大阪出張したのも主任という職責ゆえの仕事だったのだろ

う。田園調布に行ったのも出張で初の東京行きの時だった。もっと偉くなれば、寝台車や特別2等に乗り、食堂車で飲食できる時代が訪れようとしていた。3等に超満員の復員列車や買い出し列車の時代とは大きな様変わりである。

ここまで、初乗り距離は旧国鉄とJRが計1950・2キロ、私鉄は95・2キロである。旧国鉄とJRの路線図が地図1である。数字は初乗りのある作品の登場順であり、初乗り区間の一覧表（資料編292ページ〜）で御確認を。第2章以下の章末にも同様な地図を掲げる。

注1　漱石は1895（明治二八）年から96年にかけて松山中学で教鞭をとった。『坊っちゃん』は1906年に発表。
注2　64年9月13日紙面。中公文庫『実感的人生論』にも収録。ここでは文庫版に依った。
注3　1971年まで駅名は「西鉄柳河」だった。
注4　双葉文庫『対談集　発想の原点』にも収録。ここでは文庫版に依った。

地図1　第1章に登場した初乗り区間

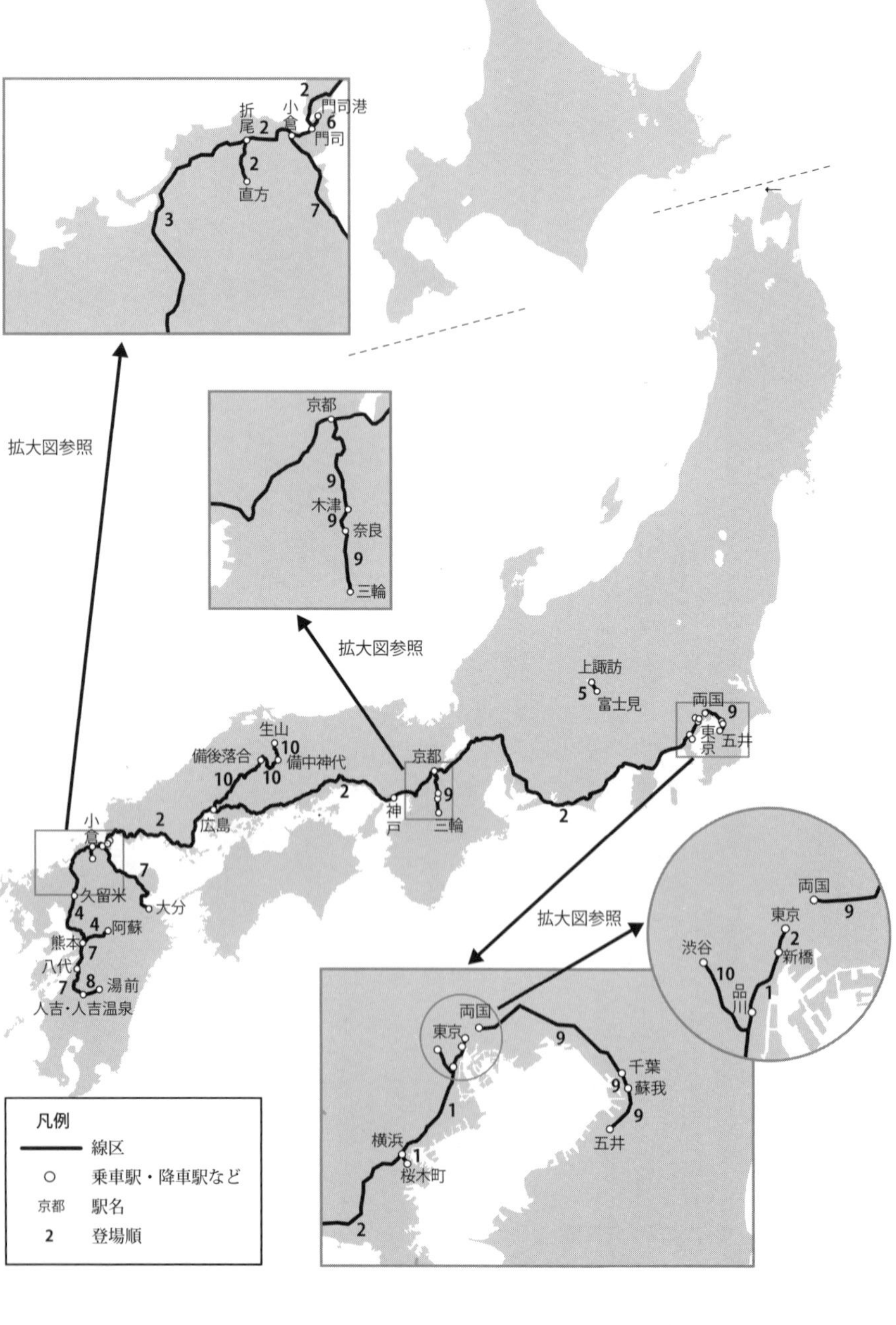

第2章

旅情・愛憎・ミステリー

（1955年12月〜1957年8月）

本章に登場する作品

張込み（全集35巻9刷）
箱根心中（全集36巻6刷）
顔（全集36巻6刷）
任務（「文學界」55年12月号）
九十九里浜（全集36巻6刷）
市長死す（『遠くからの声』講談社文庫47刷）
声（全集36巻6刷）
鬼畜（全集36巻6刷）
地方紙を買う女（全集36巻6刷）
遠くからの声
（『松本清張短編全集08　遠くからの声』光文社文庫2刷）
白い闇（全集36巻6刷）
捜査圏外の条件（全集36巻6刷）
（細字は初乗り場面なし）

旅への誘い

「社会派ミステリー作家・松本清張」の登場を予告する重要な作品が登場する。刑事が容疑者を追う筋立ての第1号**『張込み』**である。55（昭和三〇）年12月の「小説新潮」に載った。

警視庁は、強盗殺人容疑者の石井久一が、故郷の山口県か、昔の恋人さだ子が後妻として嫁いだ九州のS市か、いずれかに立ち回ると見て、2刑事を西へ向かう列車に乗せる。

《柚木《ゆぎ》刑事と下岡《しもおか》刑事とは、横浜から下りに乗った。東京駅から乗車しなかったのは、万一、顔見知りの新聞社の者の眼につくと拙いからであった。列車は横浜を二十一時三十分に出る》

柚木はS市へ行き、下岡は山口県に向かう。車中の様子や車窓が詳しく書かれる。

《汽車に乗り込んでみると、諦めていた通り、三等車には座席が無く、しかもかなりの混みようである。二人は通路に新聞紙を敷いて尻を下ろして一夜を明したが眠れるものではなかった。

京都で下岡がやっと座席にありつき、大阪で柚木が腰をかけることが出来た》

《柚木は、岡山や尾道《おのみち》の駅名を夢うつつのうちに聞いたように思ったが、はっきり眼がさめたのは、広島あたりからだった》
《岩国で駅弁を買い、昼食とも夕食ともつかぬ飯を食った》
《小郡《おごおり》（注1）という寂しい駅で下岡は下りた。彼はここで支線に乗り換えて、別の小さい町に行くのだった》
《柚木はこれから九州に向うのである。門司に渡って、さらに三時間乗りつがねばならない》
《夜遅くS市に着き、柚木は駅前の旅館で寝た》
S市が佐賀市だとは書かれていない。しかし、「電車もない田舎の静かな小都市である。濠がいくつも町を流れている」という描写があり、さだ子を見張るために泊まった宿の名前が「肥前屋」という。決定的なのは、宿の女将の濃厚な佐賀弁だ。
横浜から佐賀まで、東海道、山陽、鹿児島、長崎の4線を乗り継いで、1199・7キロに達する。しかし、鹿児島、長崎両線の分岐点鳥栖《とす》までは『青春の彷徨』の木田と佐保子が乗っている。鳥栖―佐賀25キロのみ初乗りにカウントできる。
石井は柚木の眼を欺いて温泉宿でさだ子に会うが、追ってきた地元の警察に逮捕される。柚木はさだ子に「今からだとご主人の帰宅に間に合いますよ」と急ぎ帰るよう諭した。
特徴的なのは、九州までの旅の長さを作中に書き込んだことだ。『火の記憶』や『青春の彷徨』と比較すると歴然である。小郡に着く前、柚木が下岡に「君はもうすぐ下りるんだな」と話しかけると、下岡は「君は、これからまだまだだなあ」と答えた。長旅の辛さを書こうとしたのだろうか。いや、むしろ旅への誘いのように思われる。

《海の上には日光が弱まり赫くなっていた》

広島—岩国間のことで、宮島の海に浮かぶ朱い鳥居が見える辺りである。

《絶えず車窓に見えていた海は暮れて黝《くろず》んでしまい、島の灯がちかちか光度を増していた》

これにぴったりの車窓は周防大島が沖合に迫る柳井付近だ、と指摘できる。

石井自身が旅をしたかったのであろう。上京して、住み込み店員で働いたが、失職。日雇い仕事や売血もした挙句、胸を病み、ついに犯罪に手を染めた。共犯者に「故郷に帰りたい」「昔の女がひとの女房になって九州の方にいる」と語っていた。

明日への夢はあるのだが、日々の暮らしはまだ苦しい時代。どこか遠くへ行きたい。読者は、瀬戸内海沿いを西に進む犯人と刑事を、どこか羨ましく捉えたのではなかろうか。

柚木や石井のように、長時間、長距離の旅をすると、乗車駅と降車駅とでは、時間も空間も大きくかけ離れる。列車は異なる時空間をつなぐタイムトンネルの効果をあわせ持つ。時刻表の元データで、列車の運行計画がひと目でわかるダイヤグラムがまさしくそうなのだが、縦軸に列車の移動区間、横軸に時間の流れという図を作れば分かりやすい。列車はある駅のある時間から別の駅の別の時間まで、点と点をつなぐ線で表される。縦軸（移動区間）は、人の意思で行ったり来たりできるが、横軸（時間）は、過去↓現在↓未来と流れていく一方通行である。しかし、列車に乗っていると、心理的には時間を遡ったり、未来にいち早く到着したりする。『張込み』の場合、石井はさだ子と愛し合った過去への旅をしており、柚木は容疑者逮捕という未来に向かっている。列車の中でも、降りてからも、逮捕の瞬間まで、２人の意識には時間的に反対のベクトルが働いている。

只今現在という車窓を見ながらも、来し方行く末のことを考えている。そのことにはっと気付く時、「そうだ。今、旅をしているのだ」と再認識する。なぜ、眼前の景色とは別のことを考えていたのだろう。そう思うところから旅情が深まってくることもある。この現象を頭の片隅に置いていると、清張作品の旅の場面は魅力を増してくる。

旅情を人に伝えることは難しい。景色を描くだけでなく、初めての線区か否か、旅の目的、その前後の喜び・屈託など様々な要素も必要である。

清張以外で成功している例を紹介したい。中央公論社常務だった宮脇俊三（１９２６〜２００３）は、乗り鉄者としても有名だった。国鉄全路線乗りつぶしを書いた『時刻表２万キロ』や北海道から鹿児島まで、同じ駅を決して二度と通らない路線をたどる『最長片道切符の旅』は、名著の評価が高い。こんな文章が私には印象的である。

《東京発20時24分の新幹線で出かけ、名古屋から電車寝台特急「金星」に乗り継いで翌朝５時49分、広島に着いた。

広島からは芸備《げいび》線で三次に入り、さらに三江線で江川の上流可愛川に沿って口羽《くちば》に向かう。

空は青いが川面には淡く靄がただよい、嵐気《らんき》が山峡を包んでいる。きのうの夕方はあの慌しい東京にいたのに、一夜明ければこの別世界である。飛行機を常用している人から見れば、そんなことは日常茶飯のことであろうが、私は夜行列車に乗るたびにそれを感じる。大げさに言うと魔法にかかったような気さえすることがある。

それにしても、年月の経つのは早いと思う。可愛川を眺めているとそう思う。三次―口羽間に乗るのは今日が二度目で、五年ぶりなのであるが、とても五年経ったとは思われない。つい去年のことのように記憶が新しい。

旅行をしていて何年ぶりかに同じところへ来ると、いつも時の経過の早さが身に沁みる。街の場合はそれほどでもないが、相手が山や川だと時のスケールがちがうせいか、こちら側の時間が短絡する。五年前の自分の周辺をいやでも振り返らされる。下の娘は生まれたばかりだったなと、匍いまわる姿を思い出したりする。死んだ人たちのことも思い出す。そして、この五年間、あくせくと過ごしたものだと思う。できることなら、五年前に戻ってもう一度やりなおしたい、などと夢想する》（注2）

後半部分、石井が佐賀へ向かう心象と相通ずるものがある。

三江線は、広島県の三次盆地から江《ごう》の川《かわ》（別名可愛川《えのかわ》）沿いに日本海側の江津《ごうつ》に至る。車窓にはベンガラ色の石州瓦《せきしゅうがわら》の農家が続く。本州なのに、今なお東京から日帰りの乗りつぶしができない稀有な線区である。山陽新幹線を降りてからもう一つ乗らないと乗車駅まで行けないし、運行本数が極端に少ないからだ。それが逆に首都圏の乗り鉄を誘うのか、私が10年7月に乗った時も彼らの姿が相当数見られた。だが、18年春に廃線となる。

ロマンスシートの魔界

『箱根心中』（「婦人朝日」56年5月）では、列車の2人掛け席に座ったとき男女の胸中にどんな変化が起きるのか、と考えさせられる。

——中畑健吉と喜玖子《きくこ》はそれぞれ別の結婚をしている従兄妹同士だが、気になる存在である。喜玖子の夫婦仲が悪くなる中、健吉は日帰りの箱根旅行に誘う——

男女は小田急の新宿発朝9時のロマンス・カーに乗った。

《箱根行特急は、ロマンス・カーで、白いカバーの座席にすわると、歩廊の向い側から出る車が貧乏たらしかった。乗客が混んでいて、どの窓も真っ黒に見えた》

健吉は夫婦仲を心配するような言葉を吐くが、喜玖子は最初、心を開かなかった。

《電車は、多摩川の鉄橋を渡っていたが、冬の、寒い水の色が低い距離にあった。喜玖子の心を連想するような色であった》

以後の清張作品には、小田急で多摩川を越える場面や殺害現場としての鉄橋下が何度も出て来る。電車は座間を過ぎた。

《喜玖子は、ビラの時間表を見ていた。

「ねえ、帰りは湯本発十七時よ。ちょうどいいわ」

それは男に、日帰りよ、と念を押している利発な云い方なのであろうか。

「十七時。五時は少し早いな」

「あら、どうして。これ、最後の急行よ」

「小田原から湘南電車で帰ってもいいじゃないか」》

箱根が近づくにつれ、喜玖子の心が健吉によってこじ開けられて行く観がある。

2人は小田急線の新宿―小田原82・5キロと箱根登山鉄道小田原―箱根湯本6・1キロを一番乗りする。死を選んだ日、強羅と早雲山を結ぶ同鉄道鋼索《こうさく》線、すなわちケーブルカーにも乗るが、乗車駅が書かれていない。最低、早雲山に最寄りの上強羅から乗ったとして0・2キロとする。

冬枯れの箱根をあちこち歩き、強羅を目指すタクシーで事故に遭い、健吉は負傷した。喜玖子1人を東京へ帰そうとするが、今度は喜玖子が離れない。

《「喜玖ちゃん、お帰りよ」

健吉は云った。喜玖子は黙って、彼の枕もとに坐っていた。

今から車で行けば、小田原の駅には十一時に着くだろう。すぐ上りがあるとして、東京駅着は午前一時である。彼女の家は西荻窪の奥だった。帰れと云っても、帰れる時間ではなかった。

電車の音が聞えてきた。

強羅駅を出た湯本行の最終登山電車が、あかあかと灯を連ねて闇のなかを走っていくのが、障子窓から見えた。

それが二人と東京を結んでいるロープの切断のように思えた。

「大変なことになったわ」

喜玖子が慄《ふる》えていた》

清張作品理解のキーワードとして「日常性の中に潜む非日常性」がある。何気ない日々が続くと思っていたら、恐ろしい世界への亀裂が生じていたという話が読者にリアリティを持って迫ってくる。『箱根心中』の場合、往きのロマンス・カーは、キューピッド役として機能している。一方、最終電車は死に神として2人の前に現れた。ロングシートの座席で行けば、喜玖子の心は動かなかったかもしれないのだ。


『顔』（「小説新潮」56年8月）では、殺人に列車を利用するという趣向が採用される。

——福岡県八幡市（現北九州市）に住む井野良吉は、愛人の飲み屋女給山田ミヤ子が身ごもって足手まといになった。島根県の片田舎まで山陰線を行く列車旅に誘い、殺害する。だが、車中でミヤ子の知人石岡貞三郎に会ってしまう。井野は上京して劇団俳優となり、映画出演の機会も得る。だが、石岡が映画を見るかもしれない。彼も殺そうと計画を練る——

最初の殺害旅では、井野とミヤ子は八幡から西鉄の路面電車で門司へ行ったという。関門海峡を渡り、下関から列車に乗り、温泉津《ゆのつ》を目指す。下関の次の駅、幡生《はたぶ》までは山陽線であり、他作品の既乗区間だ。幡生―温泉津235・9キロが初乗り区間となる。2人が並んで座っていた時、ミヤ子が石岡に気付き話しかける。井野は車窓を眺め、ミヤ子とは無関係を装ったが、石岡はそうは見なかっただろう、との懸念が井野を苦しめる。

殺害の場所を山陰としたのは、井野が「なるべく人の気づかない遠方の土地を選んだ」からだ。都道府県境を超える事件で、各警察本部の初動捜査が遅れることは今でもある。

列車で男女が並ぶ姿は他人にどう見えるのだろう。無関係であっても、あれこれ詮索されがちである。『箱根心中』のロマンス・カーのシートは2人だけの世界だったが、車内は他人の視線を浴びる公共の通路・広場にもなりうる。

井野は、石岡の殺害場所を比叡山近辺と決め、口実を設けて九州から呼び出す。下見に行った際、京都駅下車後、比叡山の琵琶湖側の麓、坂本まで電車で行った。当時、米原―京都間は非電化区間だったので、京阪三条から浜大津まで京阪京津《けいしん》線で行ったと認定する。京阪三条―御陵《みささぎ》3・9キロは現在では京都市営地下鉄に変わった。御陵―浜大津7・5キロは今も当時のままである。浜大津から坂本までは、『ひとり旅』の田部が乗っている。井野は比叡山に登った。比叡山鉄道のケーブル坂本―ケーブル延暦寺2キロも初乗りに加える。

井野と石岡の対面の日が来る。井野の京都までの汽車旅はこうだ。

《東京から昨夜の「月光」で着いた。八時半。たっぷり時刻までには六時間もある》

初めて国鉄の優等列車の愛称名が出て来る。優等列車とは、旧国鉄・JRの場合、特急、急行、準急など運賃以外に別途料金をとられる列車のことを指す。普通列車が停まっている横を追い抜いていくイメージである。速いだけでなく、座席がゆったりしていたり、車内販売のサービスがあったりする。旅の質を上げる列車でもある。56年8月の時刻表によれば、「月光」は東京22時15分発、京都8時25分着である。車両の編成図を見ると、13両中、3等車は5両だけで、寝台車が5両、特別2等2両、2等車1両だった。昭和三〇年代に入ると、速くて快適な旅の仕方が登場したことを、清張作品を通じて理解できる。

石岡は、刑事とともに九州から来た。

《四月二日午後二時半、京都駅で会うという手紙の指定を実行するため、（略）折尾駅から急行に乗った。二十一時四十三分発の「げんかい」である。（略）

さて、京都駅には十時十九分についた。指定の午後二時半には、だいぶ時間がある》

乗降時間を時刻表通りに書いたのはこれが初めてである。乗降時刻や愛称名を詳細に書くことで、映画なら合戦や決闘前の人間たちの興奮ぶりを描くのに、ズームを効かせたり、音楽を入れたりするのに似て、クライマックス前の雰囲気盛り上げに一役買っている。

どちらも、時間つぶしに「いもぼう料理屋」の同じ店に行き、隣り合わせになる。井野はあわてるが、石岡は気づかない。顔を忘れている。殺す必要はないのだ。井野は計画を中止し、自信を持って映画に出た。だが、石岡は映画を見て犯人の顔を思い出す。何故か――。

その前に、初乗りチェックがもう一つある。井野の劇団は五反田にある。劇団幹部のYさんと渋谷に出て飲む。

《帰りを山手線に乗って、電車の窓越しに原宿あたりの暗い灯を見ていると（略）》

井野がどこで降りたか不明だが、最低代々木までは乗ったと見たい。五反田―渋谷間は『父系の指』で乗りつぶされているが、渋谷―代々木2・7キロは井野が一番乗りした。

井野は映画の中で、東海道線上り列車の座席に座り、湘南沿線の車窓を眺める、という役を演じる。これは9年前の山陰線でミヤ子の横にいた男とそっくりの格好である。煙草をくわえているところも同じだ。石岡はもやもやしていた記憶が鮮明になり、映画館から警察へ向かう。

列車の中にいると、そう突飛な行動はとれない。同乗の人と会話する、新聞や本を読む、飲み食いをする、眠る……。現代では圧倒的にスマホである。車窓を見るというのも多いのだが、車窓を見る人を見る、ということも少なからずある。私の経験で言えば、車窓観察に疲れてふと車内に眼を転じると、私を見ている人と瞬間目が合う。同じ乗り鉄同士であることが多い。石岡の場合、ミヤ子と井野の足元に仲良く夏ミカンの皮が半分ずつ落ちていたので、アベックに違いなかろうと「推理」していたのである。

井野は石岡の記憶から逃げ切っていたと信じていた。トリックやアリバイが崩れたわけで、刑事ものの『張込み』よりミステリー性が濃くなった。9年後に石岡の記憶が戻ったのは、車窓を見る姿の再現という形をとることで、「必然性」が高いラストにつながった。

『顔』では、車窓風景の描写に進化の跡がうかがえる。石岡が京都へ向かう場面。

《汽車のなかは、あまりよく睡れなかった。夜あけの六時ごろから、うとうととする。前の座席に腰かけた刑事は二人とも早くから寝ていた。
ふと眼をあけると、すっかり明るくなり、窓からは朝の光がさし込んでいる。刑事はたのしそうに煙草をふかしている。（略）
洗面具をもって顔を洗いに行き、座席に帰ってくると、窓はいよいよ明るい。汽車は海岸を走っているのだった。しずかな海の上を朝の光線がゆらいでいる。向いの淡路島がゆるやかに滑り、窓ぎわの松林が急速に流れてゆく。
「これが、須磨、明石の海岸か」
刑事は、音にきこえた景色を、あかずに眺めつづけている》
夜が明けた夜行列車内の気だるさが伝わってくる。煤が入りこんでくる列車の中で顔を洗うのは当然なことで、庶民の暮らしの証言として記憶にとどめたい。石岡と共に犯人と接触に向かう刑事たちは、緊張の中で旅を楽しんでいる。多彩な要素が盛り込まれた。
3作品の鉄道旅の場面を抽象化、普遍化してキーワードをあてはめてみよう。
『張込み』——漂泊憧憬、旅への誘い
『箱根心中』——男女の愛憎
『顔』——犯罪と推理。必然的な偶然
以後の鉄道が登場する作品には、この「旅情」「愛憎」「ミステリー」の3要素のいずれかが盛り込まれ、時として複数で構成されることになる。その意味を込めて、3作品を

「清張鉄道世界の初期3部作」と名付けたい。

後先してしまったが、**『任務』**（「文學界」55年12月）に触れる。清張が衛生兵として過ごした朝鮮での兵隊生活を描いた屈折した話である。朝鮮海峡を渡り、釜山からソウルまで列車に乗せられた。博多から出港したのだろうが、何も書かれていない。

旅先の人間模様

『九十九里浜』（「新潮」56年9月）は、乗り鉄と風景描写がバランスよく描かれている。

――文化人名簿に載るようになった古月は、九十九里浜片貝の旅館主、前原岩太郎から「自分の妻は貴殿の異母姉であろう。会いたがっている」と連絡を受ける。行ってみると、姉は確かにいたが、どんな暮らしをしていたのかが分からない。海岸に出ると、陽焼けし、筋肉が張った女たちが漁船を出そうとしていた。姉もまたこうした貧しい漁村で育ったのだと思い知る――

古月は、御茶ノ水から千葉まで総武線で来て、外房線に乗り換えて大網へ着く。まず、御茶ノ水―両国2・8キロが初乗りになる。その先、両国から内房線と分かれる蘇我までは『断碑』の木村卓治が乗っており、蘇我―大網19・1キロが一番乗りになる。東金《とうがね》線に入り、東金まで5・8キロもまた初乗りである。

古月は小学校の地理の時間で、地図を見ながら犬吠埼を突端として雲型定規の背で緩やかに引いたような彎曲に魅力を感じていた。清張自身の思いであろう。憧れの地に立って見たものを描き、読者に知らせようとした。経路を示すことで、東京からの距離感が味わえる。

女たちが船を曳きだす場面が圧巻である。

《人間たちは黒く陽焼《ひや》けした女どもで頭に手拭いをかぶり、腰に着物の布でつくった猿股をはいていた。襦袢のようなものを胴にまとった者もいるが、何も着ないで乳房を出している者が多かった。たいてい中年の女で乳房は萎《しな》びていたが、胴体や腰廻りは、くりくりと張っていた。

彼女たちは懸声をかけ、船につけたロープを綱引きのように引張った。波打際に向ってゆるやかな斜面をなしている砂地の上を、船は少しずつ辷《すべ》った。その船の進むにつれて梯子のようなものを女たちは忙がしげに船の底に宛てて継いでいった。それがレールの役をなしていた。そんな働きをしている女たちは、海水に濡れた身体の筋肉の動きを、なりふり構わず見せた。船の上には、これも猿股一つの男が突立って、旗を振っていた》

筑豊の炭坑絵で知られる山本作兵衛の作品に通じるものがある。乳房を隠さず石炭を背負子にかつぐ女たちである。中年まで暮らしに追われて働いた清張の心境を思いたくなる。

『市長死す』（「別冊小説新潮」56年10月）は、九州の市長、田山与太郎が元朝鮮半島南部の戒厳司令官だったことが伏線になる。東京出張の際、終戦時に軍の金を持って帰国し、田山が世話をしていた女中まで自分のものにした副官が温泉旅館主におさまっているのを知った。確かめに行ったところ渓谷に突き落とされて亡くなった。

その謎解き小説なのだが、田山は司令官に赴任する際、ソウルから裡邑《りゆう》（現益山）まで朝鮮半島の西海岸に近いところを列車で南下する。車窓を日記に書き残した。時期は2月。

《香月軍司令官以下の見送りを受けて京城駅より出発、湖南線に沿いて南下す。漢江は氷結すれど、南鮮に到れば小川と雖も水を湛う。温暖の気候知るべし。夕暮、裡邑に着す。直ちに仮司令部に入る》

「小説公園」56年10、11月号の**『声』**の前半は、多くの人間の声を聞き分け、決して忘れない能力を持つ電話交換手が主役である。

――新聞社の交換手、高橋朝子《ともこ》は社会部デスクの命で取材先に電話をするが、間違って強盗殺人が行われている家へ電話をし、犯人の声を聞く。結婚した相手のワル仲間にこの犯人がいた。電話で話した機会にあの男だと確信するが、相手にも気づかれ殺される――

殺害直前、朝子は犯人グループに呼び出され、駕籠町《かごまち》から指ケ谷町《さすがやちょう》まで都電に乗る。さらに、水道橋に出て国電で国分寺まで行く。中央線の水道橋―代々木6・2㌔、山手線の代々木―新宿0・7㌔、再び中央線の新宿―国分寺21・1㌔が朝子による初乗り区間である。代々木―新宿間は営業キロ計算の世界では、中央線ではなく、山手線になる。

後半部は、田無《たなし》町で発見された朝子殺害事件の捜査に移る。

――朝子の遺体には石炭が付着していた。京浜東北線が横を走る田端機関庫の貯炭場のもので、そこから朝子のハンドバッグが見つかる。殺人は田端で行われたのに遺体はなぜ武蔵野なのか。解決の糸口は同じ都内でも雨が降る時間に差があることだった――

犯人グループはアリバイ工作のため、1人が国分寺から新宿、いったん降りて田端まで行く。新宿から田端まで山手線外回りが一番素直な行き方だと思うが、中央線で神田、総武線で秋葉原、それぞれ乗り換えの可能性も否定できないので、カウントはしない（注3）。

犯人は鉄道の動力源や施設を利用して、犯罪の隠ぺい工作をした。『顔』の井野良吉と較べて格段に計画的である。以後、アリバイ作りや遺体の処理で様々な手口が登場してくる。容易に解けない謎としつつも、最後は犯行が明るみになるカギを残さねばならない。その優れたアイデアが清張を人気作家にしたのだと思う。


『鬼畜』が載ったのは、57年4月の「別册文藝春秋」だった。

――印刷屋の竹中宗吉は、料理屋の女中と親しくなったが、印刷屋の景気が傾くと、女は自分が産んだ3人の子供を竹中に押しつけて姿を消し、妻は怒り狂う。一番下の子供は事故死するが、妻の仕業のように見える。2番目の子、良子は東京のデパートで置き去りにする。長男は宗吉が崖から突き落とす。救助されても、父の名前を明かさない。だが、石版のかけらを石けり遊び用に持っており、印刷模様から宗吉が捜査線上に浮かぶ――

印刷屋はS市にあり、良子を東京まで連れて行くのに急行で3時間。限りなく静岡市に近いが、はっきり書かれていない。東京駅から数寄屋橋まで都電に乗った。小心者が犯罪に臨む際の心理を語って余りある。

《宗吉は誰とも良子が話す機会《おり》をつくるまいと思った。彼は東京駅で下りた。駅の内は人が混んでいた。しかし、まだ其処で実行する気にはなれなかった。あんまり早過ぎるようだった。

都電に乗って数寄屋橋のところで降りた。それから銀座を良子の手をひいて歩いた。思いのほか銀座は人の歩きが少かった。いざそれを実行しようと思うと、案外に群衆の密度が疎《まば》らであることを知った。

銀座から新橋を歩いた。新橋はもっと人が少かった。良子はもの珍しがって、よそ見ばかりしている。その機会を狙えば、狙えないことはなかった。が、容易に決心がつかなかった。すぐ誰かに素振りを気づかれそうであった。

新橋からまた銀座に戻り、京橋の方に歩いた。結局、どこにも、その場所はなかった。良子は歩き疲れて、腹が空いたと云い出したので、宗吉はデパートの食堂に連れて行くことにした》

清張は、主人公が東京・新宿から中央線に乗って甲州、信州へ向かう作品を多数書いている。**『地方紙を買う女』**（「小説新潮」57年4月）はその第1作目である。

――バー勤めをしながらソ連に抑留された夫を待つ潮田芳子は、デパート警備員に万引き犯に仕立てられ、身体と金を奪われる。夫の帰国が迫ったため、警備員とその愛人を山梨県の峡谷に誘い、毒殺して心中を装う。遺体発見と捜査状況を確かめるため、「連載小説が面白そう」との理由で県紙を東京に取り寄せる。犯罪がばれないと分かると、県紙の購読を打ち切ったので、不満に思う作家が調べ始める――

芳子は新宿発11時32分の中央線各停列車に乗り、14時53分に甲府に着いた（作中はK市）。57年4月の時刻表通りである。

『声』の高橋朝子が降りた国分寺から甲府までの102・7キロが初乗り区間になる。

警備員と愛人は12時25分発の準急「白馬」を利用、15時03分甲府着だった。ここで3人が落ち合ったのだが、芳子が1列車早めたのは「汽車の中で三人一緒に居るところを知った人に見られたく無かったからです」と遺書に書き残している。『顔』の井野良吉の失敗例と較べると、清張は芳子をより用心深い犯人として描いたことになる。

芳子は作家が犯行に気付いたと知り、彼と女性編集者を伊豆のピクニックに誘う。「三人は昼前には伊豆の伊東に着いていた」とあり、東京から列車で来たと判断する。伊東線の熱海―伊東16・9キロは彼らの一番乗りである。毒入りのジュースを用意し、バスで相模湾の見える丘まで行くが、作家が警戒する。機会を逸して、自ら死を選ぶ。

芳子の勤め先は渋谷にあり、千歳烏山のアパートから電車で通っていた。京王線明大前まで4・7キロの一番乗りであることは間違いない。明大前からさらに新宿まで乗り、山手線に乗り換えたのか、井の頭線を利用したのかは不明なので、記録にできない（注4）。

冒頭、甲府駅前の景色から犯行場所を予感させる筆法が素晴らしい。

《芳子は飲食店を出て町を歩いた。町は盆地の中にある。この冬には珍しい暖かな陽ざしが、高地の澄んだ空気の中に滲み溶けていた。盆地の南の涯には、山がなだらかに連なり、真白い富士山が半分、その上に出ていた。陽の調子で、富士山は変にぼやけていた。

町の通りの正面には、雪をかぶった甲斐駒ヶ岳があった。陽は斜面からその雪に光線を当てた。山の襞と照明の具合で、雪山は暗部から最輝部まで、屈折のある明度の段階をつくっていた。

その山の、右よりの視界には、朽葉色を基調とした、近い、低い山々が重なっていた。その渓谷までは見えない。が、何かがそこで始まろうとしている》

育ちがよく、学歴もあるお嬢さんが、姉の夫への思慕を断ち切るかのように身を落としてゆく**『遠くからの声』**（「新女苑」57年5月）は、北海道や九州が登場する。

——津谷敏夫と民子夫婦は見合い結婚だが、愛し合っている。民子の妹啓子は、デートの時ばかりか新婚旅行先の中禅寺湖まで押しかけるほど2人につきまとった。敏夫が好きだからだ。だが、高円寺に居を構えて民子が妊娠するころから男遊びを始め、敏夫が札幌勤務になると、子持ちの冴えない男の後妻に入る。さらには学生時代に付き合っていた相手と駆け落ちして筑豊炭田の街に住む。敏夫は福岡出張の折、訪ねて行った――

《啓子のいる所は、福岡からいくつめかの駅で支線に乗り換え、途中でまた支線に乗り換えねばならない幸袋《こうぶくろ》という名の寂しい田舎町だった。汽車の窓からは、三角形のボタ山が絶えず見え、いかにも筑豊炭田の真ん中にはいった感じだった。彼は、東京の女子大に通ったころの啓子を思い、彼女がこんな所に埋まったように住んでいることが奇妙でならなかった》

当時、博多から幸袋へ行くには、鹿児島線を北へ上って折尾、南へ下がって原田のいずれかから筑豊線に乗りかえる。さらに、小竹まで行って幸袋線列車を待つ。どちら回りだったのか、文章から読み取れないのでカウントしない。小竹から幸袋まで幸袋線の4・9キロを初乗り区間として記録する。幸袋線はいわゆる盲腸線であり、69年に廃止となった。

幸袋線の終点は二瀬《ふたせ》である。ここには日鉄二瀬炭鉱があり、野球部が都市対抗で活躍した。古葉竹識（広島）、江藤慎一（中日）、黒木基康（大洋）といった強打者の名前が浮ぶ。幸袋は、柳原白蓮が嫁いだ炭鉱王伊藤伝右衛門の邸宅があったところだ。今も保存、公開されている。昭和三〇年代初めは石炭産業が光彩を放っていた。

題名の由来は、愛しているから遠くへ行く、遠くへ行くほど愛を深める、ということなのだろう。遠くとは、距離的にも階層的にも、という二重の意味がある。筑豊炭田とはぴったりの場所を選んだものだと思う。

《汽車が来て、二人は改札口で別れた。動きだした窓から見ると、啓子は顔いっぱいに笑いながら手を振っていた。十日ばかりしたら、また会えそうな別れ方であった》

啓子が泣いたり、恨みがましいことを言ったりしないところがかえって心情を伝えている。この後、また妻子のある炭鉱夫と逃げた。

タイムトンネルをくぐって

57年8月の『白い闇』(「小説新潮」)で、清張世界の鉄路は初めて東北に伸びる。

――信子の夫で石炭商の小関精一は、常磐と北海道へ商用の旅に出て失踪する。精一には青森に住む愛人常子がいたと、夫の従弟高瀬俊吉が知らせる。信子をわがものにしたい俊吉の作り話で、俊吉は十和田湖で精一を殺害して湖底に沈め、自分の愛人である常子は奥《お》入瀬《いらせ》渓流で毒殺した。それに感づいた信子は、俊吉を十和田湖旅行に誘い、犯行を語らせる――

信子の最初の東北旅行は、夫の所在を常子に尋ねようと、青森へ夕方に発つ旅だった。当時の青森行き急行列車は常磐線経由しかなかった。非電化の時代で、内陸部の白河の関などを越えて行く東北線より、常磐線の方が輸送力で勝ったのである。57年8月時刻表で見ると、上野―仙台間の場合、常磐線経由の方が15キロ長いが、所要時間は東北線経由より40~50分早い6時間程度で結んでいる。清張は、自明のことと見たのか、どちら経由で行ったか書いていない。慎重過ぎるが、上野—青森間のうち初乗りにカウントするのは、①東北線の上野—日暮里2・2キロ（日暮里で常磐線と東北線が分岐する）②仙台の手前で東北線と常磐線が合流する岩沼から青森まで405キロとする。②の盛岡—青森間は現在、3セクのIGRいわて銀河鉄道と青い森鉄道になっている。細かく書くと、岩沼—盛岡201・1キロ、盛岡—目時82キロ、目時—青森121・9キロの計となる。

《列車の内では一睡もすることができなかった。こんな思いで一夜の旅を独りでつづけるとは、なんという不幸であろう。蒸し暑いので、窓はあけられていた。窓の外には何も見えぬ夜が絶えず速度をもって流れていた。闇の底を東北の荒涼たる光景が魔のように駆けているように思われた。暗い風が冬のように寒かった。列車は人気のない駅にときどき停った。なかには、名前だけ知っている駅名があった。遠いところへ来た心細さで、息が苦しくなった》

後年の清張の筆と比較すると、やや大仰なのは、初の東北という力みからだろうか。

《信子は青森の街にさまよい出た。空虚な見物人であった。何を見ても無色にしかうつらなかった。

ただ、港に来たとき、青函連絡船の黄色い煙突が、彼女にはじめて色らしいものを点じた。夫は、この船に乗って本土と北海道を往復していたのだ。そう思うとなつかしかった。彼女は二時間近くも船を眺めていた。海には、半島の低い山が匍うように突き出て見えた》

２度目の東北行では、俊吉と常磐線回りの急行「みちのく」に乗った。上野発朝10時、仙台着夕方５時近いとある。57年８月時刻表では、上野発９時50分、仙台着15時47分である。最初の旅行で抜けていた日暮里—岩沼３４３・１キロが乗りつぶされた。

俊吉は愛する信子との旅行に高揚した。

《日ごろ落ちついて、いくらか取りすましている感じの俊吉も、信子と座席がならんで、うれしそうに少々饒舌《じょうぜつ》になっていた。彼は沿線の風景で、ときどき、名所のようなところがあると、窓から指さして信子に教えた。（略）

よそ目には夫婦か、愛人同士のように見えた》

常子の兄で仙台にいる白木淳三に会った後、２人は十和田湖へ向かう。仙台から青森まで夜行列車の２等車（現在のグリーン車に相当）に乗る。小田急のロマンスカーは登場したが、旧国鉄の優等席は初めてである。俊吉の心中はどうであったろう。２人を殺して、ようやく信子との旅行が叶った。だが、犯行がばれた時は身の破滅が待っている。それを覚悟して一瞬の快楽に酔おうとしたのか。清張は「混んでいて、信子と俊吉とは離れてやっと席をとった」と書いた。信子と離れたくない、俊吉の悶えるような気持ちが想像できる。

「別冊文藝春秋」同月の『**捜査圏外の条件**』は、先に述べた列車のタイムトンネル性を実感できる。

——銀行員黒井忠男の妹光子は、黒井の同僚で妻のいる笠岡勇市と愛人関係になる。光子は亡き夫の墓参に山形へ行くと言いながら、笠岡と北陸の温泉に行って急病死する。醜聞を恐れた笠岡は光子の身元が分からないようにして立ち去る。それを知り、妹を捨てた奴だと憎しみを深めた黒井は、笠岡の殺害計画を実行するため、銀行を辞めて山口県宇部市のセメント会社に転職し、7年の歳月の経過を待つ——

黒井は、笠岡を殺害した後、容疑者として自らが捜査線上に浮上しないようにした。笠岡の周辺捜査が始まっても、7年前の職場関係者や1050キロも離れた地の人間には疑いの目はかかるまいという計算だった。7年前の東京と現在の宇部を結ぶタイムトンネルが列車なのである。

黒井の一番乗りと認定できるのは、笠岡らに東京駅まで見送られ、列車で宇部に向かったことである。降車地を書いていないが、東海道、山陽の両線を乗った後、山陽線の宇部(当時は西宇部)で降り、宇部線の宇部新川(当時は宇部)までの6・1キロに乗車したとみなす。

《宇部はセメントの町で、屋根には白い灰が降りている。薄雪をかぶったような家なみの向うには蒼い海がおだやかに展がった。晴れた時は、九州の山が見える》

公害とか環境とかがうるさく言われない時代のことであろうが、変わらないのは宇部・小野田の海岸から九州を見る景色である。瀬戸内海の北西端、周防灘が狭まるあたりは、波静かな日は湖のように見える。九州の山とは福岡・大分県境にあり、修験道で知られる英彦《ひこ》山やシャクナゲが美しい犬ケ岳の山々である。JR小野田線の本山支線の終点長門本山駅を降りて海岸線に出ると、こんな景色を見ることができる。

黒井がつくった捜査圏外の条件は、もろくも崩れた。笠岡が毒殺される前、7年前に流行った歌謡曲『上海帰りのリル』を歌ったのを飲み屋の女中が聞いていたのだ。捜査は一挙に7年前の笠岡の交友関係の洗い出しに進み、黒井は死を決意する。黒井は時刻表マニアでもあった。犯行後すぐに東京を発てるよう、「下り列車の時刻は悉く諳んじていた」。

ここまでの、旧国鉄とJRの初乗り区間は計3150・4キロになった。私鉄は202・1キロである。鉄道乗車が犯罪と結びつく作品が多くなった。第2章で出てきた旧国鉄とJRの初乗り区間を地図2で示した。常磐・東北線が北に向けて放たれた矢のようである。

注1　小郡駅は現在、山陽新幹線も停まる新山口駅。中国山地に入ってゆく山口線と瀬戸内海沿いを走る宇部線との乗換駅でもある。

注2　河出文庫『汽車旅12カ月』

注3　オフィス版ヤフーの路線検索を見ると、6件中5件が山手線外回りを示している。時間的には遅いが、神田乗り換えもある。

注4　オフィス版ヤフーの路線検索は、6件中3件ずつに分かれる。ただし、運賃は井の頭線経由が安い。

地図2　第２章に登場した初乗り区間

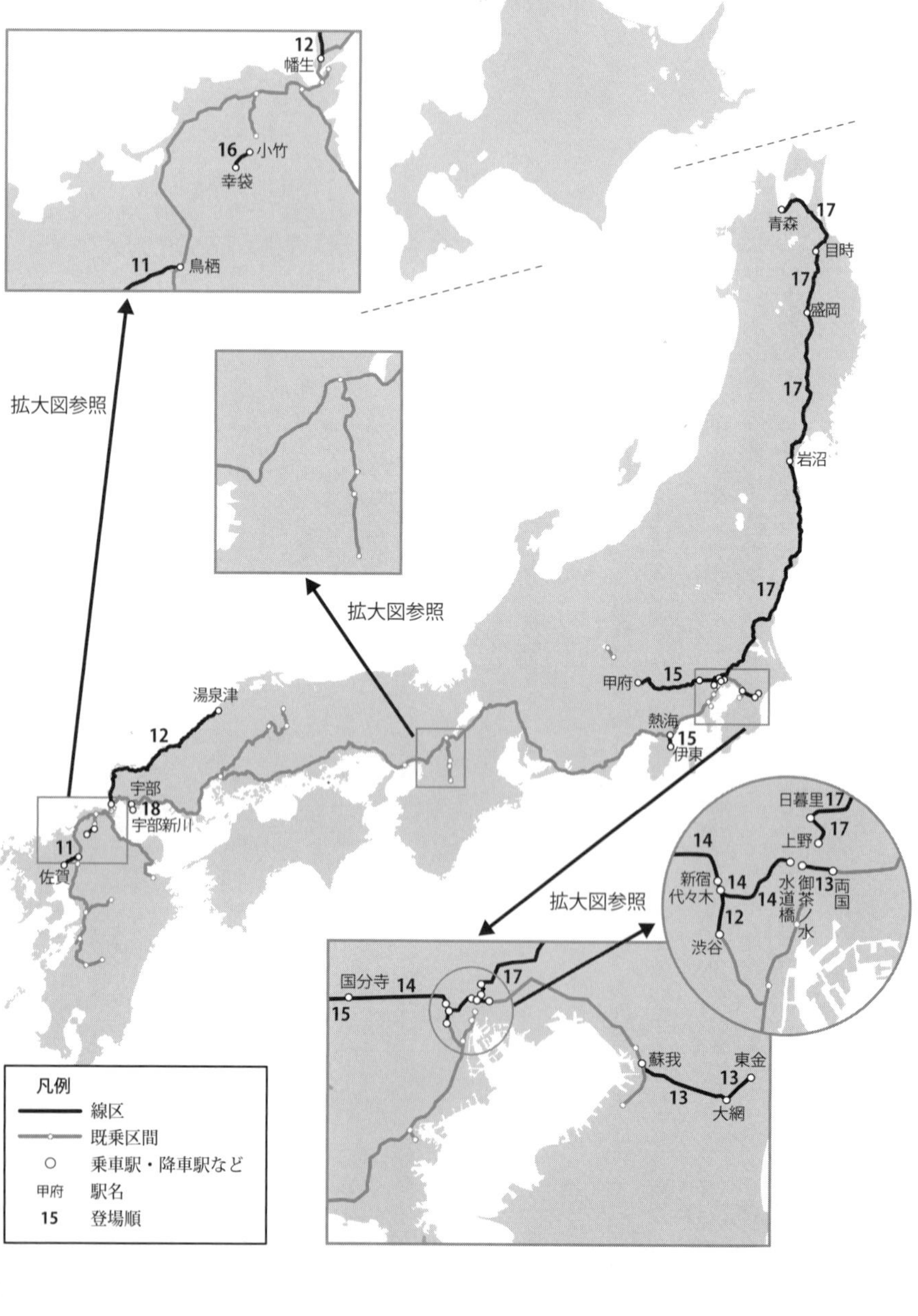

第3章

東京駅15番線

（1957年12月～1959年8月）

本章に登場する作品

眼の壁（全集2巻1刷）
点と線（全集1巻10刷）
拐帯行（全集37巻6刷）
氷雨（全集37巻6刷）
日光中宮祠事件（全集37巻6刷）
装飾評伝（全集37巻6刷）
真贋の森（全集37巻6刷）
遭難（全集4巻1刷）
失踪（『失踪―松本清張初文庫化作品集1』双葉文庫1刷）
紐（全集4巻1刷）
微笑の儀式（全集9巻7刷）

（細字は初乗り場面なし）

二等待合室

『眼の壁』は、「週刊読売」で57（昭和三二）年4月14日から12月29日まで連載された。『点と線』は、「旅」の同年2月〜58年1月を飾った。ともに初の長編推理であり、列車と駅施設が舞台やトリックとして数多く登場する。第2章の『地方紙を買う女』、『白い闇』、『捜査圏外の条件』もまた同時期の作品で、鉄道が作品の中で重要な役割を占めている。

なぜ、こんなに鉄道旅が登場するのか、やはり時代を見なければならない。56年11月に国鉄の白紙ダイヤ改正があった。国鉄のダイヤは、全国の鉄道網を視野に入れた一つの体系がある。まず、東京と、大阪など地方の大都市を結ぶ特急列車の発着時間を決める。次に特急が止まらない都市に停まる急行や準急の運行計画ができる。その後に、各駅停車の時刻表が決まる。特急から乗り換えた地方の列車もまた、小さな体系を持っている。だが、鉄路の難所で時間短縮につながるトンネルや鉄橋が出来たりすると、ダイヤは改正される。大きな工場や学校ができたり、大型団地が造成されて乗降客が増えたりして、急行の停車駅を見直す箇所が増えた時にもダイヤ改正となる。最も大きなダイヤ改正の要因は、電化や複線化など輸送力の飛躍的な増大と新型車両の導入である。従来の体系を白紙に戻すためにこの名がある。56年11月時点では、東海道線が全線電化され、東京―大阪間の特急「つばめ」や「はと」がスピードアップした。東京―博多間にブルートレインの元祖となる特急「あさかぜ」が登場した。長距離の急行についていえば、2等車、3等車、寝台車、食堂車をフル装備するようになった。山手線と京浜東北線が分離運転、すなわちそれぞれが独自のレールを走るようになった。いわば、列車が個性を発揮し始めた、と言えよう。

清張が人々の仕事、暮らしぶりの変化を見つめていて、自然に鉄道と乗客を描くようになったのだろう。

『眼の壁』の粗筋を書く。

――昭和電業製作所の会計課長関野徳一郎は、給料日に金が不足するため一時金を借りようと、手形を切るが、右翼団体でもある詐欺グループのパクリ被害に遭い、責任を感じて自殺する。部下の萩崎竜雄次長は友人の新聞記者田村満吉とともにグループを追う――

事件の舞台は東京と信州が主で、初乗りも多い。萩崎は東京駅で関野がパクリ屋と会う直前に別れ、阿佐ヶ谷まで帰る。東北線の東京―神田1・3キロと中央線神田―水道橋2・1キロは初登場区間である。パクリ屋集団の一人、黒池健吉はパクリ被害を調査する昭和電業の顧問弁護士、瀬沼俊三郎事務所で働く元刑事を射殺し、逃げ回る。飛行機で羽田から名古屋へ、名古屋から中央線で瑞浪《みずなみ》(岐阜県)まで50・1キロに乗り、一味のアジトである精神病院に隠れた。犯行や逃走に航空機が登場するのはこれが初めてである。

萩崎と田村は列車で瑞浪へ来るが、田村は右翼団体首領の舟坂英明が伊勢に来ていたため、彼に会おうとする。名古屋から近鉄で宇治山田まで乗る。107・1キロに達する。

瀬沼弁護士は一味に拉致され、殺害死体が中央アルプス山中で発見された。警視庁の井手警部補らは現地へ向かうため、新宿発8時10分の準急に乗る。時刻表によれば、「穂高」であり、塩尻着午後1時半も文中と同じである。新宿―甲府間は『地方紙を買う女』、富士見―上諏訪間は『湖畔の人』で乗りつぶされており、甲府―富士見48・8キロ、上諏訪―塩尻36・2キロが初乗りである。今の特急は岡谷―塩尻間を短絡線で走るが、当時は辰野経由であった。井手警部補は塩尻で乗り換え、木曾福島までの41・7キロにも乗る。

舟坂や黒池の故郷は八ヶ岳山麓であり、萩崎は手掛かりを探しに行く。新宿から小淵沢まで来た後、小海線に乗りかえ、佐久海ノ口へ行く。39・4キロ。捜査が及んできたことを察知した一味は、邪魔になった黒池をアジトで殺害し、死体を北アルプスの麓にある青木湖近くで自殺に見せかけて遺棄する。萩崎は遺棄現場を見に行く。塩尻から先、篠ノ井《しののい》線の松本までの13・3キロと松本から大糸線の簗場《やなば》まで46・3キロは彼が一番乗りした。

瑞浪のアジトが摘発される前、萩崎は舟坂の過去を知る佐久海ノ口の古老を瑞浪へ連れて行く。この時、中央線で乗り残していた木曾福島―瑞浪83キロも初乗り区間となった。

これほど鉄道乗車回数の多い作品は初めてである。ただ、時刻表を使ったトリックはあまり出てこない。むしろ、列車や駅が犯罪の場になっていることが注目される。

新鮮なのは、パクリ集団が会計課長の関野に自分たちの融資話を信じ込ませるのに東京駅の一二等待合室を利用することである。高級な場所というイメージで惑わせた。

《待合室は、広く外部と仕切られていた。青いクッションがテーブルを囲み、いくつも輪をつくってならべられてあった。広く空間をとった大きな壁には、日本の名所の浮彫《リリーフ》が取りつけられ、地名はローマ字だった。駅の待合室というよりも広いロビーという感じである。

じっさい、そこには外人が多かった。青い服を着た軍人が、一団となってしゃべっている。子供をつれた夫婦がいる。正面の窓口で、何かきいている二三人の男がいる。椅子に腰を深くおろして、新聞をよんでいる者がいる。それらの外国人は、みな大きな鞄を横にひきつけていた》

現代であれば、高級ホテルのロビーということになる。グレードの高い空間への憧れを人々が持ち始める時代ではなかったか。作品の導入部として強い訴求力を持つ。

パクリ集団に拉致された瀬沼弁護士は、身動きならぬまま担架に載せられ、東京駅から東海道線下り急行「西海」で名古屋辺りまで運ばれるのだが、東京駅での乗せ方が意表を突く。宗教団体を装い、一人が急病になったので、人目につかぬよう乗せたい、と駅に頼む。駅は小荷物運搬に使う地下道を用意する。ここでも東京駅の中にそんな裏の抜け道があったのか、と読者を感心させる。

この先、また芸が細かい。「西海」は九州の佐世保行きだが、一味は担架を証拠隠滅するため、小田原—熱海間の真鶴海岸で車中から捨てる。それが確認されたのは、9分前に通過した伊東行き準急「はつしま」が通った時には何も捨てられなかったという沿線住民の証言に依る。「西海」と「はつしま」では、乗客の性格がガラリと違うが、東海道線を様々な人々が時間を空けずに利用していることが実感できる。ましてや、「西海」や「はつしま」に乗ったことがある読者は作品に誘い込まれるだろう。

黒池の死体が発見される直前、大糸線の簗場駅にいかにも死体が入っているような荷物が到着し、駅の伝票に残っていた。黒池は濃クローム硫酸液に4、5時間漬けられ、何ヶ月分もの腐乱が進行した。一味が捜査の眼をあざむこうとしたのである。旧国鉄はほとんどの駅で荷物を扱っていたが、そうしたことも犯罪を描くのに使った。

『眼の壁』では、死体の処理方法にも工夫している。遺体が中央アルプスで見つかった瀬沼弁護士の死因は道に迷った上での餓死とされたが、実際は瑞浪の精神病院に監禁して餓死させた。木の実を与えて実際に山中をさまよったかのような細工もしている。

登場人物も多彩になった。犯人、被害者、愛人、刑事というコンパクトな顔ぶれではない。探偵役が萩崎と田村、犯人一味も舟坂、黒池のほか黒池の妹が登場する。殺される瀬沼弁護士とその事務所員、萩崎らによる聞き込みを受ける国鉄職員もいる。

神武景気（54〜57年）の後、小休止した日本経済は岩戸景気（58〜61年）に移る。企業が成長し、勤労者も生活が豊かになって来た。1カ月の世帯当たり実収入は、55年に2万9169円だったのが、56年3万0776円、57年3万2664円、58年3万4663円、59年3万6873円と伸び、60年には4万0895円に達した（総務省統計局）。作品中で、登場人物たちはルノーのタクシーに乗る。西銀座のバーでハイボールを味わったり、新宿の裏通りの飲み屋でビールを飲んだりした。清張は長編を書くにあたって、時代の気分と新しい風俗をふんだんに盛り込んだ。

『眼の壁』について、ミステリー評論家の中島河太郎は次のように解説している。

「推理小説という形からでも人生は描ける、動機をもっと重要な要素にすることによって、人間描写に通じ得られる。その動機も社会的な面に発展させれば、さらに小説の芯《しん》は強まり、ひろがりをもつだろうというのが、著者の信念であった。そして『点と線』と本編が書かれた」（注1）

並走する殺害行列車

清張の作品群を大山脈に例えるならば、『**点と線**』は主峰の一つであり、ひときわ高い。「社会派ミステリー」という言葉が出来るきっかけにもなった。伝説的に語り継がれているのは、博多行き特急「あさかぜ」が東京駅で出発を待つ際、頻繁に発着する2本の乗り場を挟んだ隣りのホームから、特急に乗り込む男女を目撃させるトリックである。

――機械工具商社経営安田辰郎は、官庁に食い込んでいるが、昵懇の仲である某省の石田芳男部長に汚職捜査の手が伸びて来たと知り、その芽を摘むべく課長補佐の佐山憲一を心中に見せかけて毒殺しようとする。心中に擬装するため、赤坂の割烹料亭「小雪」の女中お時との仲を親しく見せる必要が出て来た。

安田は鎌倉の家へ帰る際、東京駅まで見送ってくれと女中仲間2人を連れて、自分が乗る横須賀線ホームの13番線に来る。すると、15番線には博多行き特急「あさかぜ」が停車中で、佐山とお時が話しながら一緒に乗り込むところが見える。13、14番の両線には横須賀、東海道線の列車が次々に出入りするが、17時57分から18時1分までの4分間だけ、13番線があるホームから15番線のホームが見渡せる――

冒頭部分の描写が話題になったのは、時代の先頭を切って走るような「あさかぜ」の魅力を描いたからであろう。まずは速さである。作中でも東京発18時30分だが、博多着は翌日の午前中の11時55分である。急行では、一昼夜かかるのが当たり前だった。寝台中心の列車編成なので疲れも少なくてすむ。仕事をして東京駅に駆け付け、九州に着いてからもひと仕事できる。

掲載雑誌が「旅」であっただけに、清張の筆も旅情を誘う方向に傾いたことは想像に難くない。東京駅15番線は旅の出発点、憧れの場として機能していた。丸の内側から八重洲側に向って、中央、京浜東北・山手、東海道、横須賀の各線となり、15番線は関西以西に行く長距離の優等列車が多数発車していた。サラリーマンたちは15番線を見ては、ふっと旅情をかきたてられたのではなかろうか。

佐山とお時の2人は別々の思惑で「あさかぜ」に乗った。お時は熱海で降り、佐山は博多まで行き、石田や安田からの連絡を待った。「完全犯罪」の謎を解く糸口は食堂車の領収書が佐山の遺体のポケットから出てきたことである。日付のほか「列車番号7、御一人様、合計金額三百四十円。東京日本食堂発行」と書かれていた。心中に向かう最中、男1人だけで飯を食うものだろうか、という疑問を福岡のベテラン刑事鳥飼重太郎が抱く。

列車番号というのは、個々の列車を示す数字・記号である。今の新幹線であれば、「1A」は列車名「のぞみ1号」、「501A」が「ひかり501号」と即物的過ぎるのだが、当時の列車名は数字を被せられることはなかった。急行の場合、「霧島」、「雲仙」、「十和田」、「白山」など行先地周辺の観光地に因むものだった。番号は、特急なら1ケタ、急行は2ケタ、準急以下は3ケタという傾向もあった。

58年1月の時刻表によれば、東海道線の列車番号1は大阪行き「つばめ」、3は同「はと」であり、5は京都発博多行き「かもめ」、9は長崎行き「さちかぜ」となる。2、4、6、8、10は同じ名前の上り列車になる。作中で、刑事が「列車番号の7というのは何か」と叫ぶ一幕があるが、「旅」の読者には先刻承知のことに違いない。

佐山とお時の死体は、福岡市・博多湾の香椎《かしい》海岸で並んで見つかるが、食堂車での領収書に不審を持つ鳥飼刑事はもう一つの疑問を持つ。

――福岡市の中心部から香椎へ行くには、国鉄と西鉄宮地岳《みやじだけ》線の二つの鉄路がある。国鉄駅から降りて海岸へ行く途中に西鉄駅がある。国鉄駅近くで佐山とお時らしい男女が目撃される一方、西鉄駅前でも男女が目撃される。同一のアベックと見られたが、目撃時間に11分の差がある。両駅間の距離からすれば、少し大き過ぎる。せいぜい6、7分のはずだ

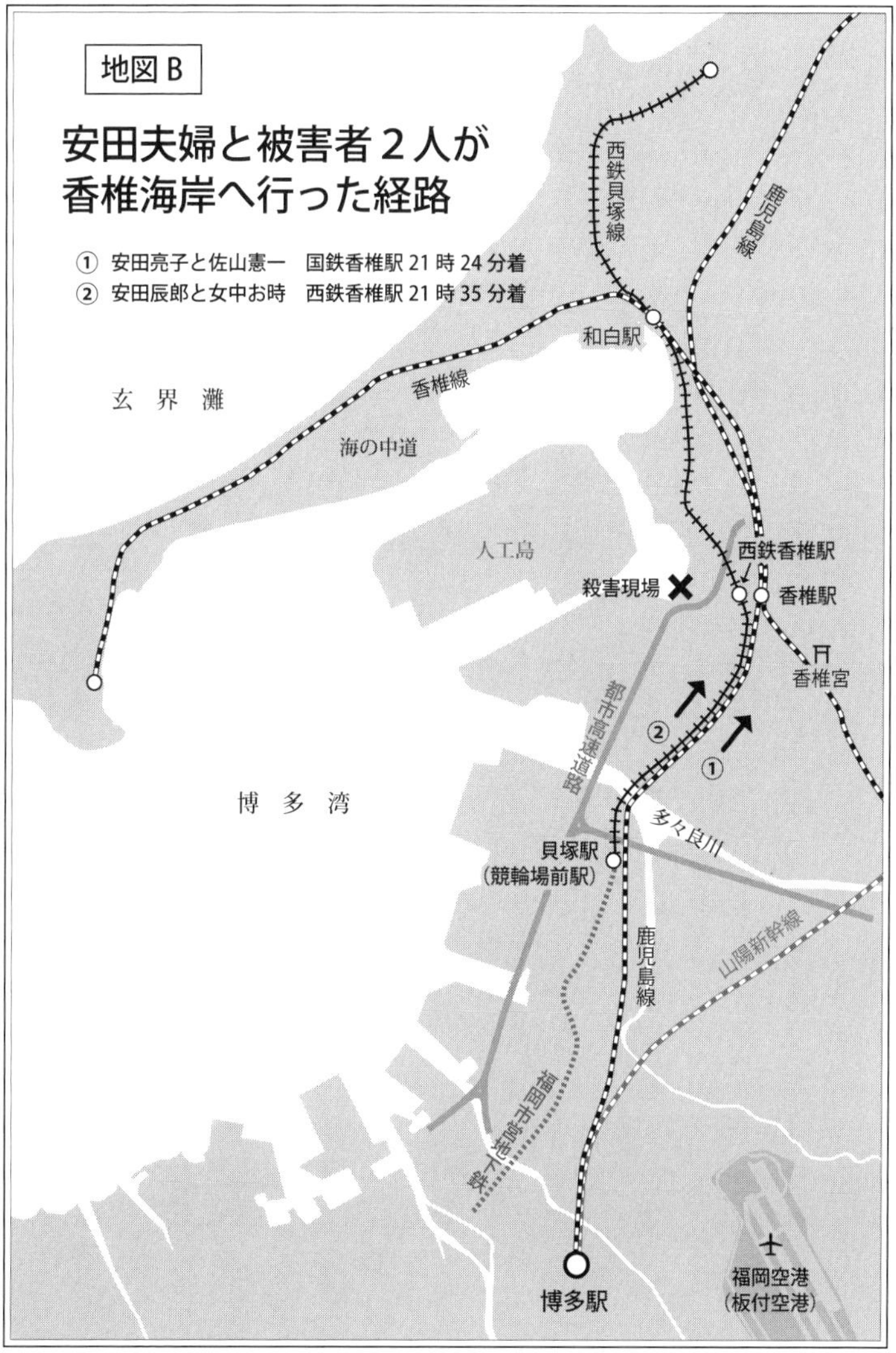
地図B
安田夫婦と被害者2人が
香椎海岸へ行った経路
① 安田亮子と佐山憲一　国鉄香椎駅 21 時 24 分着
② 安田辰郎と女中お時　西鉄香椎駅 21 時 35 分着
西鉄貝塚線
鹿児島線
和白駅
香椎線
玄　界　灘
海の中道
人工島
西鉄香椎駅
殺害現場
香椎駅
香椎宮
都市高速道路
②
①
博　多　湾
多々良川
貝塚駅
（競輪場前駅）
鹿児島線
山陽新幹線
福岡市営地下鉄
博多駅
福岡空港
（板付空港）

――

ここにトリックがあった。

国鉄駅で降りたのは佐山と安田の妻亮子だった。2人が西鉄駅を通過した直後に安田とお時が西鉄線で到着し、4、5分遅れで海岸に向かった。佐山とお時は騙されて毒入りの飲み物を口にし、安田夫婦が死体を並べて心中に見せかけた。夜の香椎海岸に2組の男女が来たのに加害者側の2人は被害者側の陰に隠れてしまったのである。

鳥飼は西鉄線にも2人連れがいたのではないかと思い、目撃者を探して何度も乗る。当時、福岡市中心部から西鉄の路面電車が延び、競輪場前（現貝塚）で西鉄線に乗り継ぐようになっていた。鳥飼は競輪場前から西鉄香椎のさらに先、西鉄福間まで18・2キロを小分けして一番乗りした。

安田夫婦の手口を見て想起するのは、『顔』の井野良吉が殺す相手と列車内で横並びに座って失敗したことである。『地方紙を買う女』の潮田芳子は、殺害相手を1列車後に来させる「時間差」で目撃者が出る事を避けた。安田夫婦は、並行する鉄路を別々に来て、自分たちの気配を消そうとした。「現地集合型」とでも呼べる列車利用犯罪である。2組の男女が同時に目撃されたらトリックは崩れるし、時間が離れていても目撃時間の差が大きくなってしまい、技が空振りになってしまう（地図B参照）。

危険なトリックにリアルさを吹き込んだのは香椎という場所の風景を丁寧に書き込んだことである。清張の筆は歴史から迫る。

《鹿児島本線で門司方面から行くと、博多につく三つ手前に香椎という小さな駅がある。この駅をおりて山の方に行くと、もとの官幣大社香椎宮、海の方に行くと博多湾を見わたす海岸に出る。

前面には「海の中道」が帯のように伸びて、その端に志賀島《しかのしま》の山が海に浮かび、その左の方には残の島《のこしま》がかすむ眺望のきれいなところである。

この海岸を香椎潟といった。昔の「橿日《かしい》の浦」である。太宰帥《だざいのそち》（注2）であった大伴《おおとも》旅人《のたびと》はここに遊んで、

「いざ児《こ》ども香椎の潟に白妙《しろたえ》の袖《そで》さえぬれて朝菜摘みてむ」（万葉集巻六）と詠んだ》

万葉の世界を引き寄せるだけでない。香椎に行く乗換駅も歴史の舞台なのである。

《競輪場前というのは、博多の東の端にあたる箱崎にある。箱崎は蒙古襲来の古戦場で近くに多々良《たたら》川が流れ、当時の防塁の址が一部のこっている。松原の間に博多湾が見える場所だ》

鉄道を使ったトリックに歴史を絡ませる手法は、清張ミステリーの特徴とも言える。

福岡市東部の市街地外れと書かれた香椎は、今や東の副都心であり、万葉の時代を偲べた海岸線は沖合まで埋め立てられて人工島が出来た。タワーマンションが造られ、昔の海岸線の真上は都市高速道路が走る。西鉄宮地岳線は元々宮地嶽神社への参拝鉄道の性格もあったが、人口が少ない部分が廃線となり、貝塚線と名を改めた。乗換駅の競輪場前も貝塚と名前を変え、路面電車は地下鉄に替わった。いつの間にか『点と線』自体が昭和三〇

年代の福岡市を伝える歴史的資料になったのである。

究極の机上鉄

安田が犯人であることは、早い時点でにおわされるのだが、鉄壁のアリバイを持っていた。犯行があった1月20日の夜は、某省の石田部長と同じ列車で上野から札幌に向かっていたというのである。石田部長は「ちょいちょい挨拶にきた」と証言する。証言は嘘なのだが、石田部長が北海道まで列車で行ったのは安田のアリバイ作りのための事実である。

上野発19時15分の急行「十和田」は、常磐線経由で青森着9時9分。青森発9時50分、函館着14時20分の青函航路連絡船に乗る。この１１３キロが初乗り区間である。さらに、14時50分発急行「まりも」に乗って函館線を往き、札幌に20時34分に着いた。道内に入ってからの乗車距離２８６・３キロも大変だが、石田部長は24時間以上、列車と連絡船に乗りつづけているのである。

札幌でもまだ降りなかった。安田と一緒では見え見え過ぎるということか。旭川の手前の滝川まで来て、根室線に入り、翌朝7時15分に釧路へ着いた。札幌―釧路間は３９１・９キロに達する。石田部長は2等に乗ったとは言え、２夜連続の座席泊は今では考えられない。清張作品で最もハードな乗り鉄をした１人であろう。名目は管内視察ということだが、飛行機はなかったのか。58年の時刻表によれば、東京（羽田）―札幌（千歳）間にはＪＡＬ

表2　安田辰郎のアリバイ説明と三原警部補の推理

月日	安田の申し立て	三原の推理
1月20日		15時　羽田から飛行機搭乗
	19時15分　上野発急行「十和田」に乗車	19時20分　福岡空港着
	「石田芳男と同じ列車だった」と説明	香椎海岸で犯行、福岡泊
21日		８時　福岡空港発
	９時９分　青森着	
	９時50分　青函航路連絡船乗船	
		正午　羽田着
	14時20分　青函航路連絡船下船	13時　羽田発
	14時50分　函館発急行「まりも」に乗車	
		16時　千歳着、札幌駅へ向かう
		17時40分　函館線上りで小樽へ
		18時44分　小樽着
		19時57分　急行「まりも」を待ち受けて乗る
	20時34分　札幌着	20時34分　札幌着

が飛んでいたが、道東へは丘珠《おかだま》空港から1日1便しか出ていない。『点と線』の設定は、現実離れはしていない。

安田は、石田部長が列車や船に乗っている間に飛行機で東京→福岡（板付《いたづけ》）→東京→札幌と移動した、というのは余りに有名なトリックである。某省の汚職事件に取り組んでいた警視庁捜査2課の三原紀一警部補は表2のように推理した。進化し、多様化する清張の鉄道トリックに「空陸差し替え型」というパターンが加わった。飛行機はジェット化されておらず、プロペラの時代であった。

攻防はさらに続く。空路で札幌に行けば、青函連絡船の乗船客名簿に安田の名前はないはずだ、と三原は考える。だが、安田自筆の名簿が残っていた。一方、安田は3回にわたって飛行機に乗っているのだから乗客名簿を当たれば、偽名を使っていても浮かび上ってくるはずである。種明かしは、石田部長が手配し、①青函連絡船は予め安田が書いた名簿を部下に持たせた②飛行機は出入りの業者に「自分が乗った」と証言させた、ということである。同行した部下自身の乗船客名簿がないというのが、突破口となった。「身代わり乗車（乗船／搭乗）」というトリックになるのであろう。

安田の妻亮子の役割を書き落としていた。「あさかぜ」に乗り、熱海で降りた女中のお時は、亮子の指示で熱海に泊まっていたが、殺害される前夜女2人で博多まで旅行する。そして、香椎への2組のアベックが出来たのだ。亮子は病弱で、安田とお時が愛人であることを許しており、その関係でお時と顔見知りだった。

三原警部補は、亮子が事件に関与しているという予感があって、鎌倉の自宅を訪ねる。横須賀線の大船から鎌倉までの4・5キロ、江ノ島鎌倉観光電鉄（現在の江ノ島電鉄）鎌倉―極楽寺2・4キロは三原が一番乗りした。

三原はここで、亮子の書いた随筆「数字のある風景」を目にする。鉄道トリックは亮子が考え出したものではないか、と思い当たる。

「時刻表マニア」という言葉が廃れて久しい。昭和三、四〇年代には結構聞かれた。旅に出たいが、金も暇もない。せめて時刻表をめくっては旅に出た気持ちになろう、という人々である。予定もないのに、毎月の時刻表を買う。ダイヤ改正の時は当然精読するので、盆暮れ、行楽期の臨時・季節列車にも詳しくなる。今でいう乗り鉄とは少し違う。机上鉄とでもいうべき人々である。

亮子は病床で時刻表を繰る人である。随筆の一部を紹介しよう。

《時刻表には日本中の駅名がついているが、その一つ一つを読んでいると、その土地の風景までが私には想像されるのである。それも地方線《ローカル》の方が空想を伸ばさせてくれる。豊津《とよつ》、犀川《さいがわ》、崎山《さきやま》、油須原《ゆすばる》、勾金《まがりかね》、伊田《いた》、後藤寺《ごとうじ》、これは九州のある田舎の線の駅名である。新庄《しんじょう》、升形《ますかた》、津谷《つや》、古口《ふるくち》、高屋《たかや》、狩川《かりかわ》、余目《あまるめ》、これは東北のある支線である。私は油須原という文字から南の樹林の茂った山峡《やまかい》の村を、余目という文字から灰色の空におおわれた荒涼たる東北の町を想像するのである。私の目には、その村や町を囲んだ山のたたずまい、家なみの恰好、歩いている人まで浮かぶのである》

前者は、瀬戸内海に面した福岡県行橋市と旧筑豊炭田の中心地、田川市を結ぶ田川線である（現3セクの平成筑豊鉄道）。豊津—崎山間は、今川沿いに緑したたる田畑が続き、勾金—後藤寺間は当時ならボタ山群が望見できたであろう。油須原付近だけは照葉樹林が折り重なる深い谷間にある。

後者は陸羽西線であり、古口—狩川間では最上川と並走する。両側に山が迫り、急流となる。芭蕉の「五月雨を」の句を最もイメージできる地点だ。余目は羽越線との接続駅である。吹雪の時は横殴りの雪が襲い、春夏は鳥海山や月山の万年雪を仰ぎ見ることができる。美田地帯である。

亮子は随筆を書いている午後1時36分という瞬間に列車が停車中の駅名を北から南まで

次々に挙げる。関屋（越後線）、阿久根（鹿児島線）、飛騨宮田（高山線）、藤生《ふじう》（山陽線）、飯田（飯田線）、草野（常磐線）、東能代（奥羽線）、王寺（関西線）。そしてこう書き継ぐ。

《私がこうして床の上に自分の細い指を見ている一瞬の間に、全国のさまざまな土地で、汽車がいっせいに停まっている。そこにはたいそうな人が、それぞれの人生を追って降りたり乗ったりしている。私は目を閉じて、その情景を想像する。（略）私は、今の瞬間に、展《ひろ》がっているさまざまな土地の、行きずりの人生をはてしなく空想することができる》

亮子は清張の分身であろう。彼もまた時刻表と地図を机の側に置き、空想しては作品に芯を通し、リアリティを吹き込もうとしたのではないか。風景だけではなく、人々の暮らしの息遣いまで活写しようとしたことが清張作品の魅力になっている。全国各地で営まれる人々の暮らしを読者に知らせ、イメージさせるため、読者をもまた鉄道に乗せている。

昭和三二年のBGM

『眼の壁』と『点と線』が、東京駅を冒頭に持ってきたことは、一二等待合室や九州行き特急を横目に見ていた首都圏の人々の旅情を誘う効果があった。同時に、地方の人々に東京への憧れを深めさせる作品になったことも見逃してはなるまい。

金持ちで立派な肩書を持つ人間が集う待合室とはどんなところだろう、特急列車出発前の15番線ホームは華やかさをまとった人々が蝟集しているのだろう、知りたいと思いませんか。読者にそうしたメッセージも送っている。55年の『父系の指』や『青のある断層』で、鉄路旅が上京、帰郷の双方向性を持っていることを指摘したが、そこには生活の糧を求める逼迫感があった。2年後、人々は心の潤いを求めるようになっていた。それが、昭和三〇年代前半の急速な世相の変化であろう。

2作品にBGMを流すとすれば、以下の三つがふさわしいと思う。フランク永井の『有楽町で逢いましょう』、島倉千代子の『東京だよおっ母さん』、コロムビア・ローズの『東京のバスガール』。いずれも57年にレコード発売された歌謡曲である。

東京駅から1駅乗れば、有楽町。「ビルのほとりのティー・ルーム」があり、「映画はロードショウ」が楽しめる。交通手段として国電が想定されていることは、歌詞の「駅のホームも濡れたろう」から分かる。バスガールは、「ビルの街から山の手へ」、「紺の制服身につけて」駆け巡る。二つの歌の主人公は東京出身者であるかもしれないが、地方から来て東京での青春を謳歌している若者であってもおかしくない。東京駅から続く風景の中に清張作品の登場人物も歌の主人公も捉えられるのである。

『東京だョおっ母さん』は、地方出身の若い女性が、仕事か結婚で落ち着いた日々を迎え、田舎に住む母親の靖国参拝を送迎した一こまが浮ぶ。母娘は東京駅か上野駅で出会い、別れたのであろう。彼女らとすれ違った人間の中に『眼の壁』の萩崎竜雄や『点と線』の安田辰郎のような人物像を描くのは難しいことではない。帰って行ける故郷と、活躍できる東京とがバランスよくそれぞれの役割を発揮できた時代であった。

清張が二つの作品を通じて時代の相を描こうと、どこまで意識したかは分からぬ。だが、何事も臨場感を出そうとする筆は、自然と時代をすくい上げることになった。

書き残したことがある。警視庁の三原警部補は、捜査に行き詰まると、都電に乗りたがる。警視庁から新宿まで乗り、さらに荻窪まで乗ったとある。れっきとした鉄路なのだが、前書きで説明したようにこの研究では路面電車を対象にしていない。

『拐帯行』は58年2月、「日本」で発表された。

――貧しさや世間の冷たさが嫌になった森村隆志と西池久美子は、森村の会社の金を持ち逃げし、九州へ死出の旅に立つ。列車内や観光地で、金持ちの中年夫婦を見かける。彼らは強い生き方をしているのだ、と憧れを持ち、死ぬのをやめ、いま少し働こうと思い直す。ところが、中年夫婦こそ拐帯行をしており、鹿児島で心中していた――

テーマや舞台は、『青春の彷徨』や『ひとり旅』と重なる。初乗りは、鹿児島線に乗り、熊本から不知火《しらぬい》海に面した温泉へ行く部分だ。現在は3セクの肥薩おれんじ鉄道となった八代―日奈久温泉10・1キロである。八代までは、『ひとり旅』の田部正一が乗っている。

2人は東京を離れる際、特急「さちかぜ」の特別2等車に乗る。

《窓から東京の夜景が流れた。密集した灯は次第に凝結を緩め、薄くなり、疎らになった。東京が遁げ去ったのだ。（略）

特二の車内は、昼光色に輝いて、贅沢な旅客たちへ光を添えた。客は白いカバアに頭を凭《もた》せ、それぞれの姿勢を作っていた。みんな、屈託なく旅を愉しみに行くように見えた。男客は煙草の煙を吐き、女客は蜜柑か菓子を食べていた。（略）

「ねえ」

と久美子が云った。座席《シート》の角度が変るのを愉しみながら、仰臥していた。

「こんな贅沢な汽車に乗るの、はじめてだわ」》

「さちかぜ」とは、『点と線』で触れた東京―長崎間の寝台特急である。『点と線』では、読者はホームに立ち、特急列車を車外から見るという位置だったが、『拐帯行』では車内での視線を持つことになった。「はじめてだわ」と喜ぶ久美子に、「自分はもう乗った」というより、「自分も早く乗りたい」と羨む読者の方が多かったのではないか。

『氷雨』（「小説公園増刊」58年4月）は、東京・渋谷の割烹料理屋の女中加代の話である。客の川崎から手を出されそうになるが、うまくすり抜けて来た。ところが、氷雨の夜、川崎は新入りの若手女中に気を見せ始めた。加代はあせりを深める。

加代は目白に住んでおり、深夜の山手線外回りで帰る。『顔』の井野良吉が渋谷から代々木まで、『声』の高橋朝子が代々木から新宿まで初乗りしたことは確認済みなので、新宿から目白までの3・6キロが加代の一番乗りである。

貧しい人々を描く時の清張の筆は、リアルで、かつ緻密である。

《かんばんになって、女たちが支度をして店を出るのは十二時近くで、たいてい電車で帰るものが多いから、渋谷の駅までいっしょに行く。（略）

加代は目白までの電車の中で、酔客を眺めながら、川崎のことを考えた。川崎にもずいぶん前から誘われたものである。座敷のうえのことなので、店が終って行くから、代々木で待っててよ、とか、原宿で待っててね、とか三度か四度云ったが、そのつどすっぽかした。（略）

加代は電車の床の上に唾を吐いた。川崎を軽蔑してやりたくなってくる》

《アパートの部屋は三畳だった。昼、出がけに湯たんぽを入れた蒲団が敷きっ放しに置いてある。読みかけの雑誌も小机の上にそのままだった》

女の意地で川崎と関係を結んでしまった顚末を語るのは2年後のことである。

《加代は中央線のある駅前のせまい路地で、小さなおでん屋を開いている。客扱いが上手なので常連の客も多かった》

『日光中宮祠事件』（「週刊朝日別冊」58年4月）は、現場の警察署長が強盗殺人事件を無理心中事件と見たため、10年間もまともな捜査が行われなかったことを批判する。再捜査の必要を感じた隣県の吉田警部補と福島刑事が雪の中、日光から中禅寺湖へ登る。

《——吉田警部補は、その翌日、福島刑事と日光に出張した。その日は寒気がことにつよく、ひどい吹雪だった。馬返からケーブルに乗ったが、乗客は二人だけであった。（略）

中禅寺駅から中宮祠までの道は吹雪がますます募り、目もあけられなかった。湖面から吹いてくる強風は、雪を顔に叩きつけ、息もできない。二人は体を折るようにして歩き、記念写真の撮影営業者を一軒一軒たずねて歩いた》

東武日光軌道線の日光駅前—馬返《うまがえし》9・6キロを初乗りした。鋼索鉄道線で馬返—明智平1・2キロにも乗る。さらに、明智平ロープウェイで展望台駅まで行ったと推測される。軌道線、鋼索鉄道線は昭和四〇年代、自動車の普及で廃線になった。

山男たちが乗った列車

『**装飾評伝**』（「文藝春秋」58年6月）は、ディテールを書き込む清張の手法の究極の1編ではなかろうか。

——主人公の「私」は、「異端の画家」と呼ばれた名和薛治《せつじ》のことを書きたいと思い、親しい間柄で評伝を残した芦野信弘に会おうとしたが、芦野が死んだ。関係者に会って評伝をもう一度見直す。友達らしい書き方であるが、芦野は名和に圧倒されて自らの才能を枯らしてしまい、妻までも奪われたと考えられる。それをテコに芦野は名和に脅迫的にまでつきまとい、名和の後半生を苦しめた。「私」は評伝に偽りの部分があると見抜く——

多くの読者は、主人公が清張その人であり、名和も芦野も実在の人と思うであろう。しかし、創作である。名和が岸田劉生をモデルにしているとの説もあるが、清張自身は、モデルは劉生だけではない、と書き残している（注3）。『装飾評伝』自体がノンフィクションのような体裁を持っていることも装飾であり、題名は二重の意味があるように思われる。

名和は昭和の初めに東京・青梅の町はずれに住んでおり、六本木に住んでいた芦野は再々、電車に揺られて名和宅を訪れる。六本木から国鉄に出てさらに中央線に至る経路は分からない。だが、井の頭線が全線開通しておらず、新宿から立川へ行き、立川から青梅線（当時は青梅鉄道か青梅電気鉄道）に乗ったと推測できる。現在の青梅市内最初の駅河辺《かべ》まで15・9キロは初乗りと判断したい。奥多摩での暮らしぶりが生き生きととらえられている。

《名和薛治は昭和二年ごろから北多摩郡青梅町の外れに居を移した。

「梅林」「早春の渓流」「山村風景」など彼の晩年の少い佳品は、いわゆる青梅時代の制作だが、麻布六本木に住んでいた芦野は、この遠くて不便な地点をものともせず、相変らず近所にでも行くように青梅に足を運んでいる——ことが彼の記述にある。

「私は一週間に二度くらいは青梅に行った。彼は一ころのように仕事をあまりしないで、大ていい家にごろごろしていた。機嫌のいい時もあり、悪い時もあった。調子のいいときは近くの川で獲れた魚を焼いて酒を出した。（略）機嫌の悪い時は、私でさえも雇い女に面会を拒絶させた。私は遠い道を長い時間電車に揺られて帰ったが、それでも三日目には彼に逢いに行かずには居られなかった（略）」》

同じ月の「別冊文藝春秋」では、やはり美術界ものの『**真贋の森**』が掲載される。

――宅田伊作は日本画の鑑定能力が高いが、学者を目指したころ大御所の不興を買って、不遇な生活を送る。九州にいる優秀な贋作画家、酒匂鳳岳を発掘し、その絵を無能な大御所一派の門弟たちに本物と鑑定させ、一泡食わせようと企む。宅田の指導を受け、自信をつけた鳳岳が次第に尊大になり、不用意に秘密を洩らしたため計画は頓挫する――

鳳岳は九州の炭田地帯で日本画を教える貧しい画家で、宅田は急行列車に乗ってI市まで会いに行く。F市から10里ばかり南とあり、F市は福岡、I市は飯塚と判読できる。

《東京から二十数時間も急行に揺られてI市に着くと、そこは町の中を軌道炭車が通っているような炭坑地帯であった。三角形のボタ山がどこに立っても眺められた》

飯塚市と街つづきになっている旧穂波町にあった住友忠隈《ただくま》坑のボタ山のことであろう。「筑豊富士」の別称があり、ひと際高く、形もよかった。今は風雨で形が崩れた。樹木で覆われ、平凡な山のように見える。

宅田はどこで降りたのだろう。飯塚市には市中心部から少し外れたところに飯塚、新飯塚の2駅があり、ともに優等列車が停まっていた。どちらとも判断できないので、より東京側の新飯塚までは乗ったと見る。『火の記憶』の高村泰雄が、筑豊の直方市まで来ているので、筑豊線の直方―新飯塚12・8キロを宅田が一番乗りした。東京に帰る際の車窓に大きい川を見る。

《俺は車窓の外に大きい川が流れ、土堤の夏草の上に牛が遊んでいるのを眺めながら（略）》

飯塚と直方の間で、筑豊線は遠賀川を渡る。その風景であろう。『遠くからの声』で津谷敏夫と啓子が立った場所からそう離れてはいない。

上京した鳳岳は、国分寺から支線に乗って三つ目を降りた所の農家に住んだ、とある。西武多摩湖線か国分寺線かは分からない。武蔵野の風景が出て来る。

《そこは武蔵野の雑木林が、畠に侵蝕されながら、まだ諸方に立ち罩《こ》めていた。車の通る道から外れて、林の間の小径を歩いて行き、木立を屏風のように廻した内に、その百姓家は残っていた。

東京の住宅建築攻勢がこの辺にも波を寄せていて、あたりには新しい瀟洒な家やアパートが見えるけれど、まだ、それは疎らであり、古い部落と畠が頑固に抵抗していた》

初乗り場面はないのだが、見逃せない作品がある。『**遭難**』（「週刊朝日」58年10月5日～12月14日）は、鉄道を含めて時代を色濃く映している。ヒマラヤの8000m超の未踏峰マナスルに日本の登山隊が登頂したのが連載開始の2年前。登山ブームが起きる一方、谷川岳で登山者の遭難が相次ぐようになった。ダーク・ダックスの『雪山讃歌』がレコードになったのは、1カ月前だった。

――銀行の支店長代理の江田昌利は登山のベテランである。後輩である岩瀬秀雄、浦橋吾一とともに北アルプスの鹿島槍ヶ岳に登るが、わざと道に迷い、岩瀬は疲労と寒気のために死亡した。岩瀬と妻の不倫を知った江田が仕組んだ殺人事件だった――

３人は新宿発22時45分の松本行に乗る。同年11月の時刻表によれば、準急「アルプス」である。座席掛けで行くのが当たり前だった時代に、３等寝台車に乗った。疲れないようにという江田の心遣いと見えたが、実は他人に知られないようにして、妻との不倫について何事かささやいたのである。岩瀬は眠れなくなり、体力消耗―遭難へと続く道に踏み入れさせられた。『眼の壁』では、拉致被害者を東京駅から列車で運ぶというトリックがあったが、ここでは、車内を殺人の助走路として使っている。「アルプス」は客車部分７両編成で、最後尾から３等寝台車、２等車と続く描写も時刻表通りである。こうした部分にも丁寧に手を入れるのが清張の魅力だ。旅への誘いの力が生じる。

当時の新宿駅の様子が、浦橋の手記という形で描かれている。

《季節中《シーズン》には毎度のことながら、この夜行列車を待つ登山姿の乗客が、ホームから地下道の階段、通路に二列になって長くすわりこんでいる。早くから汽車の入構を待っているので、退屈と身体の不自由のためにすでに疲れた顔つきをしているのが多い》

『失踪』（「週刊朝日」59年４月26日〜６月７日）は初めて地下鉄が登場する。

中野区に住む21歳の女が手切れ金代わりにもらった家の売買交渉を始めたとたん失踪し、東京西郊で殺害遺体となって発見される。ワルで知られる主犯容疑者と従犯が女と営団（現東京メトロ）銀座線で渋谷―新橋６・３キロを往復したことは間違いないが、その後主犯は１人で祐天寺へ帰宅したと言い張り、従犯は井の頭線、中央線と乗り継いで、一緒に武蔵小金井に行って女を殺したという。主犯は死刑になるが、初動捜査の遅れが冤罪につながった、というトーンが強い。実際の事件に基いており、清張も主犯が東横線に乗ったのか、井の頭線に乗ったのか、答えを出していない。従って、井の頭線は初乗り区間としてカウントできない。

「週刊朝日」で引き続き連載された『紐』(59年6月14日〜8月30日)は、岡山県津山市から大金を持って上京した神官梅田安太郎が、小田急の多摩川鉄橋近くの河川敷で、絞殺死体となって発見されたところから始まる。当初から妻静子がマークされるが、アリバイがあり、迷宮入りしかける。だが、多額の保険金がかかっていたことから、犯行が分かる。

静子は津山と東京の間を往復するが、山陽線をどこで降りたのか。岡山まで行って津山線に乗り継いだのか、手前の姫路から姫新《きしん》線に入ったのかがはっきりしない。乗り換えの具合や支線の所要時間の差などで津山線経由と判断し、岡山—津山58・7キロを初乗りと認定する。東京では、都心遊覧をした際、営団銀座線銀座—新橋0・9キロに一番乗りする。

保険会社の調査員戸田正太が勤める会社の所在地ははっきりしないが、千住や田端、K大医学部まで都電で行ったと読み取れる。K大とは慶応のことだろうか。渋谷から警視庁まで都電で来たという場面もある。

戸田は遺体発見現場にも行く。小田急の多摩川鉄橋は多くの作品に出て来る特異地点なのだが、この作品では以下のように書かれている。

《人家は堤防から離れて、遠いところに見えている。間には、畑とか、草の茂った空地とかがある。大きな声を出しても聞こえないように思われる。
堤防ぞいには人家が一軒もない。はるか遠方にアパートみたいな建物が見えるが、これはかねて聞いていた映画会社の撮影所かもしれなかった。川を越した向かい側は、こちらよりももっと寂しく、松林や雑木林がところどころあって、あとは一面の畑である》

後年、発表される『**微笑の儀式**』（「週刊朝日」67年4月28日〜6月30日）は、初乗り区間はないが、多摩川渡河が出て来る。

《電車が多摩川を渡ると、東京を振り切って出たという感じがする》

清張が筆を動かしたくなるポイントなのか。

初乗り距離は、旧国鉄とJRが4409・4キロ、私鉄が347・8キロに伸びた。旧国鉄とJRは、日本列島を南北に貫いた（地図3参照）。

注1　新潮文庫『眼の壁』解説。
注2　太宰の師は、大宰の師の誤記か。
注3　光文社文庫「松本清張短編全集09　誤差」後書き。

地図3 第3章に登場した初乗り区間

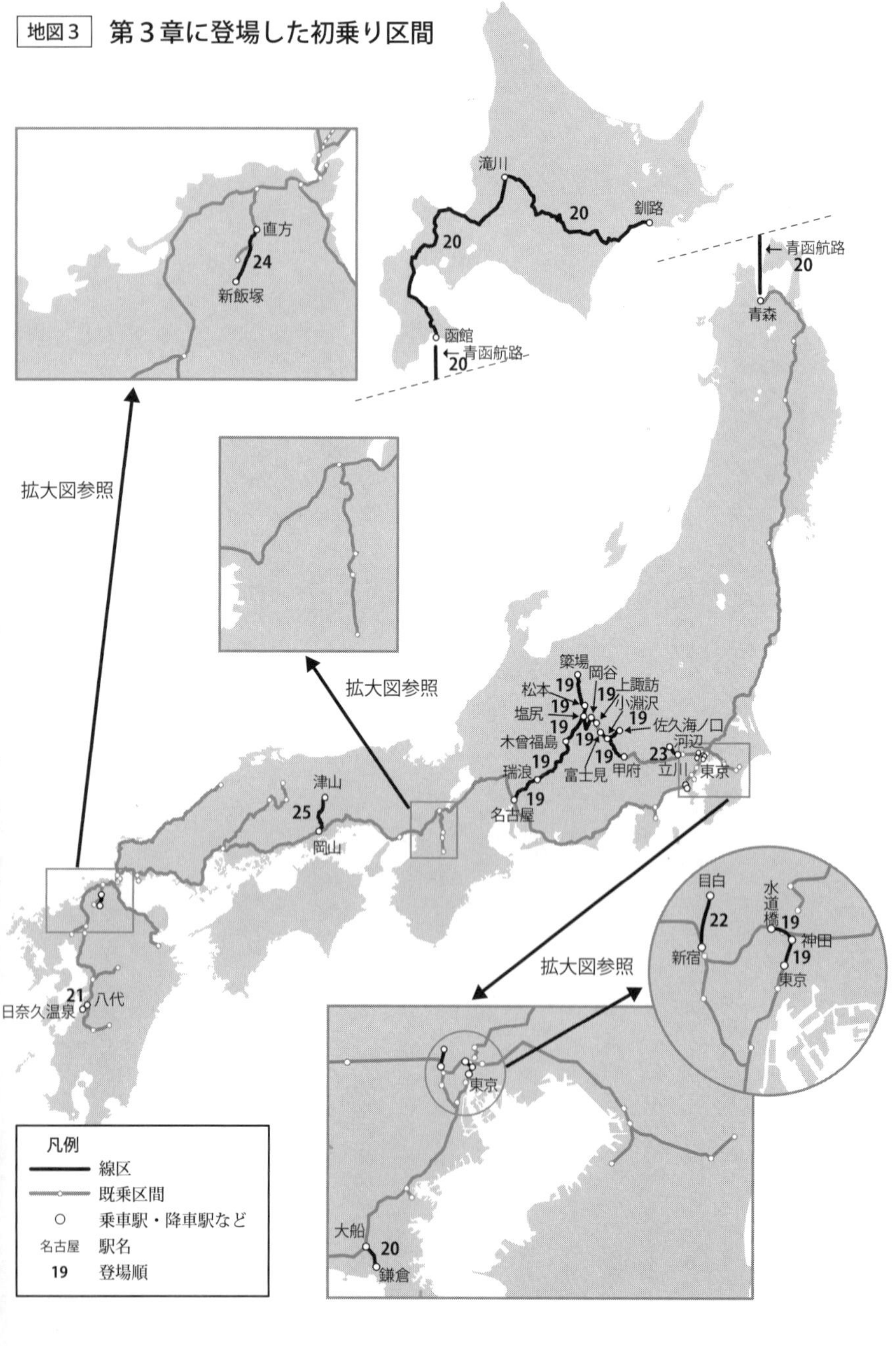

第4章

鉄路を急ぐ女たち

（1959年8月～1960年6月）

本章に登場する作品

蒼い描点（『蒼い描点』新潮文庫72刷）
ゼロの焦点（全集3巻7刷）
黒い樹海（『黒い樹海』講談社文庫85刷）
影の地帯（『影の地帯』新潮文庫66刷）
黒い福音（全集13巻6刷）
波の塔（全集18巻7刷）

恋膨らむ車窓――椎原典子

『眼の壁』、『点と線』をベストセラーにした松本清張は、58（昭和三三）、59（同三四）年にも鉄道旅を登場させる長編を書く。女性を主人公とする傑作が次々に生まれた。女性向け雑誌が相次いで創刊されたことが大きいのだろう。

58年秋に皇太子（現天皇）と正田美智子（現皇后）の婚約が発表された。社会で活躍する女性に対する期待、憧れが高まった時代ではあるまいか。まずは、58年7月27日から59年8月30日まで「週刊明星」に連載された『**蒼い描点**』である。

――入社2年目の出版社編集部員の椎原典子は、箱根・宮ノ下で執筆中の女流作家村谷阿沙子に原稿督促に行った際、田倉義三というたちの悪いフリーランサーに会う。原稿はもらえたが、田倉は渓谷で変死体となって見つかり、村谷は自殺する。典子は、好意を持つ同僚の崎野竜夫とともに事件を追う。村谷の父は高名な京都文化人だった。教え子グループの1人で早世した畑中善一が残していた草稿が村谷のネタだった。田倉は、それを理由に関係者を脅していたのだ――

典子は清張作品中に登場する男女通じて、初乗り最長距離のタイトルホルダーである。

田倉の妻（実は畑中の妹邦子がなりすましていた）の行方を追って、秋田を目指す。上野から夜行に乗り、東北、奥羽線で秋田の北、八郎潟（当時は一日市）まで行く。上野―日暮里間は失踪した夫を追って北に向かった『白い闇』の小関信子が乗っているが、その先５９４・７キロは典子が走破した。注意すべきは、日暮里から赤羽までは中長距離列車が走る尾久経由を通ったという計算である。田端経由のいわゆる京浜東北線より０・２キロ長い。さらに、一日市から五城目《ごじょうめ》までの３・８キロを秋田中央交通線（69年廃止）に乗った。

　はかばかしい成果は上げられず、その日のうちに引き上げる。秋田まで同じ道を帰ったのだろうが、そのことは詳細に書かれていない。秋田発羽越、信越、上越、高崎、東北線回りの急行「羽黒」で帰って来た。59年８月の時刻表によれば、秋田発19時00分で、上野着６時40分である。新潟経由ではなく、新津から信越線に入るのだが、秋田行きの時に通過した大宮までの５６０・１キロもまた初乗りである。

　後に出て来る井の頭線も含めた総計１１６２・６キロは、亡き母の不倫の跡を探ろうと東京から九州・筑豊の直方まで行った『火の記憶』の高村泰雄を27キロ上回る最長初乗りである。２日続けての夜行に加え、３等車だったと描かれている。当時のＳＬ列車であれば、空調はなく（作品の季節は夏）、窓から煤煙いわゆるススが入りこんでくる。１人旅でもあり、若い女性には難行苦行であったに違いない。そのバイタリティが支持される時代に入って来たとも言えよう。

　この作品では、風景や車窓描写にそう力を入れているようには見えない。ただし、清張作品に何度も登場する小田急での多摩川越えは紹介しよう。

《多摩川の鉄橋を渡るころ、川の中では人間やボートが浮んでいるのが見えた。七月の太陽は傾いているがまだ水の上に燃えている。それからしばらくして相模《さがみ》の平野が青くひろがってきたが、暑い陽ざしがなだれこむように窓からはいってきたので、典子のすわっている側の乗客は、あわててカーテンをおろした》

風景描写より目立つのは、崎野への想いが列車に乗ることで増幅されることである。2人は田倉の家を訪ねるため、神奈川県の藤沢市へ行く。

《東京駅から藤沢までの一時間は、典子にとって妙にくすぐったい時間であった。今まで取材で方々をとび歩いたが、白井編集長といっしょだった以外、男の社員と同行したことはなかった。ことに、崎野竜夫と同じ座席にすわって、湘南電車に揺られようとは思わなかった。これが社内だとか、喫茶店などで二人きりで話しあっていても気持の拘束はあまりなかったが、一時間の距離にしても東京を離れたという意識が、気持に落ちつかない動揺を与えた。藤沢くらいは旅とは思えない。が、どこかにその錯覚がはじまって平静を失わせるような危惧を感じる》

《横浜駅のホームで典子はシューマイを二つ買った。別にほしくはないが、気をまぎらすためだった》

男女が列車の席に並んで座ると、不思議な磁場ができることは『箱根心中』で見たとおりである。

藤沢からの帰り、品川、渋谷を経て井の頭線の渋谷―東松原4キロに一番乗りした。崎野とともに村谷の家を訪ねるためだった。

崎野が行先もつげず独り旅に出た時、典子は車の窓にもたれているであろう、恋心深める相手を思うのだった。典子が1人で岐阜へ邦子を訪ねる番になった。

《翌朝、東京駅を九時三十分の下り急行で、典子は発った。行先は岐阜だった。

「今度は、君が帰ってくるまでの二日間を僕がかわりに働くよ」

ホームに見送りにきた竜夫は、窓から手をさしのべて言った。それが、典子にとって彼との最初の手の触れ方であった。典子はその感触をしばらくおぼえていた》

1泊旅行だったが、典子は竜夫へ手紙を書く。

《畑中善一さんの妹さんは、いいかたでした。この人に会っただけでも、こちらに来た甲斐があったと思います。帰りには日が暮れたので、バスの来る通りまで、提灯を持って私を送ってくださいました。真暗な濃尾平野にひろがった畑の匂いの中を、ほおずきのような提灯の火が先を歩いて行く印象は、これからも、忘れられないでしょう。

いま、木曾川の河畔の宿でこれを書いています。犬山のかわいいお城が夜の底に沈んでいます》

列車が非日常的な経験への入口となる時、つられるように愛の形も変化する。それは清張の世界のことだけではなく、多くの人が体験していることであろう。

作品は、事件解決後、2人は結婚するであろうという予感を与えて終わる。

夫のいない新妻──板根禎子

女の幸せはやはり結婚なのか。今では信じられないが、昭和三〇年代は、そんな命題が成り立った、と記憶する。58年3月から60年1月まで「宝石」に連載された『零の焦点』(『ゼロの焦点』に改題)は、清張山脈の名峰である。切り口の多い作品なのだが、導入部で新婚旅行と鉄道という場面が展開される。

──26歳の板根禎子は、36歳の鵜原憲一と見合いしてすぐに結婚する。鵜原は広告代理店の金沢出張所主任だったが、東京へ戻ることが決まっていた。新妻を残して最後の引き継ぎに金沢へ行くが、戻ってこなかった。鵜原はかつて米軍立川基地周辺の風俗犯罪を取り締まる警察官をしていた。その時知った田沼久子と金沢で再会し、内縁関係を結んでおり、禎子との結婚のためにその後始末を迫られていたのである──

新婚旅行先として、禎子は北陸を希望した。夫の未知の部分を早く知りたいという思いからだった。だが、憲一は熱海か箱根、関西あたりにしたいと伝えて来た。北陸は暗く、陰鬱な土地だというのである。禎子はそれを押し返して、信州を回ることにした。結婚は異なる価値観や文化の衝突、融合であるのだが、この時代、主に経済的な事情から妻は夫に従うものだとされていた。新婚旅行先は新婦が強く言えたのではないか。禎子にしてみれば妥協だったのか、意地を通したのか。

11月半ば、中央線で出発した2人は甲府市郊外の湯村温泉で初夜を迎えた。翌日上諏訪に向かった。

《汽車は信濃境《しなのさかい》を越え、富士見のあたりを速力を出して走っていた。高原の傾斜に、赤や青の屋根と白い壁の家が建ちならんでいた。

「きれい」

と禎子は、小さく言った。

鵜原はちらりとその方を見たが、すぐ膝の上に横に折った週刊誌をひろげた。が、それを読むでもなく、ほかのことを考えているふうであった》

車中で、新婚旅行先選びのことが蒸し返された。

《夫の仕事している土地を見たいという妻の希望を、鵜原憲一は考慮して、いや、考慮というよりも、なぜ、喜ばないのであろうか。まったくそのことを意識から塞《ふさ》いでみえる彼が、急に距離遠く思われた》

鵜原は、旅行の最中、能登半島の寒村にいる久子とどうやって別れようか、ということで頭がいっぱいであった。初めから心身一体の新婚旅行もあろう。だが、相手のことがすべて分かっていて旅行するのでは存外つまらない。緊張や不安、戸惑いこそが新婚旅行の一面の真理とも言える。清張は、列車内での様子を描くことでそこにアプローチしている。

旅行後、鵜原は夜汽車に乗って金沢に向かい、そのまま失踪した。列車は急行「北陸」以外に考えられないのだが、列車名や路線名は書かれていない。あえて初乗りにはカウントせず、描写が鮮明な禎子の旅を一番乗りにする。禎子が金沢に向かったのは12月と読み取れる。夫の行方を追って、上野から会社の関係者と夜行の2等車に乗った。

作品の時期設定は、昭和三三年のこととしかとらえようがない、鵜原憲一の別名曾根益三郎の死亡日が同年となっているためだ。58年12月の時刻表を見ると、上野から金沢へ乗り換えなしに向かう夜行列車は急行「北陸」のみである。上野発21時15分で、高崎から上越線経由でいったん長岡まで行き、そこから信越線、さらには直江津から北陸線を南下するルートである。金沢には8時15分に着き、さらに終着の福井へ向かう。

群馬県高崎と新潟県直江津間は、長野経由の信越線の方が50キロ近く短いのだが、碓氷《うすい》峠や黒姫・妙高の山裾を通る分、輸送力が劣っていた。禎子が一番乗りしたのは、長岡の1駅手前にあり、信越、上越線の分岐点である宮内から金沢までの247・2キロと認定できる。宮内から直江津までの70キロは信越線だが、その先は北陸新幹線全通（15年）に伴い3セクになった。直江津—市振《いちぶり》59・3キロはえちごトキめき鉄道、市振—倶利伽羅100・1キロはあいの風とやま鉄道、倶利伽羅—金沢17・8キロはIRいしかわ鉄道と区分される。

《沼田《ぬまた》、水上《みなかみ》、大沢《おおさわ》、六日町《むいかまち》と駅名が寂しい灯の中で過ぎた。

北陸路がしだいに近づいてくる。なんとなくあこがれていた北国に、こういう気持で来ようとは、禎子は想像もしていなかった。彼女は少しも眠れなかった》

駅名を並べるのは、タイムトンネル的描写部分では効果的である。列車の進行を許可するタブレット（通票）的役割を持っているし、時間経過のリズム感が出て来る。

富山を過ぎて、禎子は積雪を見た。朝の化粧に立つ。

《禎子は洗面室のよごれた鏡に向かって化粧した。車体の動揺で足に安定がなかった。重心のとれない恰好が、胸がふるえているようで、不安だった。皮膚が荒れて、化粧が思うように伸びなかった》

女の夜行旅の大変さが書き込まれている。そして、日本海の登場である。

《くろい海が遠くに現われた。日本海は思ったよりせまい線だったが、それは向こうになだらかな山脈がのびているからだった。山の上の雪だけが、灰色の空から牙のように白く出ていた》

この作品では、冬の北陸の風景の暗鬱さが繰り返し登場し、北陸への旅の誘いになった面がある。後年、ディスカバー・ジャパンの旅行地として金沢と能登半島がセットで若い女性を引きつけたことにも影響があるのではないか。しかし、この描写は虚構である。

旧北陸線は、富山から金沢の間で海岸線を通らない。描写に相当するのは、新潟県境を越えて富山に着く前、魚津辺りである。が、急行「北陸」は魚津を日の出前の時間に通過するので、ねじれた表現になったのだろう。これを持って清張は嘘を書いたという批判は当たらない。フィクションであり、作品の文学的効果に大いに寄与している。

乗り鉄者として言えば、冬の北陸は暗く、重いだけではない。禎子が見た風景とは逆の視線がある。能登半島の東海岸の根もとを走る氷見線の越中国分《えっちゅうこくぶ》―雨晴《あまはらし》間では、晴れた日、群青色の富山湾の向うに屛風のようにそそり立つ立山連峰を望める。ゴツゴツとした銀嶺の上に青空が広がり、神々しさを放っている。

闘争と逃走の日々――室田佐知子

金沢に着いた禎子は、憲一の私生活を知る者が少ないことを知る。手掛かりもつかめない中、能登半島西海岸の断崖、能登金剛で身元不明の投身自殺があったと聞き、もしやと思い地元の警察署へ確認に行く。

金沢発13時05分の輪島行き列車に乗り、津幡で北陸線から七尾線に入る。羽咋《はくい》で降りる。津幡―羽咋29・7キロが初乗りになる。時刻表によれば14時16分着で、「一時間ばかりで着いた」という記述と一致する。禎子は「この駅から乗りかえて、さらに小さい電車に移り、能登高浜まで行くには一時間以上要した」という経路で着いた。この鉄道は北陸鉄道能登線であり、禎子は羽咋―能登高浜14・6キロに一番乗りした。ただし、電車ではなく、気動車（ディーゼルカー）である。72年に廃線になった。

自殺者は夫ではなかった。だが、近所に住む男が自殺していたことを聞く。彼は曾根益三郎と名乗り、田沼久子と暮らしていた。まさしく鵜原憲一であり、田沼の娼婦仲間で、今は金沢の有力経済人の妻となっている室田佐知子に突き落とされていたことが後に分かる。

禎子は夕闇迫る断崖にたたずむ。

《断崖の上に立つと、寒い風が正面から吹きつけて禎子の顔を叩《たた》いた。髪が乱れたが、彼女はそのままにして海と向かいあっていた。

その辺は岩と枯れた草地で、海は遥か下の方で怒濤を鳴らしていた。雲は垂れさがり、灰青色の海は白い波頭を一めんに立ててうねっていた。陽のあるところだけ、鈍い光が溜まっていた。

なぜここに自分が立っているか、禎子には合理的な説明ができない。とにかく、海が鳴っているという断崖の上に立ってみたかったのだ。北陸の暗鬱な雲とくろい海とは、前から持っていた彼女の憧憬であった》

作品の前半のヤマ場である。読者もまた北陸憧憬を深める場面かもしれない。

禎子は計3回、金沢・能登に来るのだが、2度目の時、鵜原の遺体を検分した西山医師を訪ねている。

《西山医院は小さな家であった。玄関をはいると畳敷きの患者待合室があり、寒そうに子どもをかかえた母親が火鉢にうずくまっていた。受付の小窓をあけると、十七八の、いかにも田舎くさい看護婦がすわっていた》

能登半島の冬の暗さ、寒さ、貧しさが伝わってくる。3度目の時は、室田夫妻に会いに、七尾線で羽咋よりも先の和倉温泉に向かう。

《見覚えのある羽咋の駅を過ぎると、千路《ちじ》、金丸《かねまる》、能登部《のとべ》と、小さな駅に次々と停まる。この辺まで来ると、片側に大きく山が迫りはじめる。見知らぬ小さな駅を過ぎるのが、何がなし悲哀があった。ホームの雪の中で、助役がタブレットの輪を振って、動きだす汽車を見送っていた。ホームから駅の方に歩いて行く女たちは、たいてい、ほとんどが黒い角巻《かくまき》をまとって、背をかがめていた。その群れの中には、どの駅でも魚の行商人が交じっていた》

清張は地方の風景や人々の生活の匂いを読者に伝えるため、そこまでの距離感を知ってもらうため、作品に多数の鉄道乗車場面を書いている。

初乗りチェックに戻ろう。先ほど紹介したように、禎子は羽咋―和倉温泉（当時は和倉）29・8キロに乗った。

作品では、内陸部の白山方向に走る北陸鉄道の二つの路線も重要な役割を果たす。鵜原憲一の兄宗太郎は、禎子とは別行動で弟の行方を追う。憲一が二つの名前を持って二重生活していたことを薄々知る宗太郎は、久子や佐知子に一歩早く迫る。だが、佐知子から金沢市郊外の鶴来《つるぎ》の旅館に誘い出されて、毒殺される。2人は、金沢市街地から鶴来まで北陸鉄道石川線に乗る。乗った地点は書かれていないが、当時の始発駅白菊町だったと見る。14・6キロが初乗り区間になる。今の始発駅は西茶屋街に近い野町である。

宗太郎殺害後、佐知子は石川線で金沢に戻るのではなく、鶴来から北陸線能美根上《のみねあがり》（当時は寺井、北陸鉄道の駅名は新寺井）に通じる北陸鉄道能美線（80年廃止）に乗った。さらに能美根上から国鉄で金沢へ戻った。初乗り距離としては、それぞれ16・7キロ、22・6キロになる。金沢、鶴来、能美根上で形づくられる直角三角形の線上で、佐知子は金沢↓鶴来の1辺をたどって犯行地に至り、帰りは鶴来↓能美根上↓金沢の2辺を大回りした（地図C参照）。なぜか。謎解きはこうだ。

佐知子が鶴来行きに乗った時は、けばけばしい街娼のような服を着ていた。スーツケースも持っていた。その後、能美線の中でも目撃されている。だが、北陸線の列車が金沢に着く時にはそのような女はいなかった。佐知子はスーツケースの中に、有名人の夫人にふさわしい衣服を用意し、能美根上―金沢間で列車の手洗所などを利用して着替えたのである。手洗所などは旧国鉄の列車に設置されているが、北陸鉄道にはない。

清張は、禎子に次のような推理をさせる。

《鶴来の駅から、佐知子が同じ線を帰らなかったのは、彼女が金沢に着いた時、ふたたび、室田夫人にかえる必要があったからであろう》

佐知子は三角形を1周する間に、昭和三〇年代を金沢で生きる有名人夫人から終戦直後の立川基地周辺の街娼にタイムスリップし、また金沢に戻るというトンネルを抜けていた。このタイムトンネルは、佐知子だけのものではなく、終戦前後と昭和三〇年代との間を結ぶものとして、少なからぬ日本の女性が密かにくぐり抜けていたものではないか。佐知子が死を目指し、荒海へ小舟を漕ぎ出したのを見ながら、すべてを知った夫の室田儀作はこ

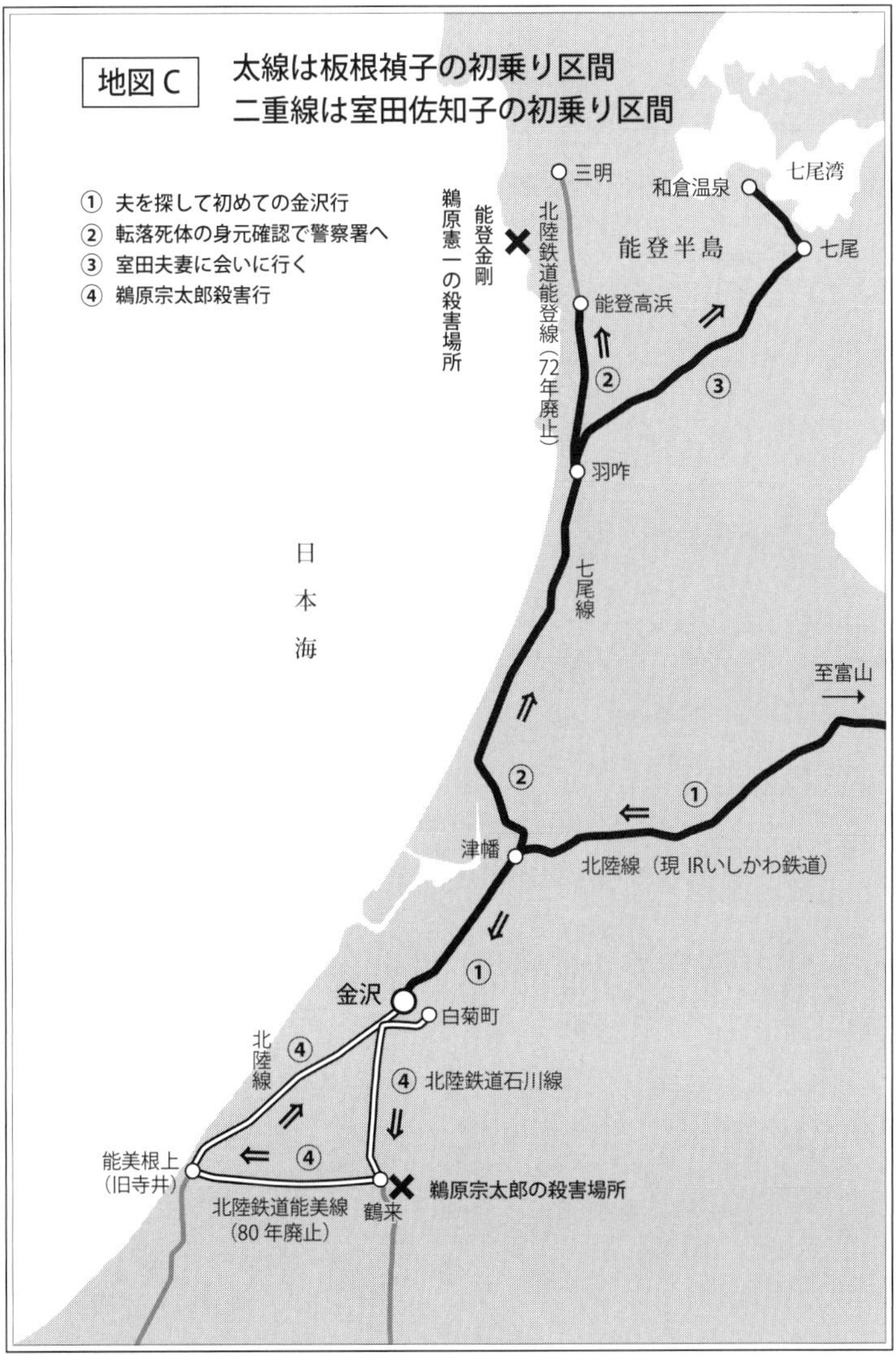
地図C
太線は板根禎子の初乗り区間
二重線は室田佐知子の初乗り区間
① 夫を探して初めての金沢行
② 転落死体の身元確認で警察署へ
③ 室田夫妻に会いに行く
④ 鵜原宗太郎殺害行
三明
和倉温泉
七尾湾
鵜原憲一の殺害場所
能登金剛
北陸鉄道能登線（72年廃止）
能登半島
七尾
能登高浜
②
③
羽咋
日本海
七尾線
至富山
②
①
津幡
北陸線（現 IRいしかわ鉄道）
①
金沢
白菊町
北陸線
④
④ 北陸鉄道石川線
能美根上（旧寺井）
④
鵜原宗太郎の殺害場所
北陸鉄道能美線（80年廃止）
鶴来

う語る。

《「家内は、房州勝浦の、ある網元の娘なんです。幸福な時代に育ち、東京で、ある女子大にはいりました。それから終戦が来たのです。得意だった英語が彼女にわざわいしたことも、敗戦後の日本の現象として、私はそう深く咎めません」》

松本清張は、『ゼロの焦点』の連載が終わった60年1月から「文藝春秋」でノンフィクション『日本の黒い霧』の連載を1年間にわたって始める。下山事件、松川事件、もく星号墜落など昭和二〇年代の奇怪な出来事の真相に迫る大作だった。占領時代をいかに描くか構想を練りながら、清張の考えはその時代を人々がどう生きたかという点にも及んだことだろう。その一端が室田儀作の述懐に表われた、という見方ができる。

後先するのだが、鵜原宗太郎が殺害された際、禎子と宗太郎の妻である嫂は東京から駆け付ける。10時間かけて午後7時過ぎに着いたというので、当時の時刻表からすれば上野発9時10分の信越線経由の急行「白山」になる。金沢着19時09分である。

1本の列車だが、北陸新幹線が開通した今となっては細分化されており、以下が初乗りである。信越線高崎―横川29・7キロ、バス輸送に替わった同線横川―軽井沢11・2キロ、しなの鉄道になった軽井沢―篠ノ井65・1キロ、信越線篠ノ井―長野9・3キロ、再度のしなの鉄道北しなの線長野―妙高高原37・3キロ、えちごトキめき鉄道妙高高原―直江津37・7キロ。計190・3キロに達する。

『蒼い描点』と『ゼロの焦点』で、旅への誘い、男と女、ミステリーという3要素が鉄道乗車の描写によってより重層的につながってきた。特に冒頭またはそこに近い部分で鉄道乗車が登場して、作品の色調を予測させ、読む側にリズム感を与えている。清張は充実期を迎えたのだと分かる。

男を許せぬ理由——笠原祥子

『黒い樹海』（「婦人倶楽部」58年10月〜60年6月）は、冒頭に鉄道事故が起き、その謎解きによって話が進む。

——R新聞文化部記者の笠原信子は、不倫の相手であり、マスコミの著名人でもある小児科医の西脇満太郎と浜名湖畔の弁天島へ旅行する。浜松駅で落ち合ったもののバスが踏切事故に遭い、信子は死亡する。西脇はスキャンダルを恐れて逃げ、信子の取材相手でもあった妹尾郁夫がそれに協力する。工作がばれようとすると、口封じの殺人事件が続くが、信子の妹でその跡を継ぐ形で新聞社に入った祥子《さちこ》が真相に迫る——

浜松への浮気旅行の際、信子は東京から下り急行「西海」で行き、西脇は名古屋での仕事の帰りに上り急行「なにわ」で来る。浜松到着は2分差という練られたプランである。第2章、『顔』では目撃者の殺害を企てる男が相手を呼び出し、それぞれ東京と九州から京都に集合する「対決型」を紹介したが、男女ゆえに「忍び逢い型」と呼びたい。

2人を乗せたバスは事故に遭うのだが、その原因は、臨時列車が来ることを失念した踏切番の職員が遮断機を上げたままにしていたことだった。

当時、国鉄の輸送力は増強され、ダイヤは過密化していた。大都市圏では「開かずの踏切」が、住民の安全と利便を脅かした。一方、モータリゼーションも進む。踏切の立体交差化は遅れ、警報機・遮断機なし踏切の危険が叫ばれた。自動列車停止装置（ATS）の導入も緒についたばかりであった。

62年には三河島事故、63年には鶴見事故が起き、多数の乗客が死亡した。清張が予言していたわけではあるまいが、彼の筆は、いつも時代を先取りしていた。

瀕死の信子を「見捨てた」男について証言できるのは現場近くにいた斎藤常子であり、事故後、いったん富士川沿いの故郷に戻った。祥子は彼女に会おうと、新宿から中央線、身延線に乗る。身延線の甲府―波高島《はだかじま》38・2キロが初乗り区間になる。

甲府盆地の車窓が出て来る。東京から近くにありながら、損われていない風景である。

《汽車は甲府盆地に向って下降するところだった。両方の車窓からは房を垂れた葡萄畑が際限なく続いた。八合目から上だけを見せた裏側の富士山が連山の向うにのぞき、甲斐駒や北岳の南アルプスの稜線が片方の側につづいていた。

甲府駅につくと、祥子は身延線に乗りかえた。車輛が急に小さく、貧しく見えた。

その汽車も間もなく、盆地を南に突き切って進行した。広い平野が次第に狭まると、山峡の入口の駅についた。鰍沢《かじかざわ》という駅名が祥子に詩のような旅愁を感じさせた。川の一部が見えたが、笛吹川と釜無川とはその辺で合流して、富士川がはじまっていた》

美しい響きの駅名を逃さなかったのは流石である。
文化部記者の町田知枝は、妹尾と愛人関係にあったが、妹尾の行動に疑惑を持ち始めたために殺される。その現場が、小田急線の多摩川鉄橋下なのだ。『紐』でも遺体が見つかった所である。夜、祥子が訪ねる。
《昏いが、足もとの枯草がほの白く見えた。彼女はそれを踏みながら、急な斜面を気をつけながら降りた。眼が闇に慣れてきて、近いところなら少しは分った。曇っていて、月も星も見えないのである。（略）
電車が灯を連ねて橋を過ぎている。その音が遠い山鳴りのように暗い空間を渡って聴えた》

長編推理**『影の地帯』**が、地方紙連合に掲載された。「河北新報」の場合、59年5月20日から60年6月1日までだった。当時、清張は超多作期に入っていた、と光文社の編集者であった高橋呉郎が新潮文庫版解説で指摘している（注1）。最盛期には、週刊誌5本、新聞3本、月刊誌5本。ひと月の生産量は900枚に達した、という。作家デビューが遅かった清張が「書きたいことはたくさんあるのに時間がない」とこぼしていたことは多くの証言がある。
『影の地帯』の連載期間に重なる乗り鉄作品を上げると、既に紹介した『紐』、『蒼い描点』、『ゼロの焦点』、『黒い樹海』のほか、これから『黒い福音』、『波の塔』、『黄色い風土』が登場する。初乗り区間がないため本研究では触れない2編もある。『霧の旗』は、無実の殺人罪で獄死した男の妹柳田桐子が弁護を引き受けてくれなかった大塚欽三弁護士に復讐するため、九州―東京を行き来する。『濁った陽』は、清張作品で繰り返される「汚職と課長補佐の死」というテーマだが、当時深刻化した首都圏の通勤ラッシュが描写される。

よくぞ、乗り鉄のアイデアが次々に湧いて出るものだと感心するが、逆に多彩な鉄路と風景が書けるがゆえにマンネリ化を避けられた、という見方も成り立つのではないか。男女とトリックだけなら行き詰まるかもしれない。旅への誘いは、日本全国が舞台なのだから、旅行や地図、時刻表が好きな清張は、アイデアの引き出しに多くのネタを隠し持っていたのであろう。清張は取材のための旅行はしなかったと述べている。締め切りとの闘いの中、かつて行った場所を作中に用いるせいか、この時期、甲信越がよく出て来る。『影の地帯』もその一つだ。

――若手写真家の田代利介は九州からの帰りの飛行機で、河井文作と礼子という兄妹と言葉を交わす。兄は地域開発を巡る政治家の争いの中、反対派代議士を殺害後、バラバラにしてパラフィン漬けにして信州の湖に投げ込む。さらに引き上げて粉砕し、オガクズとともに信州の湖水にばらまく。ホラーな殺人集団の首領だった。妹は田代を死地から救ってくれたこともあり、彼は魅かれていく――

初乗りチェックをしよう。田代は信州の湖を撮るため、新宿から中央線の夜行、篠ノ井線、大糸線に乗り、海ノ口で降りる。『眼の壁』で踏破された区間であるが、木崎湖、青木湖で物を投げ込む不審な音と波紋を見聞し、野尻湖へ移動する。松本に引き上げた後、篠ノ井線に乗り換え、松本―篠ノ井53・4キロを一番乗りした。さらに、篠ノ井から黒姫まで既乗の信越線に乗り継いだ。黒姫の当時の駅名は柏原だった。

河井らの犯行を追う田代は、伊那谷で穴に突き落とされ、負傷する。有力政治家の失踪を追うR新聞記者の木南は、飯田の病院で治療を受けていた田代に話を聞こうと取材に来る。早朝の新宿発列車に乗り、辰野で飯田線に乗りかえて飯田まで来た。辰野―飯田66・4キロが木南の一番乗りである。事件の真相に迫るが、河井らに殺害される。

中央線の新宿発優等列車と言えば、現在では松本行きの「あずさ」、甲府行きの「かいじ」が頻繁に出ている。正時発が「あずさ」、30分発が「かいじ」という金太郎飴のようなダイヤは、乗客が覚えやすい利点があるのだが、旅情という点で物足りない。

59年の時刻表によれば、朝8時10分発が「穂高」、昼過ぎ12時25分発が「白馬」、深夜22時45発が「アルプス」という3本の準急であった。山への憧れを誘う列車名である。清張は『地方紙を買う女』では「白馬」、『眼の壁』では「穂高」、『遭難』では「アルプス」を登場させた。新宿発の優等列車に乗ると、東京の人は旅情を感じる。清張はそのことをよく見抜いていたから、詳細に書いたのではなかろうか。

行く方向が東西逆になるが、東海林さだおは『潮来の与太郎たち』という74年のエッセイで、新宿駅から急行「水郷3号」で総武線に乗った経験を書いている。

《新宿駅から列車に乗った。

正午ちょっと前、という時間である。

旅行の出発点が上野駅や東京駅だと、いかにも「旅に出る」という感じになるが、新宿駅からだとその感じがまるでない。（略）

車窓の風景は、いつも見慣れた市ヶ谷の堀ばたや、後楽園球場などである。（略）

中年の夫婦が圧倒的に多い。

この人たちは、列車が動き出すとすぐ、弁当をひろげ、

「おっ、あれが順天堂病院！」

「あっ、後楽園球場！」

と、早くも旅行気分である。

どこか近郊の商店街の人たちらしい。

とうちゃんたちは、ナンキン豆の袋を破いて、早くもお酒である》（注2）

見慣れたはずの風景が、急に新鮮に見えてくるのは、むろん旅の解放感によるものだが、ベンチ式シートではなく、4人掛けボックス席だからだ。通勤通学時と違い、車窓がよく見える。また、各駅停車しないからでもある。このことを瞬時にとらえ、文章に綴る東海林の眼力が見てとれる。

中央線に戻る。77年にヒットした『あずさ2号』という曲は、新しい恋人と信州へ行く前日、前の恋人に対する別れの気持ちを歌ったものである。

《明日私は旅に出ます　あなたの知らないひとと二人で
いつかあなたと行くはずだった　春まだ浅い信濃路へ
行く先々で想い出すのは　あなたのことだとわかっています》
この傷心は翌日、中央線で東京西郊を走る時にも繰り返されるだろう、と予感している。2人掛けの席に座り、中野、三鷹といった特快停車駅をすっ飛ばしてゆく時、見なれたはずの車窓が新鮮に見え、旅情が高まっていく。

『影の地帯』では、アルプスの山々や高原の湖沼を描いているが、先述の高橋はやはり解説で「清張氏の絵心は、絵葉書になるような観光名所には関心がない。日本の風土の原風景をとらえたときに、シャッターが落ちる」と指摘して、次の文を例示する。

《田代が降りたのは、海ノ口という小さな駅である。ここからは、北に爺岳《じいだけ》、布引岳《ぬのびきだけ》、それに北寄りには鹿島槍《かしまやり》の頂上がみえる。

駅前の広場の近所に、飲食店とも宿屋ともつかぬ貧弱な家が建っているが、その反対の駅の裏が木崎湖なのである》

清張は山や湖よりもひなびた駅前に注目している。河井は大糸線の複数の駅でバラバラ遺体を鉄道荷物にして、駅留めにしたり、駅前の運送店留めにしたりしていたのである。作品でも荷物取り扱いの駅員や運送店の小母さんが出て来る。庶民のいる駅前風景の中にミステリーを絡ませている手法を味わいたい。

話は、田代と礼子が新しい道を一緒に歩き出しそうなところで終わる。

よろめきの果てに——結城頼子

『黒い福音』（「週刊コウロン」59年11月3日〜60年6月7日）は、重量感のある作品である。昭和二〇年代から三〇年代の武蔵野が舞台になっている。実際に起きたBOAC（英国海外航空）スチュワーデス殺害事件がモデルであり、清張は自らの見立てを書いた。60年安保に対する反対運動の高揚期に書かれた。そのことが投影されているのか。

——カトリックのバジリオ会は、日本で布教活動しているのだが、進駐軍の物資を横流しするなど密輪組織でもある。若き神父トルベックは、教会付属の幼稚園の保母生田世津子を愛人にしたものの、密輪組織から世津子を客室乗務員にし、密輪品の運び屋にするよう命じられる。世津子が密輪の手伝いをすることを断ったため殺害する。日本の捜査当局やメディアはバジリオ会の犯行と見て追及する——

乗り鉄チェックとしては、世津子が殺される直前、自らが住む東京西郊で私鉄が交差するM駅前から、20分ぐらい私鉄に乗ったことである。作品中に地図が出ており、M駅が京王電鉄の明大前であることは間違いない。ただ、降りた駅が不鮮明である。作品中では、車窓から仮名としての玄伯寺川《げんぱくじ》が見える。神田川と善福寺川をスクランブルさせている。現実の殺害現場は善福寺川で、西永福が最寄り駅だろうが、京王井の頭線のもっと吉祥寺寄りの車窓風景も出て来る。

M駅は二つの私鉄線によって、四つのブロックに区切られるが、世津子は北西側でかつ甲州街道よりは南側の民家に間借りしていた。清張は書く。
《この辺りは、住宅と田園とが入りまじっていた。田畑は次第に宅地に狭まっていくが、それでも、家々の屋根の上には、まだ武蔵野特有の雑木林が聳《そび》えていた》
今では、まさかと言いたくなる描写ではないか。次は井の頭線の車窓である。
《窓外は次第に家並みが少なくなってゆく。その代り田園の向うに高級住宅地などが見えたりした。春のうららかな陽の下である。雑木林は新芽が吹き、桜は芽をふくらませていた。(略)
畠は麦が伸びている。その間に川が流れていた。澄んだ水である。うねうねと田圃《たんぼ》の間を曲っていた》
今、井の頭線に乗っても、高架部分でないと川面を見下ろせない。雨水管が中小河川に導かれ、大雨で氾濫しないよう、川床を低くするのは全国の市街地に共通のことである。線路と川が近接する高井戸までの3・8㌔には一番乗りしたと認定する。
『黒い福音』の冒頭部では、昭和三〇年前後の武蔵野の風景が書きこまれている。今読むと随分雑木林が多かったことが印象的である。清張は、宅地開発が進み、様子が一変することを予測していたのだろう。西武鉄道の新宿、池袋線を使って位置関係を説明する。
《東京の北郊を西に走る或る私鉄は二つの起点をもっている。
この二つの線は、或る距離をおいて、ほぼ並行して、武蔵野を走っている。東京都の膨れ上った人口は、年々、郊外へ住宅を押し拡げてゆくから朝夕は乗客で混み合う。しかし、二つの線の中間地帯は、賑かな街にもなりきれず、田園のままでもなく、中途半端な形態をとっている所が多い。

この辺りになるとナラ、カエデ、クヌギ、カシなどの雑木林が到るところに残っている。旧《ふる》い径《みち》は、その林の中に入っている。林の奥には農家の部落がひそんでいる。が、それについて行くと、部落の隣は、忽《たちま》ち新しい住宅地に変る。この辺は、古い武蔵野の田野と、新しい東京の部分とが、ちぐはぐに錯綜している地帯であった》

警視庁の捜査は、トルベックに対する疑惑を深めたものの、彼は欧州へ帰国した。外交上の駆け引きのため、「たかが女ひとりの殺し」ぐらいという判断が政権中枢であった、と書かれている。連載開始時は岸信介内閣だった。安保改定に臨む時期だったので、あれこれ想像できるが、近く歴訪する欧州との貿易交渉に影響を与えないため、と書かれている。

60年安保の後、池田勇人が首相に就任、再び高度経済成長が謳歌される時代になった。テレビでは、「よろめきドラマ」が流行る。電化製品の普及で主婦の家事労働時間が短縮されたり、テレビの爆発的な普及で様々な番組の需要が高まったりしたせいだろうか。

『波の塔』（「女性自身」59年5月29日～60年6月15日）もまた、時代を先取りしているように見える。

――若手の特捜検事小野木喬夫は、政治ブローカーで違法なことも厭わない結城庸雄の妻頼子と恋心を深め合い、山梨県の下部温泉まで旅行に行くようになった。それに感づいた結城は2人の行動を調べ、汚職事件で身辺に捜査の手が延びてくると、スキャンダルとしてばらし、小野木は検事をやめざるを得なくなる。頼子と暮らすことを決心するが、不貞の妻の立場になった彼女は、死を求めて富士山麓の樹海に入ってゆく――

作品の舞台は東京、東海、甲信越にまたがり、乗車場面も多い。初乗りとしては、まず小野木と頼子が下部温泉に行った際、台風に遭い、帰りを急ぐため、富士川沿いに歩いたり、列車に乗ったりして東海道線の富士駅までたどり着いたことだ。富士宮の二つ手前の駅、沼久保から富士宮まで6・2キロに乗ったことは明確な記述である。風雨を避けて、農作業小屋に泊まったため、1泊旅行が2泊になり、結城が不審を抱くことになった。

恋に苦悶する小野木は、思い侘びて上野発の夜行列車で佐渡を目指す。朝新潟に着き、港から船に乗った。上野―新津間は、『蒼い描点』の椎原典子が乗っており、新津―新潟15・2キロが初乗りである。

甘ったるいストーリーと見る向きもあろうが、女性週刊誌ゆえのサービスだろうか。頼子がファッションショーのように次々に和服を替えて登場する描写が細かい。2人が横浜のホテルニューグランドで食事するなどブランドがキラキラ光っている。

風景描写も多いのだが、2人がデートした東京・武蔵野の深大寺《じんだいじ》が話題になった。《ケヤキ、モミジ、カシの樹林は陽をさえぎって、草を暗くしていた。径の脇には去年の落葉が重なって、厚い朽葉《くちば》の層の下には、清水がくぐっている。蕗《ふき》が、茂った草の中で老いていた。

深大寺付近はいたるところが湧き水である。それは、土と落葉の中から滲みでるものであり、草の間を流れ、狭い傾斜では小さな落ち水となり、人家のそばでは筧《かけひ》の水となり、溜め水となり、粗い石でたたんだ水門から出たりする。

歩いていて、林の中では、絶えずどこかで、ごぼごぼという水のこぼれる音が聞こえてくるのである。下枝を払いおとした木は、高い梢に、木箱の小鳥の巣がかかっていた。下は暗いが、見上げると、太陽の光線が葉を透かして、緻密な若い色をステンドグラスのように、澄明に輝かしているのである》

藤井康栄の解題（注3）によれば、連載中「女性自身」の部数は急増し、深大寺は頼子と小野木の〝逢びき〟の場所として一気に名を知られるようになったという。

車中の風景として、小野木の佐渡行きの時の上越国境越えを忘れてはならない。

《日曜、月曜と連休なので、車内は若い人で混んでいた。重い荷を持った登山姿の若者が多い。どれも厚ぼったい支度をしていた。なるほど、もう冬山なのである。

荷物棚には登山の用具が並び、通路にはリュックが両側からはみだしていた。小野木のすわっている座席の近くでも、山の話をする声がつづいていた。

発車後、しばらく小野木が眠っていると、騒ぎの声で目を覚まされた。リュックを背負いあげたり、登山用具を抱えおろしたりして、若人たちが汽車を忙しそうに降りていく。汽車が山の地帯を過ぎるまで、それが何度となく繰りかえされた。沼田《ぬまた》でも、水上《みなかみ》でも、湯檜曽《ゆびそ》でも、湯沢《ゆざわ》でも、小野木が目をあけるたびに、灯の寂しいホームを、若い群れが、リュックを背負って歩いていた》

登山ブームはまだ続いていた。

小野木が佐渡から帰ってきた時、頼子は上野駅まで迎えに行った。これを結城の仕事仲間が目撃して、夫に伝える。結城はそこから推理を働かせるのだが、乗り鉄的には平仄が合わぬことが多い。

小野木の上野到着は5時30分と書かれている。目撃者は6時01分の列車で仙台に向かった。59年7月の時刻表によれば、5時半ごろに上野に着くのは、新潟発18時33分信越線経由の準急「妙高」で、正確には5時40分着である。小野木はなぜ、行く時と同様に上越線に乗らなかったのだろう。新潟発22時30分の上越線準急でも上野着は6時00分なのである。

目撃者は、小野木が乗って来た列車について、「あの時刻に到着した列車は福井から来た急行だけだ」と語る。『ゼロの焦点』に登場した急行「北陸」の上り列車のことだが、時刻表に書かれた到着時刻は7時00分である。

目撃者の乗った仙台行き列車は、東北線にも常磐線にも該当するものがない。早朝6時の普通列車に乗るより、9時台の急行の方が早く着ける。

全体に1～2時間繰り下げた出来事としたらよいと思われる。

時刻表をにらみながら頼子の行動を推理する結城の姿は、不倫の愛とともにこの作品の大きな柱になっていて、迫力がある。女中の話では、頼子は上野駅に人を見送りに行ったというのに、目撃者は若い男を迎えに出ていたというではないか。すると、以前不問に付したが、1泊旅行と言っていたのに2泊して帰って来たことに疑いの目が向かう。女中に聞くと、スーツケースの中の着物が雨に濡れていて、洋服の襟には梨の葉が隠れるようにくっ付いていていたという。

旅行の時、紀伊半島から進んできた台風は東海地方から甲州、新潟へ抜け、山梨、長野で被害が大きかった。頼子の帰京が遅れたのは列車の不通が原因ではないか、行ったのは温泉地ではあるまいか、1人ではないはずだ、と思う。

《東京から一泊で帰れる温泉地。中央線なら、甲府の湯村、諏訪、松本の浅間温泉などがあるが、浅間は、ちと遠かろう。甲府から分かれる身延線には、西山、下部《しもべ》がある。上信越線は伊香保、四万《しま》、水上がある。そのほか、鬼怒川《きぬがわ》、塩原、福島県の飯坂などがあるが、東北方面は台風の被害をあまりうけていないので、線路の切断は、なかったはずである》

結城が魅力的人物なのは、実際に下部温泉まで行って、梨の木が多い地である、2人が泊まった日は台風襲来で温泉宿も被害を受けてみなずぶ濡れになった、偽名ながら小野木が書いたと思われるカップルの宿帳があった、などを確認したことである。そして、2人が雨風に阻まれた富士川沿いを自らも下る。結城は頼子を冷たく突き放しながらも深い愛を持っていたのではないか、と感じられる場面である。

結城は逮捕されるが、検事が被告人の妻と交際しているという記事が出た。

小野木は頼子と東京駅で待ち合わせて、西へ向かう約束をした。だが、頼子は新宿から中央線に乗った。大月からはタクシーに乗り換え、富士五湖中でも俗化されておらず、原生林が迫る西湖へ行った。

ここでも、藤井の解題を借りれば、「頼子が走り込んでいく富士の樹海も、自殺の名所となった。（略）ベストセラーは、思わぬ社会現象を生み出すことになったのである」。

走破距離は、旧国鉄とＪＲが６２６３・２キロ、私鉄が４０５・３キロに伸びた（地図４参照）。この時期、清張が甲信越に魅かれていたことが明らかではなかろうか。

注１　「女性自身」の駆け出し編集者を経た後「清張番」を経験した。
注２　文春文庫版『ショージ君のゴキゲン日記』所収。
注３　文春文庫所収。藤井は文藝春秋で長年、清張担当の編集者をつとめた。現在は北九州市立松本清張記念館名誉館長。

地図4　第４章に登場した初乗り区間

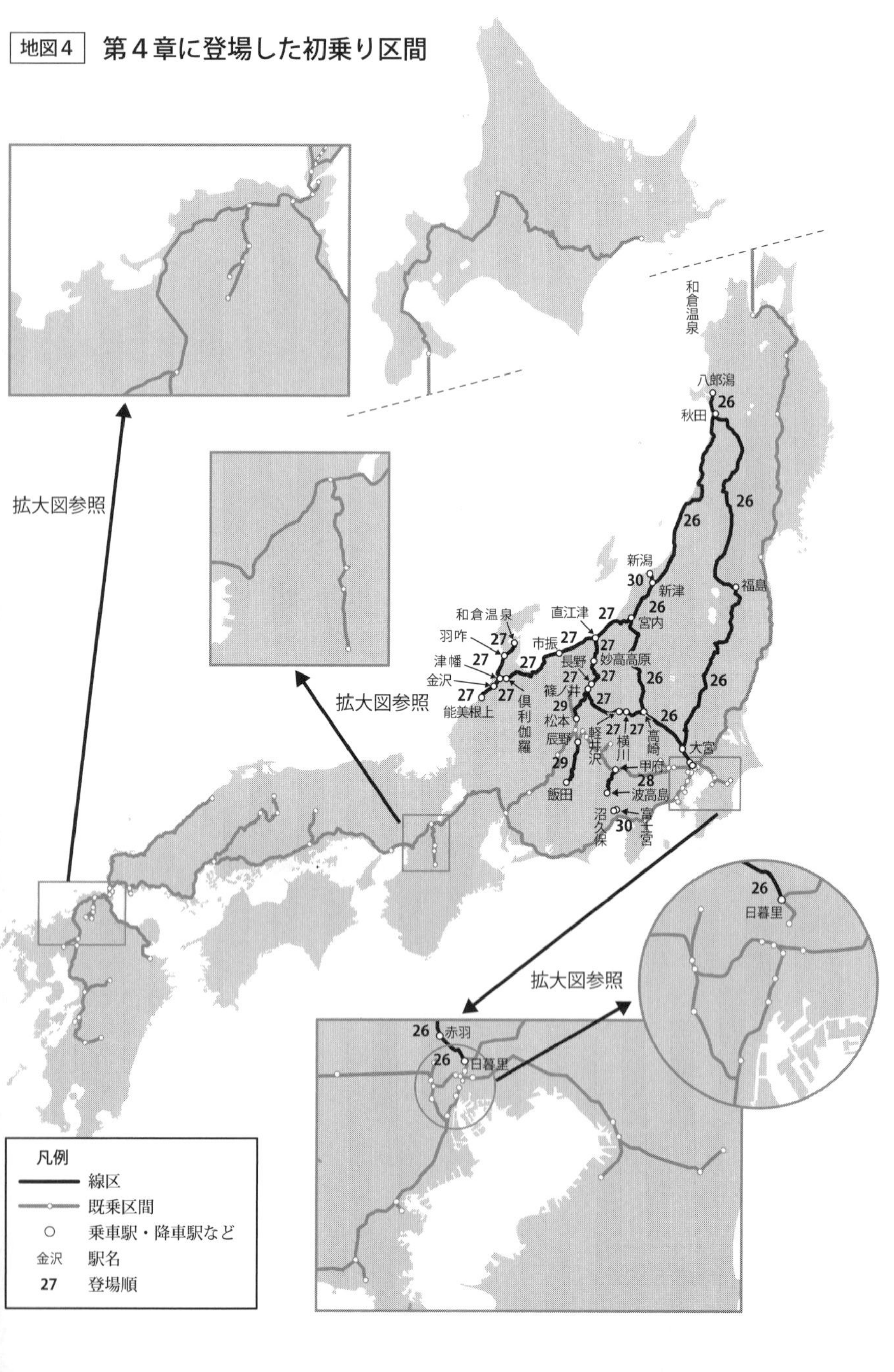

第5章

歩廊に佇む男たち

（1960年8月〜1961年12月）

本章に登場する作品

駅路（全集37巻6刷）
黄色い風土（『黄色い風土』講談社文庫71刷）
歪んだ複写（全集11巻6刷）
金環食（『憎悪の依頼』新潮文庫62刷）
万葉翡翠（全集1巻10刷）
考える葉（『考える葉』光文社文庫1刷）
砂の器（全集5巻7刷）
田舎医師（全集1巻10刷）
わるいやつら（全集14巻1刷）
山峡の章（『山峡の章』角川文庫47刷）
球形の荒野（全集6巻3刷）

短すぎた解放の時——小塚貞一

今、平均的な男性サラリーマンだったら、65歳まで働き、80歳前後まで生きる。60（昭和三五）年8月7日の「サンデー毎日」に載った『**駅路**』の殺人被害者小塚貞一はもっと長生きさせてやりたかった、と思う。

——銀行員として幹部社員に昇り詰めた小塚は、魅力ある再就職先を断り、同僚らを不思議がらせる。妻子には十分な資産を残したうえで、広島支店長時代の部下で愛人の福村慶子と新しい人生を送ろうと、多額の金を持って家を出る。だが、2人の連絡役になっていた慶子の従妹よし子とその愛人が金目当てで小塚を殺す。定年55歳の時代だった——

行方不明の届け出を受けて捜査する48歳の呼野刑事は、小塚の家を訪ねる。几帳面で、仕事も家庭もおろそかにしない小塚だが、旅行と写真という趣味にはこだわっていた。

《三冊のアルバムは、各地方に亙っている。福井県の東尋坊から永平寺、岐阜県の下呂温泉付近、犬山付近、長野県の木曾福島、京都と奈良、和歌山県の串本、愛知県の蒲郡などが撮られている。美しい風景だった》

呼野刑事は推理する。アルバムは名勝地ばかりだが、小塚のような性格だと、一人旅であれば、名も知れないような田舎に行くのではないか。家を出るときは1人だが、旅先では相手がいたのではないか。自分もまた人生の黄昏が見え始め、このまま定年を迎えるばかりか、と焦燥を深めているので、小塚の気持ちが分かる。

写真は中部地方に多い。小塚は東京から西に向かっていたが、人目を避けるため愛人はもっと西から来ていたのではないか、と考えた。「忍び逢い型」の乗り鉄が多かったと想像される。そこで、呼野刑事は広島へ行き、福村慶子の存在を知る。さらに、彼女が住んでいた可部へ足を延ばす。横川―可部14キロを初乗りした。

《可部は、古い、狭い町だった。町の真ん中を川が流れている。大田川（注1）という名前で、この下流は広島湾に注いでいる。山と水の町だが、そこはかとない頽廃が旧い家並に沈んでいた》

小塚はこうした風景を好んだのではないか。まさしく松本清張の趣味でもあろう。可部線の車窓は大きく変わった、と思う。今、宅地開発が進んだ太田川右岸の傾斜地の下を進む。広島駅を出た可部線の列車は、横川を過ぎて太田川を渡ると、山に突き当たるように大きく右カーブする。いったん川を離れるが、列車は態勢を立て直して川沿いに出て来る。それが山陽新幹線の山側の席から分かる。私の好きな車窓の一つで、撮り鉄系の鉄ちゃんなら、いろんなアングルを探したくなるであろう。

慶子は病死していた。小塚はそれを知らないまま家を出て、遺体で見つかった。

会社人生の終着駅に降りた時、人はそこで粛々と旅の終わりを迎えるべきなのか。もう一列車に乗り換えてはいけないのか。半世紀たった今も、作品は光を失っていない。

長編の『黒い風土』（『黄色い風土』に改題）は、59年5月22日から60年8月7日まで、「北海道新聞」夕刊で続いた。他のブロック紙、「中日新聞」、「西日本新聞」も同時期に載った。そのせいか、北海道や中京圏が事件の舞台になる。東京発15時00分伊東行き準急「いでゆ」に、新婚旅行風のカップルが急ぎ足で乗り込んでくる場面から始まる。鉄道のある風景を使い、読者に「近ごろありそうな出来事だ」と思わせ、一気にフィクションの世界に連れて行く手法に磨きがかかってきた。

《午後二時三十分から三時までの東京駅の十二番線ホームは、贅沢で華かな混雑が渦巻いている。

三時には伊東行の「いでゆ号」が出るのだが、周知のように、これは新婚組のために、ロマンスカーが連結されている。その見送り人のために、列車が出るまでは、いくつもの披露式場の雰囲気がこのホームに重なり合い、ぶっつかり合っている。

新婚組の方は、もう、さっぱりした旅行着に着更えているが、見送りの側は、モーニングだったり、裾模様の紋付だったりしていた。

この一ヵ所だけに、儀式めいたものが集まっていることは、見ようによっては、荘厳な滑稽さが漂っている。（略）

ホームの階段を息せき切って、上がってくる新婚組の男女の姿が眼についた。新郎は大股で急ぐが、新婦は、周囲の群衆の眼を意識して、小刻みな足どりだから、遅れ勝ちである。

発車のベルは鳴っていて、見送り人のどよめきが一層高くなっていた。（略）

急いでいる新郎は二十七、八くらいで、痩せて背が高い。新婦は、二十一、二くらいであろうか、明るい顔の感じで、白っぽいグレーのスーツを着ていた。

この両人がやっと車輛の中に入った途端に鳴っているベルが熄んだ》

――R新聞の週刊誌記者若宮四郎は、談話とりのために熱海のホテルに行くが、カップルのうち男の方が錦ヶ浦の下で死んだことを知る。それをきっかけとして、北海道の小樽市の港や愛知県犬山市の木曾川でも変死が相次ぐ。旧軍の謀略機関にルーツを発するドル紙幣偽造団の仲間割れが背景にあった。首領はともに取材をしていた熱海通信局の嘱託記者村田壮八と分かる。若宮が魅かれた沈丁花の香りがする女は、村田の妻だった――

初乗り区間を見る。まず、若宮は犬山の変死事件を追って、名古屋で降りて名古屋鉄道（名鉄《めいてつ》）に乗る。名古屋から東枇杷島―西枇杷島間にある枇杷島分岐点までの3・3キロは名古屋本線であり、ここから犬山線に入る。木曾川を渡ったという描写もあり（列車かどうかは不明）、岐阜県側の新鵜沼まで行ったようにも読める。愛知県側で最も木曾川に近い犬山遊園までの26・1キロに乗ったと判定する。

若宮と沈丁花の女は、S駅で待ち合わせした後、「東京から横浜をつなぐ線」に乗る。S駅は私鉄を三つも結んでいると書かれており、渋谷駅から東急東横線に乗ったとしか考えられない。２人は桜木町で降りて、外人墓地へ行った。女は事件を解くヒントを与えてくれたが、若宮が抱き寄せると苦しそうに逃げた。

東横線の渋谷―田園調布間は『父系の指』で乗りつぶされている。田園調布―桜木町18・１キロが一番乗り区間である。このうち、横浜―桜木町２・１キロはみなとみらい線開業に伴って、04年に廃止された。

物語の最後に若宮は、村田から偽造団のメンバーがいる富士山麓に行こうと誘われ、熱海から東海道線の国府津《こうづ》経由で、御殿場線の駿河小山まで乗る。国府津―駿河小山24・６キロもまた初乗り区間である。

《若宮と村田とは、御殿場行きの汽車に乗ったが、この汽車は、ひどくみすぼらしい。東海道線の列車とくらべると、急に片田舎に入り込んだような錯覚に陥った。

しかし、景色はよかった。窓の外に見える風景は、絶えず渓谷と渓流とを見せてくれる。もともと、箱根火山と外輪山との陥没地帯の山峡だから、眺望はいい。酒匂川が絶えず白い泡を立てて、列車の右手に眺められた》

村田はここで本性を現し、縛りあげた若宮を自衛隊の砲撃訓練の着弾地に放り出す。捜査が身辺に及びそうなので、若宮を始末した後外国へ逃げる計画だ。沈丁花の女は若宮に気があったが、既に出国させたという。若宮は縄をほどき、村田と格闘する。村田の方が被弾し、若宮は死地を抜け出す。

注目したいのは若宮の仕事の紹介の中で、当時の週刊誌の編集事情を書いた部分である。

《近ごろの週刊誌は、毎号必ず特集記事というのを巻頭に出している。毎週、とにかく、それを編集しなければならない、というのは苦しいことだ。

雑誌が校了になって、すぐに編集会議を開くのだが、このトップ記事でいつも一同が頭を悩ましている。一週間毎に、そう新しくて変った材料がある訳ではない。

それに、近ごろ、週刊誌がとみにふえて、もとは新聞社系だけだったものが、大手筋の雑誌社が、続々と週刊誌を発行して、いまでは、或る克明な人の計算によると、週刊誌と名のつくものは、全部で五十五種あるとのことだった。

これだけの週刊誌が、特集記事に特色を出し、他誌を圧倒しようとするのだから、競争は劇甚とならざるを得ない。いま、ジャーナリズムでの最大の激戦場は週刊誌である》

週刊誌に引っ張りだこだった清張の貴重な「証言」ではあるまいか。「中身のないトップ記事よりぼくの連載で売れているんだよ」と言っても不遜ではないように思われる。

組織びとの宿命——大蔵エリート尾山、新聞記者石内

清張は60年度の所得額が3842万円に達し、作家部門の第1位になった（注2）。当然、納税額も増えただろう。税の不公平の存在を指弾する論評を多数残している。源泉徴収で所得額が捕捉されるサラリーマンや課税基準で見込み所得税が決められる零細商工業者に比べて、大企業や政治家に対して税務当局は甘い。今も変わらぬ問題である。

『**歪んだ複写**』（「小説新潮」59年6月〜60年12月）は、国税当局の不正、腐敗を告発するトーンに貫かれている。

――税務署員の崎山亮久と野吉欣平は、中小零細の商工業者に税務調査というムチを持って、あくどいたかり行為をする。大蔵官僚の若手署長である尾山正宏は、2人を処分すると自らの経歴に傷がつくと思い、手を出せない。2人の不正を追う元署員を誤って死なせ、それを知った業界紙記者や脅しに出た崎山も殺害し、エリートは破滅する――

作中では、税務署が零細業者の所得額を推測する虎の巻が紹介される。取材の深さと理解能力、執筆力が分かる。今も新鮮である。初乗りとしては、R新聞記者の田原典太が殺人の手助けをする病院周辺を洗うため、東急池上線の五反田―洗足池4・3キロに乗る。洗足池の畔や死体遺棄現場となった武蔵境駅北方の田園などが描かれているが、都電杉並線が出て来る場面を紹介しよう。尾山の自宅周辺である。

《田原典太は、阿佐ヶ谷《あさがや》駅で降りて、南の方へ歩いて行った。

商店街を過ぎ、都電を越して奥に入ると、ひっそりした住宅街で、大きな家がいくつも両側に並んでいる。長い塀と広い庭をもった家ばかりで、歩いていると、到る処にまだ武蔵野の名残りと言っていいような雑木林があった。が、その林も、奥の方に瀟洒な家があって、実は庭だったりして、いかにも高級な住宅地の感じだった》

明けて61年1月の「小説中央公論」冬季号に『**金環食**』が掲載される。

――新聞記者の石内は48年3月に北海道のR島で起きた金環食の取材に行き、観測地点の予測が米国よりも日本の研究陣の方が正確だったことを書く。それが、GHQ（連合国軍最高司令官総司令部）の検閲に引っかかった。米国の観測が日本に後れを取るはずはない、というのである。新聞社は石内を地方に飛ばすことで始末を図る――

R島とは礼文島のことであり、金環食は48年5月に起きた。掲載時から13年前のことを書いたのは、既に触れた『日本の黒い霧』で取材したことの一端が現れたと見たい。石内の難行が書かれている。

《石内が社の命令でそのR島に着いたのは、観測の一週間前だった。リュックサックに米や甘藷《かんしょ》を詰め、殺人的な列車に乗って、ようやく、北海道の稚内《わっかない》に五日がかりで着いた》

北辺の海辺が描かれる。

《遠くにぼやけている波の涯に、利尻《りしり》富士が雲の上に淡く出て、海上には鰊《にしん》積みに往き交う船や、海岸から直角に張出した鰊網の上に小さな黒点となってならんでいる浮標が見られた。その先には、見張船がもやっていて、海の上に鉛を置いたように一日中動かない。浜辺には、鰊干し場の竿架《さおかけ》が林のように立っていて、漁村の低い屋根がかたまっていた》

初乗りとしては、北海道の中央部滝川から旭川までの函館線53・3キロと旭川から稚内までの宗谷線全線259・4キロがカウントされる。上野から滝川までは、『点と線』の収賄側部長の石田芳男が既乗している。
興味深いのは、新聞社の取材態勢である。記者、カメラマン、電送係、オートバイまで持ち込んだという。私が新聞社に入った70年代前半もこんな感じだった。記者は1面本記と社会面雑観が必要なので、最低2人はいる。とすれば、本社との調整に前線デスクも必要だ。人数が増えると、飯の心配をするロジ担も連れて行く。電送とは、アナログ回線しかなかった時代、写真をドラムに巻き付けて、7、8分かけて本社に送る作業のことで、とりわけ回線を確保できるかどうかが、前線取材の成否を分けていた。

清張の乗り鉄作品に、旅への誘い、男女の愛憎、ミステリーの3要素があることは繰り返し述べてきたが、**『万葉翡翠』**（「婦人公論」61年2月）は歴史ロマンも加わり、豪華メニューの佳作である。

――S大学の助教授は、万葉集の歌を基に新潟県西部地方からヒスイ石が出るという仮説を立て、その実地調査を3人の学生に勧める。夏休み、3人は自らの判断に基き、それぞれ異なった場所で探す。自ら選んだ場所は望み薄と見た杉原忠良は2回目の調査の際、最も有望そうな姫川沿いに行った今岡三郎の後をつけ、翡翠が見つかったところを襲い、一帯での採掘を画策する。今岡の許嫁者、芝垣多美子が犯行を見破る――

1回目の調査で3人の学生は、新宿発の遅い列車に乗る。22時45分発の「穂高3号」と見られる。

《ホームまで、芝垣多美子が見送った。多美子は、今岡ばかりでなく、杉原や岡村とも共通の友人だった。

「行ってらっしゃい。駝鳥の卵みたいな翡翠をお土産に持って帰って来てね」

彼女は、窓から首を出している三人に云った。

「そんな大きなやつをどうするんだい？」

岡村が冷やかすように訊いた。

「指輪の石に素敵なのを少し取って、あとは銀座の宝石屋に売りに行くわ」

「そいつでひと儲けして、今岡との結婚費用にするつもりかい？」

杉原が大きな声を出した。近くにいる乗客が、その声で多美子を見たので、彼女はちょっと赧くなった。今岡は照れ臭そうに笑っていた。

登山姿の若い人ばかりを詰め込んだ、中央線のこの夜汽車は、間もなく、線路の彼方に赤い尾燈をすぼめて消え去った》

この時代は窓越しに話せたから、駅の見送りは情緒があった。松本着後、今岡と岡村は大糸線に乗る。『眼の壁』の萩崎竜雄が簗場まで乗っているが、その先は一番乗りである。今岡は新潟県に入った小滝で降りるが、岡村は終点の糸魚川まで59・1キロに乗る。

杉原は長野に出て、信越（現しなの鉄道北しなの線）・飯山線に乗り換えた。豊野—津南（当時は越後《えちご》外《と》丸《まる》）57・9キロが初乗りである。バスで東頸城丘陵に入った。2回目の旅行の際、そう行くはずであると書かれているので、1回目の行程として認定する。信越線で長野に来るか、上越線で越後川口まで来たらどうだろう、という乗り鉄者としての私の疑問は残る。

　２回目の旅行の際、杉原は松本で今岡らが乗りかえた大糸線の次の列車に乗って追いかけ、姫川の河原で今岡を殺害して、遺体を埋めた。北アルプスと妙高・戸隠山系に挟まれた深い谷なので、遭難として片づけられそうになった。第２章の『地方紙を買う女』の潮田芳子は、殺害する相手の１本前の列車に乗って目撃者が現れないようにしたが、ここでは１本後の列車に乗った。同じ線区をわずかな間をおいて乗るので、「時間差型」とでも呼べる乗り鉄犯罪だ。

　秋になって殺害現場付近を山歩きした女性がフジアザミの花を見て、こんな短歌を作って同人誌に投稿した。「越の山はろか来にけり谷川に　のぞきて咲けるフジアザミの花」。選者は「フジアザミは富士山周辺で咲く大ぶりな花なので作者の虚構であろう」と評した。投稿者は「事実である」と反論した。

　そのやり取りを読んだ多美子は、はっと思う。２回目の旅行の３人を新宿駅まで見送った時、杉原がリュック姿の少年から紙包みを受取っていた。少年は富士山麓に出かけ、フジアザミの種子を集め、大月まで私鉄で戻り、東京へ帰って来たのではなかろうか。杉原はその通りのことを自供、今岡と格闘した際落としたと分かった。少年が富士急行大月線に乗ったことは間違いない。富士山麓のどこから乗ったかは不明だが、登山客が多い富士山（当時富士吉田）―大月23・6キロには乗ったと判断する。

　清張は後年、『清張通史』に代表されるように古代史の世界にも大きな足跡を残し、邪馬台国論争にも独自の見解を展開した。古代ロマンと犯罪を結び付けた作品と位置づけられる。

大糸線の新潟県側は、急峻なV字谷を走る。杉原が乗った飯山線は、戸狩野沢温泉から津南の先まで信濃川左岸を走る。丘陵の中腹を走るので、眺望が素晴らしい。

『考える葉』（「週刊読売」60年4月3日～61年2月19日）は、旧日本軍の隠匿物資を巡る話である。

――山梨県の山奥で硯作りをする崎津弘吉は仕事が好きになれず、若き実業家、板倉彰英の息のかかった会社で働く。板倉は終戦直後、軍事物資をくすねたのだが、旧日本軍が持ち去った貴金属の行方を追うアジア某国の調査団が来ることになり、そのリーダーを殺害する。崎津が事件の背景を追及すると、板倉もまた政治家や旧憲兵隊員にむしられていた――

旧憲兵隊将校で戦後は書家になった村田露石は身延山の麓へ硯を買い求めに行き、新宿から甲府乗り換えで身延線の身延まで来る。『黒い樹海』の笠原祥子が同じコースで波高島まで来ており、波高島―身延6・7キロが村田の初乗りとなる。

《汽車は甲府盆地を走った。沿道はすべて葡萄畑である。それが途切れると、広い田畑になり、やがて山峡《やまかい》にはいった。左の窓には、富士の山頂が連山の上に大きくのぞいていた。

山峡にはいると、しばらく、汽車は富士川に沿って走り、それも別れて、山ばかりの間を縫って行く。汽車の中には、肩から大きな数珠を掛けた人がだいぶ乗っていた。

「ははあ、やっぱり身延線ですな。」

露石は眺めて言った。

「そうですね。ああして身延詣りの講中が、毎日、この汽車で各地から繰り出して行くんです。」

硯屋は説明した。(略)

そんな話をしているうちに、やがて汽車は身延駅に着いた。

いっしょに乗りあわせていた身延詣りの講中連中も、紫の旗を押し立ててホームを降りて行く》

東奔西走する刑事——今西栄太郎

清張作品の登場人物たちが乗りつぶした路線を鉄道地図に落とすと、やや東日本に偏っていることが見えて来る。初期の作品においては九州—東京間が多かったのだが、東北へ駆け足旅行した『蒼い描点』と甲信越ものが続いたことで、このような結果になった。60年5月17日から61年4月20日まで「読売新聞」夕刊に連載された『**砂の器**』は中国・四国地方の初乗り区間が相次ぐ。乗り鉄ものの代表作の一つであり、清張山脈の高峰である。

――岡山県の山間部で隠居暮らしをする三木謙一は、各地の名所旧跡を巡る旅をする。島根県の駐在所勤務の折、巡礼旅をするハンセン病患者を助け、その子供を保護したことがあるが、伊勢の映画館に行った際、その子が和賀英良という音楽家になったことに気づく。東京まで会いに行く。和賀は過去と決別し、有力国会議員の田所重喜の娘と婚約しており、三木の登場は自らの人生を脅かすものに見えた。三木を殺害し、それを隠すために新たな殺人を繰り返す。警視庁の刑事今西栄太郎が懸命に追う――

三木は国鉄蒲田操車場で殺され、頭部はレールの上に乗せられていた。待機中の電車が動き出せば、顔はつぶれ身元捜しが大変になる。蒲田は旧国鉄のほか東急目蒲線（現東急多摩川線）、池上線もつながり、足どり捜査が困難になるポイントである。2人が近くのバーで飲み、「カメダは今も相変わらずでしょうね」という東北訛りの会話があった、と分かる。捜査本部は人の名前と判断したが、今西は地名ではないか、と思う。その判断は「全国名勝温泉地案内」という地図に由来する。

《知らぬ駅名を見るのも、たのしいものだ。今西は、一度も東北地方に行ったことがない。だが、未知の駅名を見ると、その辺の景色が頭の中にぼんやり浮かぶような気がした。

たとえば、左の方に八郎潟《はちろうがた》がある。その先が男鹿《おが》半島だった。

今西は、その辺の駅名をちらちらと読んでいた。

能代《のしろ》、鯉川《こいがわ》、追分《おいわけ》、秋田、下浜《しもはま》などの文字が漫然と目にはいった。

ところが、彼は、その次に目を移して、はっとなった。
「羽後《うご》亀田」
とある》

今西と蒲田署の若き刑事、吉村弘は夜行で秋田まで行く。犯人に結び付く成果はないが、挙動不審な男がいた。和賀を慕う劇団職員成瀬リエ子に恋する俳優宮田邦郎である。本当のカメダには目を向けさせたくない和賀の眩惑作戦だった。和賀自身も若き文化人集団「ヌーボー・グループ」の旅行で亀田へ来て、今西らとすれ違う。彼らは秋田へ向かう所だった。鉄道をさりげなく使い、フィクション世界へ導く筆は、ここでも小気味よい。

捜査は進まず、蒲田署の捜査本部は解散する。その日、今西と吉村は、渋谷で2人だけのささやかな慰労会を開く。蒲田から京浜東北線に乗り、品川で山手線に乗りかえたとは書いていないが、ほかの選択肢はなかろう。吉村は代々木に住んでおり、今西は別れた後、一人で自宅のある滝野川へ帰った。最寄り駅はどこなのか。最低、池袋までは乗ったと見る。山手線は南から、『父系の指』、『顔』、『声』、『氷雨』と乗りつぶされているが、『氷雨』の加代は目白で降りている。目白—池袋1・2キロは今西が初乗りしたと認定する。通勤の際、新宿まで行って、地下鉄に乗り換えたとある。丸ノ内線で霞ケ関まで行ったとしか思われないのだが、それ以上の言及がなく、慎重を期して、敢えて好球を見送る。

リエ子が和賀の犯行時のスポーツシャツをずたずたにして中央線の笹子トンネル辺りで紙吹雪にして捨てたことが分かる。証拠物の遺棄をロマンチックに描いたという点で、読者の記憶に残る部分だが、初乗りチェックの対象にはならない。

三木の身元が判明する。東北弁を話していたという目撃証言と矛盾するようだが、奥出雲地方では「ズーズー弁」に似た方言があるということが分かった。今西は再び地図を凝視、中国地方を山越えする木次線に「亀嵩《かめだけ》」という駅があることを発見する。「かめだけ」の語尾が欠落、「かめだ」という音に聞こえやすい。今西は、三木の亀嵩時代に事件を解く謎があると信じ、東京発22時30分の急行「出雲」に乗る。61年4月の時刻表通りである。

《京都で弁当を買って朝飯をすませた》

時刻表通りなら8時34分着である。作品ではこの後、山陰路に入る。

《それからが長い旅だった。京都を過ぎて福知山に出るまで、山の中ばかりで退屈だった》

ちょっと書き急ぎがある。「出雲」は京都から大阪を経て、福知山線に入る。淀川を2回渡る間に梅田の街並みも見たはずである。だが、長旅であることには変わりない。

《豊岡で昼飯を食べた。一時十一分だった。

鳥取二時五十二分、米子四時三十六分。大山《だいせん》が左手の窓に見えた。

安来《やすぎ》四時五十一分、松江五時十一分。

今西栄太郎は、松江駅に降りた。（略）

夕食を食べて、街に出た。

長い橋がある。宍道《しんじ》湖が夜の中にひろがっていた。湖岸には、寂しい灯が取り巻いている。橋のすぐ下から、灯のついたボートが出ていた。

初めての土地に来て、いきなり夜の水の景色を眺めるのは旅愁を覚える》

東京―尼崎間は既乗だが、尼崎―福知山間の福知山線全線106・5キロと福知山―松江263・4キロは初乗りである。通過時刻もほとんど時刻表通りだ。

松江で泊まった後、松江から宍道まで山陰線17キロに乗る。宍道湖の南側湖畔を走る風光明媚な区間である。北側もまた松江と出雲大社を結ぶ一畑電車という私鉄が走っている。実にいい車窓である。夕暮れ迫るころ、西日が湖面に映える様は当時と変わらないだろう。

今西は宍道から木次線に乗り換えて、亀嵩より一つ手前の出雲《いずも》三成《みなり》までの41・5キロに一番乗りする。亀嵩は山の中の駅であり、警察署などは三成駅に近い所にあるためだ。今西としては、三木が恨まれるような事件があった、という見込みで来た。だが、土地の古老らは、三木が事件事故に対して警察官としての対処をしただけでなく、災害に遭った人々の面倒をよくみたと語り、思惑は外れる。善行の数々の中に、子連れのハンセン病患者を隔離し、保護した男児を託児所に預けたという話があった。本浦秀夫というこの子供こそ和賀英良である。

それが分かるのはずっと後のことだが、父親と離された秀夫は三木のもとから脱走し、亀嵩を出て放浪生活に戻る。どこをどうたどったのか不明だが、やがて大阪に至る。この辺りは清張自身の父親峯太郎と重なる。鳥取県米子市の貧しい家に里子に出された峯太郎は、17、8歳の時、出奔して徒歩で岡山県の津山に出る。さらに大阪に行ったらしい。自叙伝『半生の記』によれば、広島で書生暮らしをするようになるまで、父の足跡は分からないままだという。

島根から帰った今西は、リエ子が撒いた紙吹雪に血痕がついているという想定のもと、中央線の塩山から相模湖までの中央線沿いを歩く。炎天下、今西の刑事魂が描かれる。今西は線路わきの草むらの中から三木の血液がついた布きれを見つけ出す。だが、「紙吹雪の女」リエ子は今西の自宅近くに住んでいながら、今西が接触する前に自殺する。

潰えた野望——和賀英良

リエ子と和賀の関係を知る宮田は羽後亀田に現れた不審者でもある。今西に事件を語ろうとするが、和賀によって殺害される。死因は心臓麻痺とされたが、前衛音楽で使う超音波機器で異様な周波数の音を聞かせるという手口だった。今西と吉村は、遺体発見現場を見に行く。

渋谷から京王井の頭線に乗り、下北沢で小田急線に乗り換え六つ目の駅で降りたという。祖師ヶ谷大蔵になる。既乗区間だが、沿線風景を紹介する。

《駅前の短い商店街を通ると、このあたりは新開地らしい住宅地が雑木林の間に点在していた。稲が色づいていていた。

バスが通る道を二人は歩いた。
稲田の向こうに住宅があり、その後ろに林がつづき、また住宅の丘が続いた。郊外らしい地形だった》

世田谷区粕谷町とあり、環状8号線の西側、芦花公園付近である。ここが、清張作品によく出て来る地点になる。

ヌーボー・グループの仲間で評論家の関川重雄は、バー勤めの愛人三浦恵美子が身ごもったため和賀の超音波で流産させて死なせる。そこも祖師ヶ谷であった。関川が恵美子の死後、和賀に好意的な評論をするようになったこともあり、今西は疑問を深める。

恵美子が埼玉県川口市から祖師ヶ谷に突然引っ越した経緯を知ろうと、今西は川口から大久保まで国電に乗る。「新宿で中央線に乗り換えた」と書いてある。川口から赤羽、池袋を経て来たのだろう。赤羽線の赤羽―池袋5・5キロを初乗りと認定する。

被害者三木も相当な乗り鉄者である。息子夫婦と暮らす岡山県江見町（現美作市）からまず岡山に出た。その交通手段が書かれていないが、岡山駅前の旅館にしばし滞在したので国鉄を利用したと見たい。姫新線の美作江見―津山23・3キロを初乗りして津山線で岡山へ来たと見る。四国に渡り、金刀比羅参りをする。宇野線の岡山―宇野32・8キロ、宇高《うこう》航路18キロ、予讃線の高松―多度津32・7キロ、土讃線の多度津―琴平11・3キロも三木の一番乗りである。四国が初めて登場した。

本州に引き返して京都周辺を周遊し、奈良に行く。このあたりの鉄路が不明である。だが、奈良で宿をとり、吉野まで足を延ばした。近鉄奈良線の近鉄奈良―大和西大寺4・4キロ、同橿原線の大和西大寺―橿原神宮前23・8キロ、同吉野線の橿原神宮前―吉野25・2キロにも乗ったと判断できる。この後、名古屋駅前、伊勢市と回るが、途中の経路が書かれていない。

約1カ月の旅行の後、岡山へ帰るはずだった三木は伊勢市の映画館に2度入った後、行く先を東京へ変更する。館主とゆかりがあり、娘のフィアンセである和賀と並んだ田所代議士の写真が館内に掲げられていたのである。三木は和賀に幼いころの本浦秀夫の面影を見て、間違いないと確信した。近鉄で名古屋に向かうが、『眼の壁』の新聞記者田村満吉が既に乗っている。

今西は、映画の中に三木の旅程を変えさせる何かがあったと考え、映画の中の端役や予告編にさえ注目するが、これというものが見当たらない。田所代議士の写真にたどりつくまで粘り強い捜査を続ける。

今西は都電をよく利用した。滝野川の自宅と桜田門の警視庁との通勤にも使っている。順不同で拾い上げる。

（一）忙中閑ありの夕、妻と巣鴨のとげ抜き地蔵の縁日に行くため自宅近くから乗る。

（二）奥出雲のズーズー弁について調べるため、警視庁から一ツ橋まで行き、国立国語研究所を訪ねる。

（三）伊勢で上映された映画を見るため、警視庁から三原橋まで乗る。

（四）　リエ子や宮田が所属していた劇団が上演用に持っていたレインコートが事件に使われたと見て、警視庁から青山四丁目まで行く。自宅から行ったこともあった。
（五）　自宅近くから駒込にある宮田の自宅を訪ねて吉祥寺町で降りる。
（六）　宮田と恵美子の死後、大塚の監察医務院へ行って医師の話を聞き、水道橋・神田方面へ乗る。

三木が巡査時代に助けた本浦秀夫が和賀となったのではないか、と見立てた今西は出生の地、石川県山中温泉を目指す。東京から夜行で米原まで行き、北陸線に乗り換えた。東京発21時40分とあるが、該当する列車はない。21時30分発の博多行き急行「筑紫」が最も近い。米原着6時07分で、6時39分発普通に乗ると、10時58分大聖寺《だいしょうじ》着となる。以下の記述とぴったりである。

《関《せき》ヶ原《はら》あたりで夜が明けた。

米原から北陸線に乗り換えた。余呉湖《よごのうみ》に朝陽が射していた。賤《しず》ヶ嶽《たけ》の山岳地帯では、もう雪が積もっていた。

大聖寺におりたのは午《ひる》まえだった》

『ゼロの焦点』では、板根禎子の北陸憧憬が書き込まれた。今西の場合、北陸路の遠さに旅心を深めたという場面である。

米原―大聖寺間が初乗りとなる。２０１７年３月の時刻表によれば、１３０・２キロになるが、ここは少しこだわりたい。61年4月の時刻表は、同区間の距離を137・5キロとしている。違いが大きいのは福井県の敦賀―今庄間であり、61年に26・4キロだったのが、19・2キロに短縮されたためだ。62年6月、同区間の新路線に完成した「北陸トンネル」は、鉄道史のエポックとなった。その説明は、乗り鉄者の大先輩、宮脇俊三の文章に頼ろう。

《北陸本線は、鉄道黎明期から日本海側の鉄道としては最も重要な路線であった。江戸時代は京・大阪、西国と北国とを結ぶ北前船《きたまえぶね》が盛んに往来し、敦賀・三国《みくに》をはじめとする港町が殷賑を極めていた地域だけに、明治期でも物流の幹線として重要視されたのだろう。早い時期に鉄道が着工されている。（略）

しかもそのルートたるや、非常に鉄道を敷設しにくい地形で、いくつもの峠越えを克服しなければならなかった。また、親不知《おやしらず》などの断崖絶壁もあった。それらは大変な難工事であったにちがいない。豪雪地帯でもある。

開通した北陸本線は、当然ながら急勾配とトンネル、急曲線が多かった。補機をつけねばならぬ区間も三カ所あった。輸送量の増加に伴い、この旧態な北陸本線の改良が必須の課題になった。（略）ようやく勾配・曲線の緩和や複線化・電化などの近代化に全面的に着手したのは、昭和三〇年のことだった。改良工事完了は四四年（1969）である。一三八七〇メートルの北陸トンネルをはじめ長大トンネルを何本も掘るなどして、これほどまでに在来線に大々的に手を入れて近代化した路線は、北陸本線が第一であろう》（注3）

『砂の器』で紹介したＳＬの普通列車は、敦賀—今庄間を1時間9分かかった。今、電車は15分で抜ける。
米原—敦賀間、今庄—大聖寺間のキロ数も、当時と比べて小さな増減があり、この作品での初乗り距離は１３７・４キロとする。

今西は、北陸鉄道山中線に乗り換え、終点の山中まで８・９キロも一番乗りする。沿線は温泉郷である。71年に廃止となった。

今西は、本浦秀夫の出生前後の話を聞いて確信を深める。問題は、本浦秀夫が和賀英良になった経緯である。大阪まで夜行列車で往復して戸籍を調べた。

——45年３月、大阪市はＢ—29の大編隊による空襲を受ける。天王寺公園近くにあった民家や店舗が焼け、和賀という名の商店主夫婦は死亡する。子供はいなかったが、音楽好きの住み込み小僧風の少年がいた。区役所も法務局も焼け、少年が申し立てた通りの戸籍が「再生」された——

音楽家としての箔をつけようと、和賀が米国行きをする予定が迫る。今西らは飛行機に乗り込む直前の羽田空港で逮捕する。

和賀は殺人者であるが、時代の被害者という見方もできる。ハンセン病に対する差別と偏見、貧しい少年時代。日本の戦前、戦中の歴史を抜きにしては動機を語れない。『ゼロの焦点』の室田佐知子が裕福な乙女から街娼になり、それを知る人間を殺害したのと相似している。

叶わぬ恋と知りつつ和賀への愛を貫くリエ子を犯罪に巻き込み、フィアンセの父田所の政治力を自らの立身出世に利用する。後年、次第に増えてくるピカレスク・ロマン（悪漢小説）の要素も持っている。


61年6月の「婦人公論」に載った『**田舎医師**』では、中国山地の陰陽越え路線の木次線が走破される。『砂の器』の今西刑事が乗り残した部分というべきか。

――杉山良吉は九州出張の帰り、島根県の山奥にある父の故郷を訪ねる。一族の中では成功している医師の杉山俊郎を訪ねるが、俊郎の従弟の博一宅などへ往診に出た帰り、雪道の崖から転落して死亡しているのが見つかった。博一が突き落としたのか――

同じ姓を持つもの同士でも、恵まれた者に対して貧者側が屈折を持つことがテーマであり、第1章『父系の指』にミステリーを絡ませた作品になっている。良吉は広島から芸備線に乗り、備後落合で泊まった後、木次線で八川《やかわ》まで乗った。25・6キロが初乗りである。

《この列車は、中国山脈の分水嶺を喘ぎながらよじ上る。トンネルを過ぎると、大きな山が眼の前にあった。隣の客に訊くと、船通山《せんつうざん》だと答えたのでやはりそうかと思った。この名前も父の口からたびたび聞いている。この辺は、出雲伝説につながっている》

今も、そのままの景色が残る。スキー場が多い地域である。良吉は帰途、宍道に出て山陰線経由にした。八川―出雲三成14・8キロも初乗り区間となる。

番外地にて――戸谷信一

『わるいやつら』（「週刊新潮」60年1月11日〜61年6月5日）は、本格的悪漢小説の第1号という位置づけができようか。

――2代目病院長の戸谷信一は、仕事は怠け放題だが、金持ちの妻横武たつ子と女実業家藤島チセを愛人にして金を巻き上げる。だが、結婚したい相手は美人で金持ちのデザイナー槙村隆子であった。年上の女2人が邪魔になり、横武夫婦やチセの夫の不審死にかかわる。隆子は戸谷と長年の付き合いがある弁護士を巻き込んで、戸谷の不動産を奪い、戸谷は不審死の一切の責任を負わされる。悪い奴と見えた戸谷こそ大変な甘ちゃんだった――

戸谷はチセを追いかけて東北線を浅虫温泉まで往復する。その際、福島から常磐線と合流する岩沼まで61・4キロに一番乗りする。

仙台駅でチセと一緒になるはずだったが、列車に乗ってこない。戸谷は判断ミスをし、それが転落を急がせることになった。

《このまま汽車に留まるべきか、ホームに降りるべきか、彼は決断がつかずに迷っていた。

ベルが鳴った。

戸谷の脚は宙に浮いたみたいだった。ホームを見つめたが、駆け足で来る乗客はもういなかった。見送人も窓から離れて手を振っている。

戸谷は、最後の決断をつけてホームに降りようとした。だが、その脚は軽くは動かない。仙台に降りても捜索の手がかりがない、という気持が彼の決心を鈍らせるのだ。土壇場になっても、降りたものか、このまま乗ったものか、彼は気忙《きぜわ》しい中に迷っていた。

ベルが鳴り止むと、列車が軽い音を一つ立てて微かに動きはじめた。

戸谷が思いきりをつけてホームに降りようとしたときだった。あわててステップに足をかけて乗り込んで来た客が、戸谷の行動を前から塞いだ。そのうち、汽車は速力を加えた。

瞬間、戸谷の眼は、ホームを急いで来る藤島チセの姿をはっきりと捉えた。駆けて来たが、汽車が動いているので、嘆声をあげたような格好で、ホームの途中で立ち停まった。かなり遠くだったが、紛うことない藤島チセだ。

戸谷が飛び降りるには、もう列車の速度は勢いを加えていた。足もとのホームが川のように流れる》

上野駅から網走まで移送されて行く際にも初乗り区間が現れる。宗谷線は、『金環食』の新聞記者石内が踏破しているが、途中の新旭川から網走までの石北線部分２３４キロが一番乗りだ。

『氷の燈火』（『**山峡の章**』に改題）は東西冷戦の緊張が高まった時代、60年6月から61年12

月まで「主婦の友」に連載された。婦人雑誌ゆえか、夫を失った新妻が探偵役になるのだが、スパイ事件と国家、権力の筋書きに踊らされる小官僚というテーマも透けて見える。戦後の奇怪な事件にも取り組んでいたことの反映であろうか。

――朝川昌子は九州旅行をした際に知り合った経済計画庁の堀沢英夫と結婚をしたが、何か屈託を抱えており、幸せな新婚生活とはならない。夫は失踪後、昌子の妹伶子と一緒に宮城県の作並《さくなみ》温泉で遺体となって見つかった。世間は心中事件とみなした上、米国亡命したソ連のスパイに堀沢が協力していたというスキャンダルも明るみになる。実は、大友了介という麻薬の密輸にかかわる病院経営者が堀沢と伶子の殺害者であった。また、ソ連のスパイが日本で暗躍していることを印象付けたかった内閣情報室の内密な嘱託である堀沢の上司も連携、堀沢をスパイの協力者に仕立てあげたのだった――

推理小説評論家の権田萬治が以下のように解説した。

《興味深いのは、国家機密をもらすスパイ行為が、不倫の恋との関連で大々的に報じられるという点である。昌子は「つまり、不倫な男だったという宣伝です。不倫な男だから、そんなスパイ行為のできた男だ、という印象を世間に与えたかったと思うのです」と述べているが、この小説が書かれた十年後の昭和四十六年に起こった毎日新聞西山太吉記者による外務省公電事件などを見ても、こういういわば道徳的な非難によって事の真相をくらましてしまうというのは国家権力のしばしば用いる手といってもよいようである。松本清張の推理小説の面白さは、このように何の変哲もない風俗小説のように始

まりながら、それが次第に社会の闇の部分に触れて行くところにあるのである》（注４）
初乗りとしては、昌子が２人の遺体を確認に行く場面、仙台から作並まで仙山《せんざん》線28・7㌔に乗った。

《昌子は、その翌日、午前七時十分発の急行で上野駅を発った。

母が駅まで見送りに来た。（略）

列車中の五時間余りは長かった。昌子は、現地に自分が早く着きたいような、また、なるべく遅く行きたいような、複雑な気持ちだった。

この列車は仙台止まりなので、客の話し声にも東北弁が多かった。昌子のすわっているすぐ前の客も、愉しそうに東京の話をしている。仙台地方から東京見物に来た人たちに違いない。

仙台に着いたのは二時近くだった。そこから山形行きの支線に乗り換えて、西へ行くのだった。目的地の作並は仙台から一時間ばかりである。

列車はすぐ山の間にはいった。傍らに絶えず川を見せている。列車が鉄橋を渡るたびに、その川は右に移ったり、左に変わったりした》

物語のラスト近く、昌子は大友の病院に乗り込むため渋谷から吉祥寺まで井の頭線で急いだ。同線の渋谷―東松原間は『蒼い描点』の編集部員椎原典子、明大前―高井戸間は『黒い福音』のスチュワーデス生田世津子がそれぞれ既乗している。昌子の一番乗りになるのは、東松原―明大前０・９㌔と高井戸―吉祥寺４㌔である。

松本清張は61年、井の頭線沿線の杉並区上高井戸（現高井戸東）に新居を構えた。駅としては浜田山の方が近い。この後も、井の頭線は頻繁に登場する。同時に、沿線風景の変化も再々書き留めることになった。

『球形の荒野』（「オール讀物」60年1月〜61年12月）もまた、権力の舞台裏や不気味な政治勢力に向けた清張の眼力と想像力を感じさせる作品である。死んだと思った父が生きていたことを知った娘の心の揺れが話の中心だが、信州、京都、奈良と旅の舞台が多い。

——元外交官野上顕一郎は、終戦間際の欧州で日本の敗戦を急がせる秘密工作をしたため日本を捨てたが、望郷と娘久美子への思いから名前を明かさずに帰国する。それを知った国粋主義者の一派が「売国奴」として野上を狙う。それを阻止する勢力もあり、殺傷事件が続く。久美子の恋人である新聞記者添田彰一が隠された工作と暗闘に迫る——

野上の帰国が分かる発端は、姪の芦村節子が奈良の唐招提寺《とうしょうだいじ》で見た芳名帳に特徴ある叔父の字を見つけたことだ。

《薬師寺から唐招提寺へ出る道は、彼女の一番好きな道の一つである。八年前に来たときは晩春で、両側の築地《ついじ》塀の上から、白い木蓮が咲いていたものだった。この道の脇にある農家の切妻の家に、明るい陽が照って、壁の白さを暖かく浮き出していた。が、今日は、うすく曇って、その壁の色が黝《くろ》く沈んでいる。

相変わらず、この道には人通りが無い。崩れた土塀の上には、蔦が匍っている。土の

落ちた塀の具合も、置物のように、いつまでも変わらないのである。農家の庭で、籾《もみ》をこいていた娘が節子の通るのを見送った》

近鉄橿原線の西ノ京駅近くの道である。車窓からもその雰囲気が見てとれる。叔父は唐招提寺とともに明日香の安居院《あんごいん》も好きだったので、節子は橿原神宮前駅まで南下して、再び芳名帳を繰った。ここにも叔父の字があった。

橿原線は『砂の器』の被害者三木謙一が吉野に行く際乗ったと判断したので、今や既乗区間である。節子が奈良へ来たのは、夫で医学者の亮一が京都の学会に出席したのに合わせたもので、奈良の宿で落ち合った。そのとき、亮一は京都から電車で1時間かけてきた。当時は国鉄奈良線が電化されておらず、近鉄線で来たと見るしかない。京都線の京都―大和西大寺《さいだいじ》34・6キロが初乗りである。

国粋主義者側で野上の字を知ったのは大和郡山市に住む伊東忠介だったが、上京して殺害される。遺体は『砂の器』の宮田邦郎とほぼ同じ所で見つかった。添田がその経緯を調べようと、夜行列車で大阪に来る。続いて、奈良行き電車に乗るのだが、最低、鶴橋から乗ったと見る。大和西大寺で乗り換えて近鉄郡山まで行く。鶴橋―大和西大寺25・3キロが彼の一番乗り区間になる。ややこしいのだが、鶴橋―布施3キロは大阪線であり、布施―大和西大寺22・3キロが奈良線になる。

《河内《かわち》平野には刈り取った稲が野積みにされていた。生駒《いこま》トンネルを過ぎると、あやめ池付近の山林も紅葉しはじめていた。西大寺駅に来て乗り換えた。

郡山近くになると、城の石垣が電車の窓に流れて来た。幾つもの四角い池が、人家の間に空の色を映して過ぎた。金魚の養殖場だった。「菜の花のなかに城あり郡山」添田はこの近くに来るたびに、許六《きょろく》の句を想い出す。この地方特有の切妻造りの白い壁が方々に見えていた》

生駒トンネル前後は宅地開発が進み、今、秋を深く感じることは難しい。大和郡山付近は当時を偲べる景観が残っている。

久美子は荻窪に住み、外務省関連の事務所に勤務していた。通勤は、新宿までが中央線で、新宿―霞ケ関間は地下鉄だった。営団丸ノ内線5・8キロは久美子の初乗り区間である。

野上に久美子の肖像画を贈ろうと、かつての仲間が画家に描かせるという一こまがある。電車の中で久美子を見かけて気に入ったという画家は、どこでと聞かれて「代々木だったかな」と説明した。久美子は自分が通らない駅なのに、と不審に思う。切れ味のよい小トリックである。今は荻窪から霞ケ関まで1本で行ける。

『球形の荒野』で印象深いのは、路線バスの登場だ。添田が野上の仲間でもある新聞社の先輩を長野県・蓼科に訪ねるため、中央線の茅野駅で降りた。

《駅前にバスが四、五台停まっていたが、みんな上諏訪行だった。蓼科行を訊くと、近ごろは回数が少なくなっているという返事だった。夏場だと頻繁に通うが、秋の終りになればずっと減ってくるのである。

次の蓼科行が出るのには、一時間も待たねばならなかった。添田は、バスを諦めてハイヤーを頼んだ》

路線バスが国鉄の乗客輸送の補完をしていた時代の姿である。今、駅前で乗り継ぎ客を待つバスの姿は減った。バス会社は町の中心部にバスセンターを構え、高速道路を経由して遠くへ行く客を乗せることに力を入れている。一方、JR各社は昔の駅の間に新駅を作り、通勤・通学者をバスから鉄道へ追い込もうとしている。互いに背を向けている。添田は1時間待ちに耐え切れなかったが、今ならラッキーな方かもしれない。

蓼科から帰る添田が乗ったバスの乗客たちも今とはずいぶん違う。

《バスの停留所には、三人の客が待っていた。一人は猟銃を担いだ中年の男で、あとはリュックサックを背負った若い男女だった。

しばらく待つと、バスが下から喘ぎながら登って来た。

降りた乗客は五人だった。土地の人ばかりで、下の町での買物の包を提げているのが多かった。バスが出るまで、運転手は崖縁《がけつぷち》にしゃがみ、蒼い煙草の烟を吐いていた。

バスが出るころになって、別の男連れのハイカーが駆けつけて来た。彼らは手にアケビの実の成った小枝を持っていた。アケビは熟《う》れて、割れ目から黒い種子《たね》が覗いていた。

気づくと、前の男女のリュックサックの蓋の間に、竜胆《りんどう》の花が挿し込まれてあった》

国交省の統計で乗合いバスの乗客数の年次変化のデータがある。68年に101億人だったが、以後減り続け2012年には41億人となった。マイカー普及の影響であることは言うまでもない。

　野上が離日する直前、久美子は観音崎で父と会う。

《久美子は脚を渚のほうに運んだ。前が房州の連山になっている。しかし、海を隔てているとは思えなかった。燈台下の岬を廻った地つづきのような感じだった。山の襞や、山崩れがあったらしい茶色の地肌まで、くっきりと見えるのだった》

　全てを知った添田が久美子を横浜のホテルからタクシーに乗せて見送った。横須賀線や京急は利用させなかった。

　初乗り区間は、旧国鉄とＪＲが７７９３・３キロ、私鉄が６１３・６キロになった。地図５で旧国鉄とＪＲの初乗り区間を示した。日本列島が形づくられてきたことが分かる。

注１　大田川は、太田川の誤記か。

注２　「松本清張全集」66巻の年譜61年の項目。

注３　ＪＴＢパブリッシング『鉄道廃線跡を歩くⅦ』。「補機をつけねばならぬ」というのは、１台の蒸気機関車（ＳＬ）では急坂を登りきれず、２台で引っ張ったり、１台が後ろから押したりすることを指す。二重連などと呼ばれ、ＳＬが姿を消そうとする頃、撮り鉄者たちの垂涎の的という時期があった。

注４　角川文庫『山峡の章』解説。

地図5　第5章に登場した初乗り区間

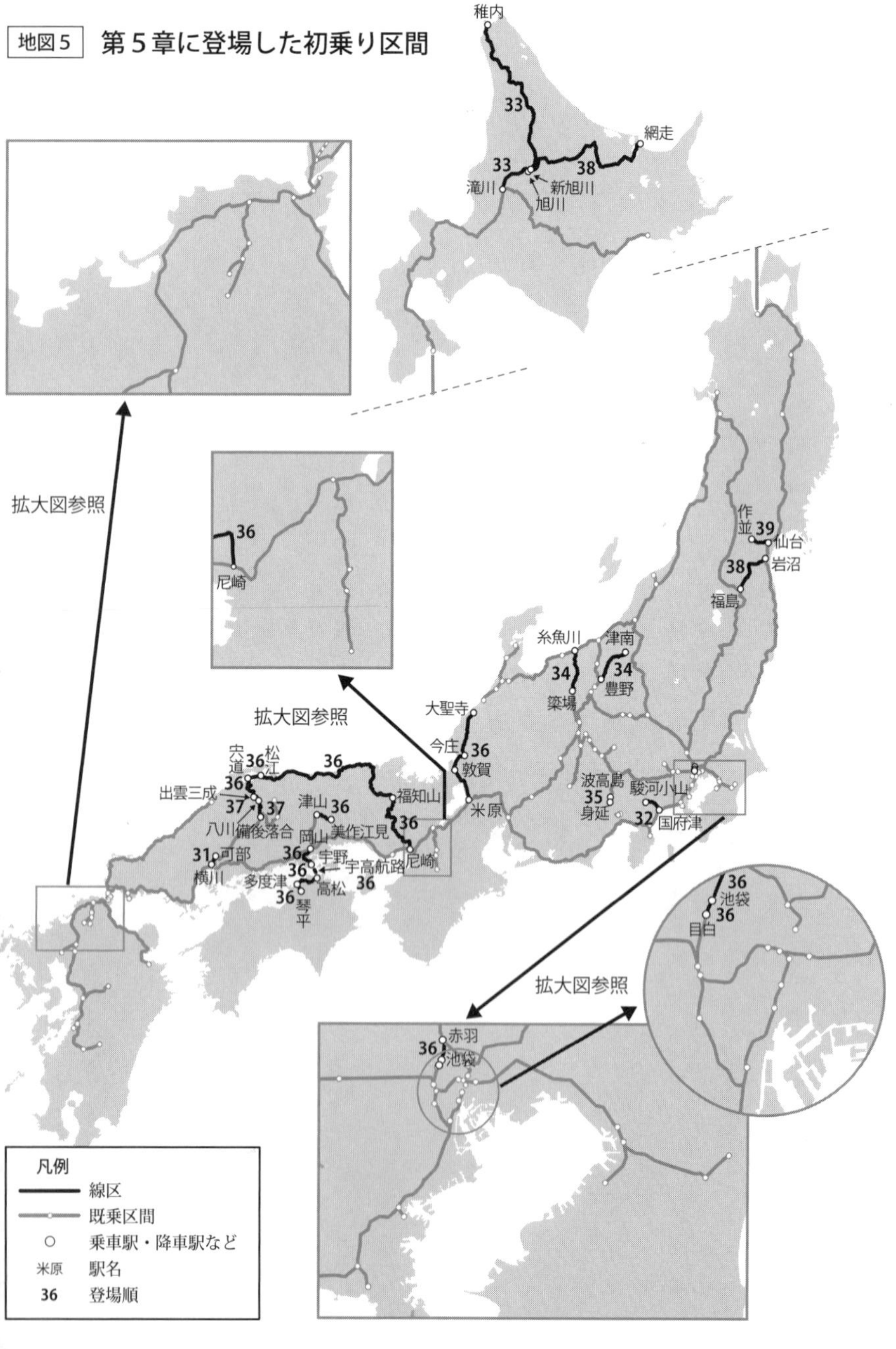

凡例
線区
既乗区間
○ 乗車駅・降車駅など
米原 駅名
36 登場順

第6章

遠くへ行きたい

（1961年12月〜1965年2月）

本章に登場する作品

風の視線（『風の視線』上下・文春文庫13刷）
不安な演奏（全集11巻6刷）
蒼ざめた礼服（『蒼ざめた礼服』新潮文庫8刷）
連環（全集12巻6刷）
美しき闘争（『美しき闘争』上下・角川文庫8刷）
時間の習俗（全集1巻10刷）
落差（全集20巻6刷）
地の指（『地の指』上下・角川文庫6刷）
影（全集38巻6刷）

人間水域（『人間水域』角川文庫16刷）
塗られた本（『塗られた本』講談社文庫41刷）
絢爛たる流離（全集2巻7刷）
彩霧（全集12巻6刷）
けものみち（全集15巻6刷）
陸行水行（全集7巻6刷）
半生の記（全集34巻1刷）
溺れ谷（『溺れ谷』光文社文庫1刷）
屈折回路（全集22巻6刷）

津軽へ、国東へ

『風の視線』は、旧伯爵家生まれの一流商社幹部の夫がいながら新聞社の腕利きデスクを愛し、新進のカメラマンからも慕われる美しき妻が主人公である。『波の塔』の結城頼子の樹海での自殺から1年、最後に自らの愛を貫き、強さも感じさせる。61（昭和三六）年1月3日から12月18日まで、「女性自身」に連載された。旅への誘いもたっぷりで、絢爛たる筆運びである。

――竜崎亜矢子はR新聞社事業部次長の久世俊介と心を寄せ合う一方、彼女に憧れる写真家の奈津井久夫を野々村千佳子と結婚させる。千佳子は亜矢子の夫重隆の部下として心身を縛られた状態にあった。奈津井夫婦の苦しみの一方、亜矢子は久世と逢瀬を重ねる。だが、一緒になれないことを悟った久世は地方取材網を志願し、佐渡へ赴任する。重隆が密輸の罪で摘発され、奈津井夫婦も再出発を誓う中、亜矢子は心を決め、佐渡へ来た――

奈津井は、亜矢子への思慕を断ち切るかのように新婚旅行中にも仕事を入れた。青森県・浅虫温泉での初夜の後、津軽の五所川原へ行った。十三湖付近の荒涼とした風景を撮るためである。奥羽線の青森―川部31・1㌔と五能線の川部―五所川原21・5㌔に乗る。

《五所川原駅は混雑していた。農産物の集散加工の中心地のため、田舎の駅とも思えぬくらい人が多い。弘前《ひろさき》、青森方面から来る人びとや、鰺ケ沢《あじがさわ》方面から来る人、津軽鉄道で金木《かなぎ》方面から来る人たちで、狭い駅はごった返していた。（略）

駅前に出ると、ここもバスが蝟集《いしゅう》していた。駅前の田舎らしい町並みに似合わず、バスだけはいやに多いのである。（略）

見知らない町の、見知らないバスに乗るのは、千佳子に、未知の旅路に出た気持を濃くさせた》

賑わいは今も続いている。私は10年秋に訪れたのだが、太宰治を偲び、五能線に乗り、日本海に沈む夕陽を眺めるツアーが盛んなのである。車内では津軽三味線の実演もあった。

亜矢子への恋心を断ち切れない奈津井は一転して大分県の国東《くにさき》半島の石仏やルーツが平安仏教に遡る富貴寺《ふきじ》に取材に行く。東京から列車で行って、豊後高田という小さな駅で降りたとある。九州に入って日豊線の宇佐まで行き、宇佐から大分交通宇佐参宮線（65年廃止）に乗り換えた。豊後高田まで4キロが一番乗りになる。

国東半島は、大分空港ができたり、道路整備されたりして観光客も入りこむようになったが、昭和三〇年代は陸の孤島という観があった。

《宇治の鳳凰堂や、平泉の金色堂を見るよりも、この荒廃した藤原時代の遺構が気持の中に密着した》

奈津井の心境は清張自身のものではないか。一帯は政治・経済的にも文化的にも宇佐神宮の勢力圏の中にあった。後年、古代史に切り込んでいく作家活動の原点の一つである。

亜矢子が久世を1泊旅行に誘い、東京駅で待ち合わせた。久世が行くと、タクシーで浅草まで移動したい、東海道線方面は良いところがない、と言うのである。ちょっと身勝手なようだが、初めて契りを結ぶと同時に一緒にはなれないという意思も伝えねばならない。旅先を選ぶのにあれこれ思案したのだろう。

2人は川治温泉へ行く。東武浅草から乗った。当然ロマンスシートだろう。降りたのは今市（駅名としては下今市か）で、その先はハイヤーにした。伊勢崎線の浅草―東武動物公園（当時は杉戸）41キロ、日光線東武動物公園―下今市87・4キロが初乗りである。

《広い関東平野の北のはしの山なみが、ぽっかり現われて、それがしだいに近づいてくる。はじめ、うす曇りの中にぼけて見えた男体山《なんたいさん》のかたちがやがて大きくなり、頂上だけ残った夕陽の中に火山の皺が見える――》

奈津井が新婚旅行先から回った十三湖の描写は、これまでの清張の筆とはちょっと違う要素がある。日本海からの強風に押されるように砂が押しよせ、荒涼とした風景が広がる。集落の家々は今にも砂に埋もれそうにしている。美田はない。昔、夷《えびす》船や京船が入って来た船着き場は荒廃した。港がほしい、という漁師の声が出て来る。

今どき、こんな場所があるのだ。奈津井は驚き、シャッターを切り続ける。その熱意が伝わったのか、地元の男はこう訴えた。

《こした貧乏な村は、村があるということをさ、写真で東京の人にも知らせてあげてけへ》

61年は、所得倍増計画を掲げる首相、池田勇人の下、経済成長がピッチを上げる。64年の東京五輪に向け、「建設の槌音高く」の時代であった。振り返れば、清張が作家デビューしてからの日本は、復興と成長の時代が続いてきた。だが、地方では成長から取り残される地域と人々が現れ始めたのである。清張の筆先はそこに届いていた。

東京五輪と表裏にあって日本を工業化させようとしたのが、64年に選定された「新産業都市」である。港湾整備をしたり、工場用地を造成したりして企業立地を図る「拠点開発方式」で、全国総合開発計画（旧全総）の目玉であった。企業立地が進めば、地域の商店街がうるおい、農漁業では食っていけない若者の就職先も見つかる、というバラ色のイメージが振りまかれた。62年に「新産業都市建設促進法」が制定されると、全国各地から手が上がり、激しい誘致合戦が繰り広げられた。勝ち残ったのは以下の15地域である。

道央（北海道）、八戸（青森）、秋田湾（秋田）、仙台湾（宮城）、常磐郡山（福島）、新潟（新潟）、富山高岡（富山）、松本諏訪（長野）、中海（鳥取・島根）、岡山県南（岡山）、徳島（徳島）、東予（愛媛）、大分（大分）、日向延岡（宮崎）、不知火有明大牟田（福岡・熊本）

東北や中国・四国、九州に多い。戦後十数年、均等な経済発展が出来なくなり、底上げが必要と判断された地域と言ってもよい。立地企業は優遇課税の恩恵を受け、インフラ作りをする自治体には手厚い補助金・交付金が出た。白砂青松の海岸線が岸壁や港湾道路に変り、田園風景の中に工場群が割って入って来た。地方の景観が変わる序幕であった。新産業都市に限ったわけではないが、大気汚染、水質汚濁もこのころから顕在化して行く。

国の開発計画をいち早く知って、誘致活動を始め、地域間競争に勝つということが、自治体首長や職員の腕の見せどころとなった。そのためには国会議員や官僚にアプローチせねばならぬ。事業の新展開を目指す企業がこれに絡んでくる。そこに、不明朗な金が動き、犯罪の温床にもなる。清張が書く対象にならないはずがない。ミステリーやロマン小説の横糸として織り込まれることが多くなる。

例えば、『蒼ざめた礼服』（62年）では東京湾の海苔漁の衰退、『落差』（同）では高知県の山間部でのダム建設が登場する。首都圏の広大な国有地払い下げが絡む『花氷』（65〜66年）、土建業界と政治の腐れ縁を描いた『状況曲線』（76〜78年）などがある。清張鉄道の終着駅、『犯罪の回送』（92年）も苦東開発を想起させる。

経済的豊かさを求めた戦後が、国土発展にひずみを生じさせたころ、人々の心にも変化が見られるようになった。

「夜の波止場にゃ誰ぁれもいない　霧にブイの灯泣くばかり」

60年安保の年、思春期の入口に差しかかった私は、美空ひばりの『哀愁波止場』（60年）を聞いて、その哀切さに「何がそんなに悲しいの?」と違和感を覚えた。単なる失恋の歌ではないように思えた。敗戦後、悲しき口笛を聞いた人々がいた。薄幸に耐えるリンゴ園の少女がいた。街道暮らしで越後獅子を舞う孤児がいた。時代は変わり、皆豊かに、幸せになったのではなかったか。少年には分からない孤独な心象風景があったのだ。第2章の『張込み』では、貧しい暮らしの中での旅への憧れを指摘した。豊かさと引き換えに家族とのきずなや、安らぎを与えてくれる故郷を失った時、人は再び旅を求めたのだろうか。

ジェリー藤尾が歌った『遠くへ行きたい』は62年にレコード化されたヒット曲である。「知らない街を歩いてみたい」、「知らない海をながめてみたい」、「遠い街遠い海　夢はるか一人旅」、「愛する人と巡り逢いたい」、「愛し合い信じ合い　いつの日か幸せを」。永六輔の歌詞は、人々の心に突き刺さった。

この時代も、旅の手段と言えば鉄道が一番だった。高速道路の第1号、「名神」が一部開通するのは63年である。飛行機は路線数、便数とも少なかった。国鉄は旅への需要を満たす一方、旅へ誘う愛称名を持つ列車を走らせた。新幹線開業と東京五輪直前の64年9月の時刻表では、昼12時台の東京発東海道線は以下の通りである。カッコ内は行先。10分準急「おくいず」（伊豆急下田）、20分急行「第1せっつ」（大阪）、30分急行「雲仙・西海」（長崎、佐世保）、33分準急「十国」（熱海、土曜運転）、52分準急「伊豆」（修善寺、伊豆急下田）、13時00分特急「はと」（大阪）。

支線にも多かった。八ヶ岳山麓を走る小海線（山梨、長野）には準急の「甲斐駒」、「八ヶ岳」、「すわ」。九州横断の久大線（福岡、大分）には準急の「はんだ」、「由布」、「あさぎり」、「ゆのか」、「日田」、「西九州」。東北の肋骨線である陸羽東西の両線（宮城、山形）には、急行「出羽」のほか、準急「たざわ」、「もがみ」、「鳴子いでゆ」(土・日運転)、「月山」といった名前があげられる。ネットがなかった時代、駅の窓口は指定席を求める人々が殺到した。オンラインの「みどりの窓口」が登場するのは65年である。

修学旅行用電車「きぼう」、「ひので」が東京と関西を結んだのもこのころである。

東京湾を挟んで

『**不安な演奏**』(「週刊文春」61年3月13日〜12月25日)は、ヒロインらしき人物がおらず、男っぽい筋書きである。

――雑誌編集者の宮脇平助はラブホテルに仕掛けられた録音テープで連続殺人計画を知り、予告通りに日本各地で人が死ぬ。選挙違反事件に伴う失職から国務大臣を守るための組織に仲間割れが生じたのだ。宮脇は知り合いの映画監督久間隆一郎らと追い詰めて行く――

第1の遺体は新潟県柏崎市の海岸で見つかる。テープとの関連を調べに久間が信越線経由の夜行の寝台車で直江津まで乗る。上野発23時00分の準急「妙高」であろう。『ゼロの焦点』の既乗区間であるが、信越の国境越えが描かれている。

《雪の平原の向こうに白い山が見える。そのかたちで妙高山《みょうこうざん》と分かった》

その直前に黒姫山も見えたはずだ。

テープに声を残した男らの活動拠点が京王線布田《ふだ》駅周辺にあると見た宮脇は、新宿から布田まで何度も乗る。京王線は『地方紙を買う女』の潮田芳子が渋谷のバーに通う際、千歳烏山から明大前まで乗ることは確実と判断している。宮脇は新宿―明大前5・2キロと千歳烏山―布田5キロを一番乗りした。

宮脇は武蔵野台地に続く辺りを歩きまわる。

《調布から布田あたりの青い田が真下に見える。問題の京王電鉄の電車が緑色の車体を連ねて玩具《おもちゃ》のように走っていた。正面に多摩丘陵が霞んでいる》

今は地下を走っている部分である。

組織の有力メンバーで区議の南田広市は、関西から南紀にかけての議会の視察旅行に行くが、新宮で一行と離れ、三重県の尾鷲駅で駅員と話したのが最後で失踪する。紀勢線新宮―尾鷲56・9キロを初乗りした後、布団詰め遺体となって汐留駅まで送られた。

南田の娘の菊子が東京発の急行「那智」で尾鷲へ駆けつける。東海道線を名古屋まで、名古屋から伊勢路を南へ下る夜行である。名古屋から関西線に入り、まず亀山まで59・9キロを行く。亀山から紀勢線に入り尾鷲まで123・3キロ。いずれも初めての登場である。

選挙違反逃れ組織の主な仕事は、総括責任者だった千倉練太郎を転々とさせて隠すことであった。だから、追う宮脇もあちこちに行く。組織の拠点があった山梨県の小淵沢から身延線を経て東海道へ抜ける場面がある。『考える葉』で身延まで南下、『波の塔』で沼久保―富士宮間が走破されていたが、宮脇は身延―沼久保26・6キロ、富士宮―富士10・7キロを乗りつぶした。静岡県西部、遠江の山間地を2回訪ねるのだが、1回目は掛川から遠州森まで二俣線の12・8キロに乗った。浜名湖の北を走るのんびりとした風景の線区である。今は3セクの天竜浜名湖鉄道に生まれ変わった。

2回目は尾鷲からの帰りで、浜松で途中下車し、私鉄で終点まで行ったという。遠州鉄道新浜松―西鹿島17・8キロに初乗りしたとカウントする。

大団円では、千倉が大分県の由布院温泉にたどり着いた。殺人と逃亡の続く生活に嫌気が差したのである。宮脇は夜行で九州へ向かい、久大線の由布院駅で降りたとあるが、小倉から由布院までいろんな経路があるので、乗車区間の絞りようがない。

昭和三〇年代前半、作品の舞台に甲信地方が多いこととその意味は、第4章『影の地帯』で書いたが、三〇年代後半に入って全国へ広がり出した。ストーリーを一本調子にさせない上で、登場人物を鉄道であちこちに行かせる手法は効果的である。かつて見た風景を思い浮かべ、地図や時刻表を駆使してアイデアを練る。地方の風景をしっかり見つめて来たからできることだ。長編の多作を支えた要因の一つではなかろうか。

東京湾岸の鉄道に乗る2編を紹介する。

『蒼ざめた礼服』は、61年1月1日から62年3月25日まで「サンデー毎日」に連載された。
――いかがわしい政治研究所の新人として所報作りに関わる片山幸一は、自衛隊の次期潜水艦の導入をめぐり2大国が売込み合戦を繰り広げていることを知る。防衛庁に顔が利き名家の出とされる工学博士、東洞直義の動向が注目される中、彼の経歴を知ろうとする者が次々に殺される。実は詐欺師同然の男だったのである——

片山は殺人事件の周辺取材で椎名町へ行く。まず山手線で池袋へ行った。会社は京橋なので、東京から内回りに乗ったと見る。意外なようだが、神田—上野間（営業路線としては東北線）が初めて登場する。２・３キロ。次いで日暮里—池袋６・５キロも初乗りになり、周回としての山手線はようやく全線踏破となった。ただし、日暮里—田端１・３キロは東北線になる。池袋から西武池袋線に乗り、椎名町までひと駅１・９キロを初乗りした。

片山が新宿のバーで取材した後、赤坂のナイトクラブへ移る場面がある。都電なので、「少々情けない」と思う。当時、ＮＨＫのテレビ番組に「事件記者」という人気ドラマがあった。凶悪事件を追う警視庁詰め記者たちの特ダネ競争を描いた。記者やカメラマンは、現場へ社旗をはためかした黒塗り大型車で駆けつけるというイメージがあった。

殺害方法として、遺体を海苔工場で処理し、死亡推定時刻を誤らせるという手口がある。その調査のため、片山は東京から横須賀線に乗って横須賀で降り、バスで浦賀へ向かう。鎌倉までは『点と線』の三原警部補が来ており、鎌倉—横須賀11・4キロが一番乗りになる。

《浦賀の町に降りた。現在では、ペルリが上陸したといわれるこの町も、ドックなどの工業地帯になっているが、それでも漁村は追い詰められた格好で残っている。（略）穏やかな海はまるで瀬戸内海にある水道のようだ。ここは、東京湾が一番狭《せば》まっているところで、房州《ぼうしゅう》の山がまるで川向うのように近い》

追い詰められる漁民という捉え方は『風の視線』の津軽漁師の声に通じる。東京湾の海苔生産量がいかに減ったか、現況解説風のくだりもある。

房総の山は、『**連環**』（「日本」61年1月〜62年10月）の殺人の場となる。主人公の笹井誠一は、女から金を巻き上げて殺す悪漢である。

——笹井は九州の印刷所勤務時代、主人下島豊太郎と愛人を事故に見せかけてガス中毒死させ、遺産を妻の滋子から巻き上げる。東京で春本の出版社を立ち上げて成功しそうになるが、滋子が笹井を頼って、子供とともに上京する。金のない女は邪魔になるばかりで、房総半島南部の鋸山で殺害する。子供を逃したばかりに、やがて犯行が発覚する——

笹井は母子を鋸山へのピクニックに誘い、御茶ノ水から千葉乗り換えで内房線の浜金谷《はまかなや》まで来る。途中の五井までは『断碑』に出て来る考古学の鬼才木村卓治が乗っており、五井—浜金谷54・7キロが笹井による一番乗り区間となる。犯行後、遺留品が気になる笹井は母子を泊めた江古田の旅館へタクシーで行き、帰りは西武池袋線に乗る。江古田—椎名町2・4キロもまた初登場である。

笹井は、内房線でこんな車窓を見る。

《ここに来るまでの景色は美しかった。右側の窓には絶えず青い海が見えている。東京湾の東海岸に当たるこのへんは、ほとんどが海苔の養殖場だった》

2010年代になって私が内房線から眺めた光景とはずいぶん違う。また、笹井が鋸山から見た景色を清張はこう書く。

《前には相変わらず東京湾の海が展《ひろ》がっていた。晴れてはいるが、霞がかかって対岸の三浦半島は見えなかった。そのうすい靄の端を港から離れたばかりの白い船体が突っ込んでいた。フェリーボートだった。

反対のほうに眼を向けると、様子の違った海岸が大きく曲がって伸びている。外房州がそこから始まっていた》

羽田に降りる前、飛行機から見える景色に近い。陸と海が白い牙をむいて相食んでいる。

和布刈から潮来まで

マザコンの夫と別れ自立を目指すが、その肉体を奪おうとする男たちから狙われ、金でも苦労する。井沢恵子の奮闘を描いたのが**『美しき闘争』**である。「京都新聞」(62年1月11日〜10月4日)などで連載された。

良識ある雑誌と思って勤めた婦人誌は、方針転換したため、恵子は熱海の風俗ルポ取材を命じられる。その時、新幹線で行ったという。開業2年前なのにと首をひねり、初出の「京都新聞」を確認したところ「恵子は翌る日の午後三時ごろに湘南電車で熱海に向かった」とある。84年にカドカワノベルズで刊行される際に手を加えていた。初乗りとしては認定しない。このような例は第7章にもある。

知り合いの作家梶村久子が病気で倒れたため、恵子はカンパ呼び掛けや見舞いで、東京西郊の私鉄を細切れに乗る。
自宅のある西荻窪から東急池上線の池上へ行くのだが、五反田、蒲田のいずれ側から来たのかが判読できない（注1）。その後、電車で田園調布へ行った。まず、池上―蒲田1・8キロ。当時は目蒲線で蒲田から田園調布まで一本だが、現代では東急多摩川線蒲田―多摩川5・6キロ。そこで東横線に乗り換える。（注2）
見舞いは、吉祥寺からバスで西武新宿線の武蔵関へ出る。西へ8・5キロ行った小平で降りるのだが、正解ではなかった。青梅街道まで乗り直す。拝島線小平―萩山1・1キロ、多摩湖線萩山―青梅街道1・2キロを恵子の一番乗りに加える。
《小平駅で降りた。駅前はかなり賑やかな商店街で、花を売っている店が目につく。それに墓石をつくる石屋が多かった。すぐ横に都の霊園があるからだ。（略）
恵子は、小平駅から電車に乗って、教えられた「青梅街道」駅に着くまで暗鬱な気持に閉ざされていた。
「青梅街道」駅の辺りには、まだ武蔵野の雑木林が残っている》
『**時間の習俗**』は、事件を追う刑事として警視庁の三原紀一、福岡県警の鳥飼重太郎という『点と線』コンビが再登場する。連載誌も同じ「旅」（61年5月～62年11月）である。
――タクシー会社専務の峰岡周一は、役所との癒着など自分のスキャンダルを追う業界紙の編集責任者土肥武夫を、相模湖畔で「女」と協力して殺害する。その時間は飛行機で福岡へ飛び、関門海峡の和布刈《めかり》神事の写真を撮っていたというアリバイを作った――

峰岡は、土肥の死亡時刻の2月6日の夜9時台のことを次のように説明する。

「6日15時の羽田発便で19時10分に福岡空港着。博多から鹿児島線の列車に乗り、23時23分に門司港に着いた。趣味がカメラなので、旧暦元旦の和布刈神事を撮り、朝8時ごろ小倉の旅館に入った」

だが、三原は次のような移動が可能だと考えるし、その通りだった。

「6日15時の羽田発便に乗るが、伊丹から羽田へ引き返す。19時35分着。自動車で川崎まで行って南武線に乗れば、立川まで1時間程度で行ける。立川発21時05分の中央線列車があり、相模湖には21時48分に着く」

62年11月の時刻表通りである。

土肥殺害後はどうしたのか。

「相模湖から中央線で新宿へ。新宿から羽田までタクシー。羽田発1時30分の福岡行き深夜便ムーンライト号に乗れば5時10分着。小倉の旅館に十分間に合う」（表3参照）

南武線の川崎から立川まで35・5㌔は初乗り区間となる。この時代、東京―福岡間、東京―札幌間に夜行の航空便があった。

土肥が殺害される前、相模湖の旅館で一緒にいた「女」は女装した須貝新太郎だった。このため、初動捜査で女を探すが、男の服に着替えた須貝は網から漏れた。峰岡と須貝が親しいと見た警視庁は、東京以外のゲイバーが接点と見て稲村と大島の2刑事に大阪出張

表3　峰岡周一のアリバイ説明と三原警部補の推理

月日	峰岡の申し立て		三原の推理	
2月6日	15時00分	羽田発日航機	15時00分	羽田発日航機
	19時10分	福岡・板付着	16時55分	伊丹着
			18時05分	伊丹発
			19時35分	羽田着。川崎へ
	19時40分	博多駅着		南武線で川崎→立川
			21時05分	立川発中央線
	21時48分	博多発各駅停車	21時48分	相模湖着
	23時23分	門司港着		土肥武夫を須貝新太郎と殺害
		和布刈神事を撮影		2人で相模湖から中央線で新宿へ
				2人で新宿からタクシーで羽田へ
2月7日			1時30分	羽田発ムーンライト便
			5時10分	板付着
	8時ごろ	小倉の旅館へ		小倉の旅館へ。須貝は時間つぶし
	？	博多へ移動		
		西鉄福岡から電車で都府楼址へ	？	夕刻水城跡で須貝を殺害
	16時30分	博多発特急「あさかぜ」	？	飛行機で東京へ戻った
2月8日	9時30分	東京着		

？は、時刻が特定できない部分。

を命じる。２人は名古屋へも足を延ばすが、その際近鉄の急行で移動する。

上本町《うえほんまち》（現在は大阪上本町）から大阪線に乗り、伊勢中川で名古屋線に入るが、名古屋線は『眼の壁』で登場した。大阪線も『球形の荒野』で記者添田彰一が鶴橋―布施間を通っている。２刑事の一番乗りは、上本町―鶴橋１・１キロと布施―伊勢中川１０４・８キロとなる。

三原と鳥飼が苦労したのは、和布刈神事を写した写真の前後のスナップや人物が特定できる時間なので、和布刈にいたという峰岡の主張を覆せないことだ。だが、予めカラ撮りした部分に、他人が撮った写真のネガフィルムをプリントして写したのだと気付く。デジタル化した現代では考えられない手口である。他人のネガを店から失敬するのに、身分証代りに他人名義の定期券を作る。身分確認が厳格になった今、可能だろうかと思う。

作品の最後は、潮来のあやめ祭りの撮影に行った峰岡を逮捕するため、三原と鳥飼が成田線に乗る場面である。当時、鹿島線は開通しておらず、佐原で降りたと判断する。ただし、東京から総武線の千葉回りで来たのか、常磐線の我孫子経由なのかは分からない。成田―佐原26・9キロを2人の一番乗り区間とする。当時の成田線は気動車中心で、窓が開く時代だった。今も、利根川の堤が近くにあることを感じられる田園が広がる。

《成田線の列車の内には、畑から吹く風が溢《あふ》れこんでいる。（略）

列車が走るにつれて、広い平野に麦の熟《う》れがすすんでいた》

都電のことを書く。三原は峰岡に話を聞くため、神田司町にあるタクシー会社へ行く。三宅坂から電車に乗った。降車停留所は不明。また、峰岡が和布刈神事へ行ったきっかけを探るため、俳人でもある駿河台の表具師に会いに行く。乗車停留所は分からぬが、帰りは三宅坂まで濠端沿いに都電に乗る。三原の都電好きは、『点と線』でも紹介した。どんな風に相手から話を引き出すかと気息を整え、聞いたばかりの情報を反芻、整理する場として利用したのだろう。

歴史教科書を執筆する学者が登場する作品は多い。戦前の皇国史観から戦後の民主化、さらに右傾化という潮流の変化に合わせる節操のなさを、清張は痛烈に書いた。ライバルへの嫉妬、女と金への執着も絡む。『カルネアデスの舟板』（57年）がその第1弾であろうが、**『落差』**（「読売新聞」61年11月12日～62年11月21日）もまたその系譜に連なる。

――歴史学者の島地章吾は、教科書監修でも著名である。時流に合わせるのに腐心する一方、女に手が早い。左翼的教科書作りをし、貧困の中で死んだ細貝貞夫の妻景子に迫り、高校時代の同期生佐野周平の妻明子の身体も奪う。景子と佐野夫婦が苦しむ中、島地は教科書会社から高い執筆料を取る交渉に熱を入れる。教科書出版会社に入り、大阪をベースに高知県でセールス活動をする景子は義憤を感じ、島地を刺す傷害事件を起こす――

島地は箱根で教科書会社の接待を受け、小田急で帰る途中下北沢で降りて、雪ヶ谷の佐野宅へ行く。帰り、雪が谷大塚（文中では雪ヶ谷）から五反田へ電車で出る。池上線の五反田―洗足池間は『歪んだ複写』で登場しているが、雪が谷大塚―洗足池１・３キロが初乗りになる。

景子が高知県担当を命じられた後、高知駅に降り立つ場面が書かれる。景子は高知へ行く手順として、山陽、宇野、宇高航路、予讃、土讃の各線に乗り継いで行く旅程の長さを覚悟する場面が以前にあり、その通りに行ったと判断する。土讃線の琴平までは『砂の器』の被害者三木謙一が乗っており、琴平―高知１１５・３キロが景子の一番乗りになる。

景子は高知県西部担当を任されて、当時の土讃線の終点窪川まで行った。高知―窪川72・１キロもまた彼女が最初に乗った。

冒頭、東海道線上りに乗った島地が出て来る。何気ない光景に懐かしさを感じる。

《列車が沼津駅に着いた。

島地章吾は窓から首を出したが、あいにくと一等車がホームの端に停ったので、売子

がここまで来てくれない。ずっと後ろのほうの二等車のあたりにかたまってうろうろしている。（略）

沼津は一分間停車だ。

島地章吾はホームを歩いた。（略）ようやく、ジュースを二等車の窓に渡している売子のそばに近づいた。

「ウイスキーをくれ」

島地章吾はポケットから財布を出した。

売子は二等車の客にジュースを渡すと、こんどは甘納豆か何かを窓にさし出している。まだ無数の手が伸びていた。

「おい、早いとこしてくれ」

彼は催促した。

「はいただ今」

売子も釣銭の勘定をしたりして忙しい。

「幾らだ？」

「百三十円です」

島地章吾は五百円札を出した。

「細かいのはありませんか？」

財布の中は、十円玉が五、六個あるだけだった。あとは、一万円札が六枚と、千円札ばかりになっている。

「ないね。それで取ってくれ」

売子は仏頂面をして五百円札を受取ると、うつ向いて釣銭を探している。ベルが鳴り出した。

島地章吾が足踏みしていると、売子はようやく、小銭ばかり掻き集めてポケット瓶のウイスキーと一緒に手渡してくれた。

もう、ホームを走って前部の一等車まで追う余裕はなかった。それに、窓から見ている乗客の前で駆け出すのはみっともない。彼はすぐ眼の前の二等車のステップに足をかけた》

短時間により多くの飲食物の売買をするには双方が呼吸を合わせる努力が求められた。島地の身勝手さをも象徴する書き出しとなっている。

『地の指』（「週刊サンケイ」62年1月8日～12月31日）は、東京西郊の精神病院のあくどい儲け方とそれにたかる都の担当職員の話である。

――都職員山中一郎は、武蔵野にある不二野病院の事務長飯田勝治と結託して、悪の限りを尽くす。追及する新聞記者や情報提供する看護婦が殺害されるが、山中や飯田もまた殺される。桑木刑事や若い重枝三郎刑事らが追う――

2刑事は、高円寺の松ノ木町へ行って、飯田の妻から話を聞く。その後、地下鉄で新宿へ行く。営団丸ノ内線新高円寺—新宿4・9キロであろう。地下鉄が伸びて速くなったと2人は感心する。延伸は61年秋である。

《いつの間にか青梅街道に出た。(略)

二人は地下鉄に乗った。新宿までは二十分とかからないから、ずいぶんと速くなったものである。

山手線で品川に降りた。ここからはタクシーを奮発した》

日高山脈の麓

絵画の模倣・贋作をテーマにした作品として『青のある断層』や『真贋の森』を紹介したが、小説の模倣を扱ったのが、『影』(「文芸朝日」63年1月)である。

——宇田道夫は、人気時代小説家の笠間久一郎の代筆をしてそれが好評を博し、慢心する。時代考証がずさんな作品を書いて笠間の人気を引っ張る形になり、これを契機に独り立ちしようとするが、なぜか売れない。影であってこそ存在感のある人間がいる——

長い年月の後、宇田は中国山地のU温泉の旅館の主人になるが、落ちぶれた笠間が何も知らずに客として泊まりに来る。

U温泉がダム湖の下にある湯原温泉であることは間違いない。

《伯備線(岡山—米子)の途中、中国山脈の脊梁に近い新見の町から東の方、作州津山へ向う間に勝山という町がある。
ここから北に十二キロ、山脈のすぐ山麓にUという温泉がある。けわしい山峡の底に沈んだ小さな村だが、すぐ横を流れる麻川が渓谷美をつくっている。秋になると紅葉を見に、岡山と鳥取と南北両方から見物客が入ってくる。
近年、この上流にダムがつくられ、人造湖が出現したので、湖水にうつる深い山影を眺めてよろこぶ人が多い。道路も以前よりはずっとよくなり、U温泉も宿屋がふえた》
麻川は旭川のことだろう。笠間は伯備線の倉敷―新見64・4キロと姫新線の新見―中国勝山34・3キロを初乗りしたと認める。

『人間水域』（「マイホーム」61年12月～63年4月）は美術界の虚構に眼を向けた作品である。

――前衛的水墨画で名前を売り出した久井ふみ子と滝村可寿子はともに美人で、ライバルだが、有力なパトロンがいてこその人気だった。2人に頼られる新聞社の学芸部記者島村理一はともに才能はないと見て、北海道出身の若手の森沢由利子を育てようとする。ふみ子は長い付き合いの愛人から顔に硫酸をかけられ、作家生命を失う。パトロンを奪った形の可寿子も創作活動に行き詰まり、危ういものが迫っていると覚悟する――

島村は札幌出張の折、帯広に帰省していた由利子を訪ねる。「札幌から四時間半の旅だった」と書かれており、不在の由利子宅を訪ねた後、しばらく時間をつぶした。63年3月の時刻表で言えば、札幌発8時00分、帯広着12時28分の急行「狩勝」がぴったりなのだが、島村は旭川まで大回りして富良野《ふらの》線を南下している。首をひねるしかないが、富良野線の旭川―富良野54・8キロを乗ったことにする。今は夕張山脈を越える石勝《せきしよう》線が出来たので最速2時間半の行程である。

《札幌を離れると、石狩川の長い鉄橋を渡り、平野がしだいに狭くなったところが炭鉱地帯だった。

この辺でも葉がほとんど落ちている。ただ、北海道特有の、沿線に植わっている防風林の杉林が赤茶けた色をみせていた。（略）

列車は旭川を離れて富良野盆地を南下していた。それが狭まると、左右に夕張山脈と十勝山脈とが迫ってきていた。（略）

帯広駅前は風が強かった。（略）帯広の街路は碁盤目のように、整然と区画整理がついている。これは、函館、札幌とも同じで、いかにも北海道が開拓地らしいという感じがする。（略）

夕食の給仕のとき、島村が道路の立派さを賞めると、帯広集治監時代から、囚人の手によってできたのだと女中は説明した》

不思議なのは、札幌を発車した後、島村が「石狩川の長い鉄橋を渡」ったことである。函館線は旭川の途中滝川までは石狩川の左岸をひたすら遡る形なので、渡河しない。石狩川を挟んで右岸を遡上する札沼線は市街地を離れると、鉄橋がある。風雪対策なのか、夏も目隠しがしてあり、残念に思った記憶がある。

帯広で会った由利子は子供のころの思い出として、遠足で日高山脈の麓を歩き、帰りは広尾線の更別《さらべつ》から列車に乗ったと語る。87年に廃線になったが、同線の更別―帯広35・4キロは由利子が一番乗りした。この間には、縁起切符ブームの第1号とも言える「愛国」と「幸福」の2駅があった。

『塗られた本』（「婦人倶楽部」62年1月〜63年5月）は、出版に夢をかけたヒロインの悲話である。

——小さな出版社社長の紺野美也子は、大手銀行の頭取であるパトロンの金と自らの美貌、誘惑で人気作家の作品を出版して実績を作ろうとする。純情で売れない詩人の夫卓一の作品集を出すためだった。それを知った近くに住む劇団俳優野見山房子は美也子に反発を覚え、卓一に伝える。卓一は八ヶ岳山麓で自殺する。美也子もまた姿を消す——

神戸、湯河原、小海線と舞台は変わる。卓一が姿を消す前、奥多摩に行ってみたいと話していたので美也子と房子の2人は新宿から中央線に乗って探しに行く。

《翌朝、美也子と房子とは、新宿駅から電車で立川まで行き、そこから青梅線に乗り換えた。

奥多摩は、青梅線の終点氷川駅で降りて山に向う。しかし、奥多摩といっても漠然としているので、卓一の足跡の摑みようがなかった。ここから真直ぐに行けば、人造湖の奥多摩湖に出る。それをさらに進むと、山道を大菩薩峠のほうに向う。だが、湖のほうには行かないで、日原の奥の山林地帯に入れば、これは全く捜索のしようもなかった。この辺は原生林が鬱蒼として、波打つ全山を蔽《おお》っている。
房子が先になって、氷川駅の駅長室に入った。卓一らしい人物が昨日通らなかったかと訊いてみたが、改札の係員はどうも記憶がないと云った。氷川の細長い通りには青梅署の派出所がある。房子は、そこに美也子を伴れて入った》
第3章の『装飾評伝』では、青梅に引込んでいた名和薛治を芦野信弘がしばしば訪ねていた。河辺から先が未乗区間であった。初乗りは美也子と房子による青梅線の河辺―奥多摩（当時は氷川）21・3キロである。

『絢爛たる流離』（「婦人公論」63年1月〜12月）の主人公は3カラットのダイヤの指輪である。北九州の金持ちが娘のために購入したのだが、多くの女性の指にはめられ、最後は溶接作業員が溶かしてしまう。その間、関わる人間たちは殺人や不幸に巻き込まれる。1回ごとに完結した短編になっている。
第8話『切符』では、山口県宇部市に住む足立二郎と顔見知りの坂井芳夫が金に困り、ダイヤを持つ米山スガを大分県の耶馬渓に連れて行って殺害する。宇部、山陽、鹿児島、日豊の各線に乗って中津まで来るが、既乗区間である。中津で大分交通耶馬渓線に乗り換え、柿坂まで24・8キロに乗ったと判断できる。山国川に沿って、青の洞門や羅漢寺、守実温泉などの観光地を結ぶ同線は75年に廃線となった。

《スガは列車の中で例のダイヤの指輪を指に嵌めていた。汚いモンペの格好だったが、それだけは接木のように貴婦人の手の豪華さになっていた。彼女は肩から古い水筒を吊っていた。空襲時の名残りである。

耶馬渓までの道は遠かった。耶鉄（注3）で柿坂《かきさか》という駅に降りたが、そこからさらに奥地に向かった。この辺は杉の産地で、全山を赤茶色に埋めた杉の密林は、敗戦をよそにこよなき美林を誇っていた。部落が山裾のところどころに遠い間隔をおいて点在していた》

坂井は「スガの死体から宇部—柿坂間の切符を持ち去るのを忘れた。警察にばれるとアシがつく」と言って、足立にもう一度現場へ向かわせる。先回りして殺害するつもりだったが、意外な結末が待っていた。

第4話『走路』では、終戦のころ韓国西海岸の街から日本に脱出する軍人の話が出て来る。主計大尉篠原憲作の勤務地、金邑という地名は、井邑のことだろうか、高敞のことだろうか。光州や木浦まで乗るのだが、韓国ものの新たな初乗り区間である。

《篠原主計大尉は、月に一回は光州に現金受領のため出張した。光州は金邑の南四十キロの地点にある。彼は往復の列車の中でスシ詰めの朝鮮人の乗客とは別な車両に乗っていた。朝鮮にはまだ馴れてない彼も、最近沖縄の戦局が悪化してから、朝鮮人の態度が微妙な変化を起こしつつあるのに気づいていた。べつに露骨な敵意はみえないが、日本の軍人に対して何となく眼を背けているのだ。以前は、そんなことはなかったと聞く。

こちらの僻みかもしれないが、戦局の劣勢が鋭敏に彼らの感情に伝わっているようだった》

《翌る朝十一時二十分発の木浦行の列車が金邑駅から出た。（略）大尉は光州駅で降りた。（略）次の列車で木浦に向かったが、車内は、国民服紛いの粗末な服と、白い胴衣《ツルマキ》の朝鮮人で充満していた。（略）木浦に着くと、ここは警備の日本兵がうろうろしている。こうなると、日本の軍隊が彼らの敵であった》

『彩霧』（「オール讀物」63年1月〜12月）は、銀行員安川信吾が行金を持ち逃げし、愛人でキャバレーホステスの小野啓子と九州へ遊ぶ話である。『拐帯行』の森村隆志と西池久美子と似たような設定だが、彼らは死に向かっていた。安川はしたたかで、銀行の仮名口座一覧資料を盾に追及を逃れようとする。啓子から背を向けられ、結局殺されるが、学生時代の友人知念基が弔い合戦をしてくれた。

安川は熊本県水俣市の湯ノ児温泉をベースに鹿児島や宮崎の観光地を遊んで回るのだが、なぜか鉄道乗車としては書かれていない。ただ、霧島神宮から湯ノ児へ帰る時に列車に乗った。現在の鉄道地図を見れば、日豊線で鹿児島中央まで行き、九州新幹線で新水俣まで乗り継いだということになる。だが、当時は鹿児島県北部を貫いて水俣へ抜けるルート（肥薩、山野線）もあり、判断が難しい。最低、霧島神宮―隼人15・3キロは乗ったと言える。

《安川信吾は、啓子を伴れて鹿児島、宮崎を遊び回っていた。（略）
鹿児島では市内見物のあと、桜島《さくらじま》に渡り、指宿《いぶすき》温泉に行って一泊した。翌る日は霧島《きりしま》に泊った。金に心配はないから使い放題だった。彼は黒い手提鞄だけを後生大事と抱えていればよかった。
霧島温泉の朝は、重なり合った山なみのはてに狭い海が光り、桜島が小石を置いたようだった。山へ行くドライブ・ウェイを二人は褞袍《どてら》姿で散歩した。
「九州もなかなかいいところだな。しかし、知念たちから今日あたり、電報が来ているに違いないから、残念だが、今度はこのくらいにして引上げ、また、遊びにやってこよう」
と男は女をふり返って云った。（略）
安川は啓子の気分を引立てるように肩を抱いた。
霧島神宮駅を午前中に発ち、湯ノ児温泉の宿に戻ったのが夜だった》
東京に戻った後、安川は銀行と交渉する金融業者に助けを求め、東海道線を下る。それに合流するため、啓子が町田（当時は原町田）から横浜へ向かった。横浜線の町田―東神奈川22・9キロは彼女が一番乗りした。

見えて来た邪馬台国

今でも、乗り鉄問題として辛うじて成り立つと思うのだが、東京から北陸へ行く場合、在来線であれ新幹線であれ高崎経由の上信越線回り、東海道線の米原乗り換えのいずれを選択するか。昭和三〇年代においては、加賀温泉郷あたりが、どちらから行ってもほぼ同距離だった。

金沢が舞台の『ゼロの焦点』で板根禎子が上信越回りをするのは当然として、『砂の器』の今西刑事は、和賀英良の出生捜査のため、米原回りで大聖寺に降り、山中温泉へ向かった。**『けものみち』**（「週刊新潮」62年1月8日～63年12月30日）に登場する久恒義夫刑事は、金沢の先の能美根上から大聖寺までを初乗りする。北陸線は全線踏破され、清張世界の鉄道地図は密度が高くなってきた。

――高級連れ込み旅館の女中成沢民子は、一流ホテル支配人の小滝章二郎の紹介で政界の黒幕鬼頭洪太の愛人になる。寝たきりの夫と手を切ることが条件なので、家に放火して殺す。不審を持った警視庁刑事の久恒が民子につきまとう。民子は鬼頭の力とその手下の無法ぶりを見る。だが、鬼頭が死ぬと裏の世界でも権力闘争が始まった――

久恒刑事は鬼頭の力で辞めさせられた総合高速路面公団総裁の愛人殺害事件を追って片山津温泉や芦原温泉へ行く。上野から急行「白山」に乗り、動橋《いぶりはし》まで行った、と書かれている。だが、63年12月の時刻表によれば、「白山」は午前9時40分発である。しかも、金沢着が19時55分で、そこから乗りかえると効率が悪い。その後の行動も併せ読むと、『ゼロの焦点』に再々出て来た夜行の「北陸」が自然である。

『ゼロの焦点』で室田佐知子が立ち回った能美根上から動橋までの16・5キロが久恒刑事

の一番乗りである。さらに、芦原温泉に向かうため、動橋—大聖寺7・3キロに初乗りする。

この後、米原まで南下するのだが、初乗り区間が思わぬ形で残っていた。今庄—敦賀間は、北陸トンネル開通以前に『砂の器』の今西刑事が旧線に乗っていた。その部分は廃線となり、新線19・2キロは久恒刑事が初乗りする。

東海道線に乗り換えた後、鬼刑事が車窓に旅情を感じる一瞬がある。

《ようやく熱海《あたみ》を過ぎた。日が昏《く》れて熱海の街のネオンが下に輝いている。久恒は遠い旅に出ると、いつもこの辺から東京に帰ったという気がしてくる》

人が旅から帰る時、「戻って来た」と感じるポイントがそれぞれにあるのではないか。

久恒刑事は捜査の矛先を鬼頭に向けたため、警視庁内で担当を替えられ、さらには微罪を理由に免職される。新聞社にネタを売り込むが、そこにも手が回っていたのか、相手にされず、やがて殺される。個人が組織に立ち向かう時、いかに無力かを感じさせる。

『陸行水行』（「週刊文春」63年11月25日〜64年1月6日）は、タイトルからも邪馬台国ものと想起できる。四国に住んで邪馬台国研究にのめり込んだ浜中浩三が詐欺まがいのやり方でマニアから研究費を集め、魏志倭人伝の跡をたどるうち、水難で死ぬ。後年古代史で大胆な説を披露する清張の構想のユニークさが分かる。

浜中は四国の八幡浜から豊後水道を別府に渡り、別府から日豊線で北上し豊前善光寺まで来た。大分交通豊州線に乗り換え、豊前四日市で降りて、バスで安心院へたどり着いた。そこで会った大学講師川田修一に自説を吹き込む。豊前善光寺―豊前四日市4・1キロが初登場する。廃線が53年と早く、作品の舞台設定時期がよく分からない。

川田が独白する。

《私たちは盆地の広い平野を歩いた。陽はかなり西に落ちている。二人の影は長かった。

安心院の町の中心はいろいろな店があるが、旅館らしい看板は眼につかなかった。やはり浜中の云うことを聞いてよかったと思った。そこを突き切ると、うねうねした山を登るのだが、私たちは坂の下でバスを待った。あまり来たこともない土地に田舎のバスを待ち合せるというのは、なんとなく哀愁のあるものだ》

金集め行脚では中国・九州地方を歩くのだが、岡山から伯備線に乗って鳥取県に入ったという記述がある。米子まで乗ったと見られるが、新見までは『影』の笠間久一郎が乗ったばかりだ。備中神代―生山間は『父系の指』の「私」が走破している。浜中の初乗りは、新見―備中神代6・4キロと生山―伯耆大山43キロと認定できる。

文壇デビューから12年、当代随一の流行作家となった清張は、『回想的自叙伝』（『半生の記』に改題）を書く。63年8月から65年1月まで「文藝」に寄せる。フィクションに出てこない乗り鉄が一つある。48年の1月、雪の比叡山に八瀬側から登った。京福電鉄鋼索線のケーブル八瀬―ケーブル比叡1・3キロである。他に乗客はいなかったと書く。現在は冬季は休業している。ロープ比叡―比叡山頂間のロープウェイにも乗り継いだであろうが、触れていない。

《二十三年の一月、私は比叡山《ひえいざん》を八瀬《やせ》側からケーブルカーに乗って登った。オーバーの上にリュックサックを背負い、その中に短柄と長柄の箒の頭だけを突っ込んでいた。ケーブルカーの客は私ひとりだった。雪の頂上を越したのも私ひとりであった。

四明岳《しめいだけ》の上から琵琶《びわ》湖を俯瞰してしばらく雪の中に立ちつくした。寒くはなかった。

小学校のときから地理が好きだったが、そのころの教科書は写真がなく、ほとんど凸版の絵だった。私はその絵にどれだけ空想をかきたてられたかしれない。地理の教科書から旅の魅力を覚えたと言ってよかろう。田山花袋《かたい》の紀行文の本にはさすがに写真版が付いていた。子供のころから一生遠い旅ができるとは思わなかった私は、旅に憧れを持ちつづけていた。そして、ここでは絵でも写真でもなく、本ものの琵琶湖を見たのである。根本中堂《こんぽんちゅうどう》まで来ても人ひとり遇わなかった。ようやく麓の日吉神社《ひえじんじゃ》まで降りて初めて人間に遇った。

その晩、坂本の町で泊る場所を捜し回ったが、どの旅館も戸を閉めていた。客が泊っている様子も見えなかった》

乗り鉄ではないが、朝鮮への出征の際は博多港から乗船した。釜山からの引き揚げ港は山口県の仙崎であった。

博多からの出港は、『遠い接近』で紹介するので、帰還の様子を見る。

《乗船した連絡船は夜の海峡を渡った。もはや、博多から朝鮮に渡る途中怯えた敵潜水艦の出没はなかったが、米軍の機雷は到る所に浮流していた。
夜明けにひどく風光明媚《めいび》な港に近づいた。海の中に尖り立った岩の島が点在している。私は青海島《おうみしま》ではないかと思ったが、果してその港が山口県の仙崎だった》

『溺れ谷』は64年1月〜65年2月に「小説新潮」に載った。業界紙の記者大屋圭造は、自由化を前にした製糖業界の権益に食い込もうとするが、思惑外の展開に政治の世界の深淵を見る。同業他社のライバル的存在である藤岡真佐子の経歴を調べようと、西武池袋線で練馬まで行く。『連環』の笹井誠一らが江古田―池袋間に乗っており、江古田―練馬1・7キロが初乗りになる。
《大屋はその足で駅に向かい、地下鉄に乗った。練馬区役所は面倒なところにある。池袋から西武電車に乗り換えて練馬まで行かなければならない》
大屋は、四谷にある会社近くの喫茶店から向かうのだが、四谷から池袋までどのような地下鉄経路がありえたのか、分からないので初乗りとはカウントしない。

昭和史の裏面を抉り出す数々の問題提起をしてきた清張の妖剣というのか、怪奇なストーリーが展開されるのが**『屈折回路』**（「文學界」63年3月〜65年2月）である。60年代初頭に北海道や九州で大流行したポリオをテーマにした。

――「私」の従兄香取喜曾一は熊本県の衛生試験所の医師だったが、自殺した。北海道の産炭地夕張や大牟田の三井三池鉱で流行したポリオにアンチモラルな形でかかわったのが原因らしい。流行は、旧日本軍や米国、三池闘争で組合を切り崩したい経営団体などの手によると考える。さらには製薬資本が薬を売りつけるために病気を流行させている、と信じる。「私」はノイローゼになる一方、香取の妻江津子との愛憎に振り回される――

自らの研究の結果を知ろうと、香取は北海道各地を回る。「私」はその跡を追い、今は廃線となった鉄路に乗ったことが、文中の地名で判断できる。まず、函館線黒松内から寿《すっ》都《つ》まで寿都鉄道16・5キロ。噴火湾側と日本海側にあるニシン漁の街を結ぶ鉄道だったが、72年に廃線となった。続いて、函館線から別れて日本海側に至る岩内線の小沢―岩内14・9キロを走破した。同線も85年に姿を消した。

札幌から夕張に向かうため、いったん岩見沢まで北上した後、室蘭線で19・5キロ南下、栗山で夕張鉄道に乗り換えた。どこまで乗ったか書かれていないが、行政機関の多い地区というので、終点の夕張本町まで30・2キロに一番乗りしたと認定する。駅はJR夕張駅より少し南側にあったらしい。同線は75年に廃線となった。

私は12年夏に夕張を訪ねた。駅の周囲はひっそりとしていた。映画『幸せの黄色いハンカチ』で、高倉健が傷害致死を犯した場面のロケ地である飲み屋横丁を見たが、両側の家が倒れて来そうだった。炭鉱閉山のせいである。

清張の筆は活気があった時代を捉えている。

《丘陵の上には炭鉱特有の建物や、竪穴の櫓や、高い煙突が見えた。街は雑然としている。私が保健所を聞いて、その建物の前にたどり着いたとき、山の上から昼休みのサイレンが咆《ほ》えた。

街全体が三菱炭鉱の就業システムに支配されているようにみえた。炭鉱が昼休みになれば街の人も食卓を囲み、三時の短い休憩時間には商売を一休みするといった状態のようにみえた》

作品では朝一番に札幌を出て、昼前にようやく夕張に着いた。今は、南に向かい、南千歳から石勝《せきしょう》線に入り、追分か新夕張乗り換えで1時間半である。

走破区間は旧国鉄とJRが８８３６キロ、私鉄が９８７・２キロになった。地図６（旧国鉄とJRの初乗り区間）を見ると、日本列島に血管が太く、かつ微細に通い始めた、と感じる。

注1　オフィス版ヤフーの路線検索では、五反田乗り換えは6件中2件。蒲田乗り換えが4件。その中にりんかい線で大井町乗り換えを示すものが1件あるが、清張の生きた時代では成立しない。

注2　オフィス版ヤフーの路線検索では、多摩川線経由は6件中1件しかない。雪が谷大塚からのバス利用が有力だが、作品は電車利用である。また、当時は目蒲線時代であることも考慮した。当時の時刻表によれば、旗の台、大岡山経由より早かった。

注3　旧耶馬渓鉄道は、戦後大分交通耶馬渓線となる。作品舞台の時期としては、大分交通時代であるが、「耶鉄」の名前は残っていた。駅名は「耶鉄柿坂」であった。

地図6　第6章に登場した初乗り区間

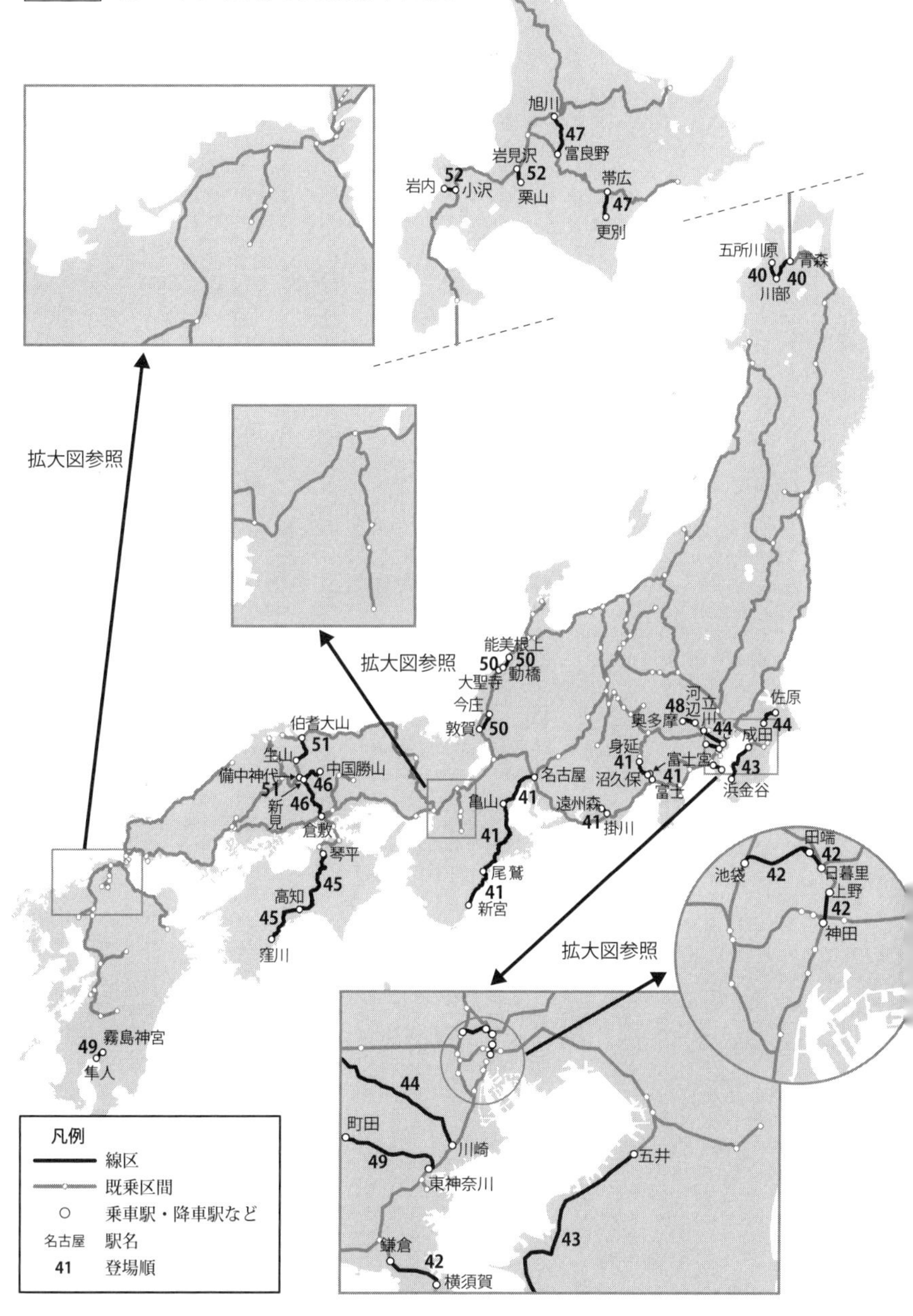

第7章

新幹線旅情

（1965年5月～1974年10月）

本章に登場する作品

草の陰刻（全集8巻6刷）
殺人行おくのほそ道
（『殺人行おくのほそ道』上下・講談社文庫19刷）
すずらん（『憎悪の依頼』新潮文庫62刷）
統監（全集38巻6刷）
雑草群落（全集44巻1刷）
葦の浮船（『葦の浮船』角川文庫3刷）
二重葉脈（『二重葉脈』角川文庫23刷）
史疑（全集6巻3刷）
年下の男（全集6巻3刷）
古本（全集6巻3刷）
脊梁（『ベイルート情報』文春文庫2刷）

Dの複合（全集3巻7刷）
混声の森（『混声の森』上下・角川文庫11刷）
通過する客（『虚線の下絵【新装版】』文春文庫1刷）
セント・アンドリュースの事件（全集13巻6刷）
留守宅の事件（全集56巻4刷）
遠い接近（全集39巻2刷）
山の骨（全集39巻2刷）
表象詩人（全集39巻2刷）
告訴せず（全集43巻1刷）
黒の回廊（『黒の回廊』文春文庫15刷）
火の路（全集50巻1刷）

（細字は初乗り場面なし）

五輪を待つ街

64（昭和三九）年、東京五輪が開催された。開会式があった10月10日の青空を記憶している日本人は最早少数派なのだろう。10月1日には東海道新幹線が営業を始めた。東京から都電が次々に消え、高速道路が延び始めたことは、九州の高校生だった私も映像ニュースで知った。地方の景観も変貌した。日本中を駆け巡る聖火リレーが行われる道路は舗装され、都会の河川の上に造られた違法なバラック建築も撤去され始めた。日本は変わった、と実感したことを思い出す。松本清張の作品の中にも投影されている。

『**草の陰刻**』は、64年5月16日から65年5月22日まで、「読売新聞」に連載された。

――松山地検杉江支部で火災が起き、当直事務官が死に、古い裁判記録の一部が焼けた。以前、信用金庫で強盗殺人事件が起きた際、容疑者として浮上しながら今は名前を変えて群馬選出の代議士となった佐々木信明が証拠隠滅のために放火を命じたのだった。支部長検事瀬川良一は、前橋地検に転勤した後も真相究明を目指す中、強殺事件当時の支部長の娘大賀冴子の協力を得る。東京地検特捜部も乗り出した――

杉江とは宇和島のことである。四国の西海岸の漁港と記述されている。火災の夜、宿直だった事務員の竹内平造は息抜きに出て、女たちに飲まされ、翌朝気づくと小洲にいた。大洲市のことに違いない。急いで杉江に帰る。予讃線の伊予大洲―宇和島48・1キロは初乗りである。瀬川は火災報告のため松山地検へ出張する。宇和島―松山間のうち、伊予大洲―松山55・1キロを一番乗りした。その帰途の風景が書かれている。

《落日の瀬戸内海は、油を浮かしたように重くどろりとなっている。瀬川は、町や村に遮《さえぎ》られて断続する内海の夕凪《ゆうなぎ》を窓から見ていた。島が黒く昏れて、家々の灯が輝いてくる。線路沿いの国道にはヘッドライトをつけたトラックが頻繁に通っていた。（略）海岸が無くなり、代りに黒い川が窓辺に流れていた。肱《ひじ》川だった》

伊予長浜前後の車窓なのだが、海岸線は瀬戸内海に沈む夕陽が美しい所である。ひなびた無人駅や菜の花畑が旅情をかきたてる。伊予長浜で左へ直角に曲がると、肘川河口近くで跳ね上げ式の赤い可動橋や小さな川舟を瞥見できる。

瀬川は2年ぶりに私用で東京に帰る。

《東京の街の様子が激しく変っている。道路が立派になって、大森から上馬《かみうま》に向う道が広くなり、いくつも立体交差のトンネルをくぐった。

街の様子が一変しているので見当がつかない。以前の建築物が建て変ったりしてまるで新しい土地にやって来たようだった。僅かに立退きから取残された古い神社が目標になる程度で、四国に暮した年月の遅れが実感に滲みてくる。

しかし、母と兄夫婦がいる家の付近は昔のままだった。七号線から東に入ると、途端

に昔のままの狭い路になり、商店としもた家の通りがひしめいている。この辺はいつまで経っても忘れられたような地域だ》

環状7号線は、羽田空港と駒沢競技場や戸田漕艇場を結ぶ道路として64年の五輪向けに整備された、と聞く。

瀬川は下北沢から井の頭線で吉祥寺へ行く。

《下北沢の駅は変っていなかったが、ホームが大きくなっている。この電車に乗って吉祥寺に行くのも久しぶりだったが、乗客の数もふくれている。窓から見ると、以前は田《たん》圃《ぼ》だった井ノ頭沿線がすっかり住宅地に変り、ほとんど田圃が眼につかないくらいだった。

吉祥寺駅で降りて関町行のバスに乗った。吉祥寺の街も見違えるように賑やかになっている。前は駅前通りだけが商店街だったのに、現在はその横の公園通りが繁華街になっている》（注1）

下北沢の小田急線乗り場が地下に潜ることなど予想もつかなかった時代である。しかし、時代の変わり目が見事に描かれている。

『風炎』（「ヤングレディ」64年7月6日〜65年8月23日。『**殺人行おくのほそ道**』に改題）は、題名からすれば東北や北陸地方の初乗りが予感されるが、東京以西が登場する。

——倉田麻佐子は、義理の叔父芦名信雄と芭蕉の足跡を訪ねて東北旅行をした際、怪しげな男横山道太と顔を合わせる。信雄の妻で麻佐子の叔母隆子を昔レイプしていた男なのだが、叔母と姪は瓜二つなので、隆子の所在地を探し出し、金を脅しとる。洋装店を経営する隆子は芦名家の山林を売ったり、高額な借金をしたりして、追い詰められていく――

信雄は大分県長留の旧大名の子孫で、麻佐子と里帰りする。長留は架空の地名だが、阿蘇の噴煙や久住連山が見える城址があるというので、竹田市をモデルと考えてよいだろう。寝台車に乗り、本線から支線に乗り換え2時間かかったと記述されている。東京から大分まで乗り、豊肥線で豊後竹田へ来たと読み取る。大分までは『ひとり旅』の田部正一が乗っており、2人は豊肥線の大分―豊後竹田60キロに初乗りした。

帰りに阿蘇登山の観光をするため、長留から豊肥線に乗った。阿蘇で下車するのが一般的だが、二つ手前の宮地で降りても見どころは多い。最低、豊後竹田―宮地34・6キロは乗ったと見る。

隆子は借金のため、京都の金貸しに会いに行く。「ヤングレディ」の64年8月24日号には、麻佐子との会話が次のように出て来る。

《「あなた、京都に行ってみない？」
「京都？　あら、叔母さま、いらっしゃるの？」
「用事があって、明日の特急で行くつもりなの」
「いいわ。どのくらいお泊りになるの？」
「一泊で帰るの。少し忙しいけれど（略）」》

ところが、82年刊行の講談社ノベルスでは、乗った列車が次のように変わる。

《「用事があって、明日の新幹線で行くつもりなの」》

64年8月時点では東海道新幹線開業まで、1カ月以上ある。だが、18年近く経って出版された時には、東京―関西間の急ぎの列車旅と言えば、新幹線以外に考えられなく、そうした現実への目配りが働いたのだろうか。東京から京都までの513・6キロは暫定的に隆子の初乗りとするが、真の初乗り者は誰なのかという疑問を持ちつつ先へ進む。

信雄は、隆子と別居して赤羽に住むようになった。麻佐子が訪ねて行く際、有楽町から乗り、赤羽行き電車に乗った。東北線の日暮里―赤羽間は、中長距離が尾久を回り、東北線は田端や王子を走る。ようやく田端―赤羽6・1キロが初乗りに加算される。

事件の発端は昔の強姦事件にあることが見えてくる中、麻佐子は隆子の娘時代を知る仙台の婦人を迎えに行くため、営団地下鉄銀座線の銀座―上野4・9キロに乗る。ここも一番乗りであった。


『六月の北海道』（「小説新潮」65年11月。『**すずらん**』に改題）は、アリバイとトリック、殺す女とのアベック旅など初期ミステリーの要素が揃い踏みしたかのようににぎやかである。北海道に咲くスズランが八ヶ岳山麓でも花開くが、知る人はほとんどいないという点が面白さの源泉になっている。

――画家の秋村平吉は、世話になっている画廊の主人の愛人砂原矢須子との関係がばれることを恐れ、女の殺害を計画する。まず、矢須子が北海道旅行すると、周囲に語らせる。彼女には長野の信越線沿いにある戸倉温泉に行くと誘うが、「人目につかないように」と言って中央、小海線回りにして清里で降りる。スズランの群生の中で矢須子を彼女のカメラで撮った後、殺害する——

別の愛人に北海道へ行かせ、撮ったフィルムを札幌の写真屋に預ける。その間、秋村は東京にいる。矢須子とスズランの写真を見た警察は、一緒に北海道旅行した男がいると見て、捜査が難航する。彼女が小淵沢《こぶちざわ》で乗り換えた際、身に着けていた新趣向のブローチが駅に勤める女性の印象に残った。北海道に行ってなかった、と分かる。

《汽車を降りるまで絶対に離れて坐っていることが、この旅行を決めたときの彼の条件であった。（略）現に甲府を過ぎ、韮崎《にらさき》を通過しても、女は男の横に姿を見せなかった。乗客は甲府でほとんど半分は入れ替っていた。

小淵沢駅に着いた。秋村は網棚から鞄を降ろし、同じく甲府で入れ替った隣の商人風な男に会釈して、昇降口に歩いた。

この淋しい駅で降りたのは二十数人くらいである。案外人が降りるのは、ここが小海線の起点になっているからだった。乗りかえ客は、四十分の待合せ時間があるため、一応構内に入った。その中にベージュの服の女がいた。

「三時間以上もたった独りぼっちでいて、寂しかったわ」

女は待合室に入ってから彼の傍にきて云った。辛抱した揚句だった》

アベック旅にとんだ殺意が潜んでいた。

秋村は殺害後、野宿して清里から小諸へ出た。小海線は、『眼の壁』の萩崎竜雄が小淵沢―佐久海ノ口間に乗っており、佐久海ノ口―小諸39・5キロが一番乗りになる。

名古屋――東京間の選択

『統監』（「別冊文藝春秋」66年3月）は、初代の朝鮮統監だった伊藤博文のソウルでの女中兼妾という立場の新橋芸者光香から見た人間像である。日露戦争後の圧倒的な軍事力を背にして、伊藤は朝鮮王朝の外交、内政の権限を奪おうと策略をめぐらす。
光香は伊藤より1日早く新橋を出発、下関、釜山、ソウルへと乗り継ぐ。当時の東海道線の箱根越えは現在の御殿場線である。『黄色い風土』の若宮四郎が国府津―駿河小山間を乗っており、駿河小山―沼津35・6キロを彼女が一番乗りした。京釜線の釜山―ソウル間は『任務』で出て来ている。光香は韓国の車窓をこう語る。
《汽車の窓から見える沿道の景色は日本で聞いて想像していたよりはきれいでした。ポプラの並木道はうつくしく、梢の上を飛ぶ胸毛の白い朝鮮鵲《かささぎ》もはじめて見ました。でも、山という山はほとんど禿げて白い岩か赤土があらわれ、藁ぶき屋根の百姓家はまるで腐った茸のようでした。ところどころの丘には土饅頭のような墓もみえます》
印象的なのは、光香は伊藤が好きではなく、日本にしたたかに抵抗する朝鮮の人々に共感と同情を寄せていることである。昨今、日韓の歴史認識の違いが越えられない壁のように言われるが、権力側か支配される側かという視点で見れば、庶民同士の連帯は可能である。それを清張は説いている、と思いたい。

2人の古美術商が、関西の成金経営者に贋作を売りつける競争を繰り広げる『風圧』(「東京新聞」65年6月18日~66年7月7日。『**雑草群落**』に改題)は、清張の筆が冴える分野である。――日本橋で「草美堂」を経営する高尾庄平は、ライバルの「駒井竜古堂」の駒井孝吉と競り合う形で、大阪の大薬品メーカー明和製薬を一代で築き、肉筆浮世絵をほしがっている村上為蔵に取り入ろうとする。両者とも同じ貧乏画家に写楽と春信の贋作を作らせ、国立総合美術館日本画課長の鑑定まで付ける。一方で、「あちらのは贋作です」と足を引っ張り合う――

高尾は大阪府堺市の工場にいる村上に会おうと、大阪から南海電鉄に乗った。堺で降りたとあり、難波―堺9・8キロを一番乗りしたと認定する。作中だけの架空の建物であろうが、景色が思い浮かぶ。

《堺駅で降りると、タクシーを走らせた。東の仁徳陵を過ぎてしばらくすると、なだらかな百舌鳥《もず》の丘陵地帯に立つ真っ白い大病院のような明和製薬堺工場が近づいてきた》

気になるのは、高尾が愛人の野村和子と熱海へ1泊旅行する際に東海道新幹線に乗った、と書かれていることである(全集44巻)。東京駅での待ち合わせ時間は夕方5時だった。

《新幹線「こだま」の指定席に坐った。
一時間ぐらいだが、車内で二人はビールを飲んだ。つまらない話題でも結構たのしかった》

65年8月の時刻表を見ると、東京発17時30分、熱海着18時28分の「こだま121号」がぴったりである。しかし、初出の「東京新聞」を確かめると、次のようになる。

《沼津行の電車をすぐにつかまえて一等車に入った》（65年8月6日）

夕方の沼津行きは、16時38分の後は、18時53分であり、所要時間が2時間以上かかる。新幹線利用の方が自然なのだが、だれが新幹線に初乗りしたのか、まだ分からない。

「飛騨高山がようやく登場するのが『**葦の浮船**』（「婦人倶楽部」66年1月〜67年4月）である。

——私立大学の国史科助教授折戸二郎は、学業に秀でたプレイボーイ。同僚の小関久雄は野暮ったい男だ。金沢の学会の後、折戸は人妻の笠原幸子と京都へ旅行に行き、小関は飛騨高山へ研究のために行き、近村達子と知り合う。達子は小関に魅かれるが、折戸が興味を示し、策を弄して接近する——

折戸は『落差』の島地章吾に似て、清張はこれでもかという感じで悪徳学者ぶりを描く。

小関は高山で途中下車するが、高山線の富山—岐阜225・8キロは彼に初踏破される。

面白いのは、小関と達子は高山—名古屋間を同乗して東京に向かうが、新幹線に乗ろうという達子の誘いを断って小関が在来線で帰ることだ。当時はまだ九州、大阪発の急行群が在来線を多数走っており、新幹線は贅沢だという感覚が残っていたのであろう。

新幹線の切符を持っていないという小関に迫る達子の言葉が面白い。

《「もしかすると、名古屋でその切符が手に入るか分りませんわ。でも、座席がなくても、ブュッフェでお食事かコーヒーでもお飲みになっていれば、平気ですわ。わずか二時間くらいですもの。切符は車内で精算できますし……わたくしも、ときどき、そうしてますの」

彼女は小さく笑った。

「へええ。あなたは、そんなによくこっちにくるんですか？」

「よくということはありませんが、ときどき、京都や奈良にくるもんですから」》

達子は、混んだ列車の中で座るノウハウを持っており、鉄女の草分けか、と思わせる。同時に、京都まで新幹線で行ったことも語っている。彼女こそ、名古屋—東京３６６キロ、上下線の区別は判断できないが、名古屋—京都１４７・６キロを初乗りしたと結論づけたい。

67年４月の時刻表によれば、高山線の列車は、高山発８時50分の「ひだ２号」と思われ、名古屋着は12時00分。達子は急げば12時08分の「ひかり20号」に間に合い、東京着が14時10分となる。小関は西鹿児島発の急行「高千穂」に乗り、東京着が17時33分となる。小関の乗り方も今となっては魅力的である。

清張は、高山から岐阜に向かう際の車窓の大事なポイントに触れている。

《線路の横に渓流が流れていた。富山からずっとつづいてきた川だったが、気づいてみ

ると、川の流れの方向が変っていた。列車はいつの間に分水嶺を越えていた。水は大小の岩を嚙んで白い泡を湧かせていた》

「飛驒高山の街中は、飛驒川（木曾川の上流）が流れているというイメージがあるが、実際は神通川の上流の宮川であり、日本海に注ぐ。高山と下呂温泉の間に分水嶺がある。それを知っている乗客は少ないように思える。私自身がそうだった。

『二重葉脈』（「読売新聞」66年3月11日〜67年4月17日）は、乗り鉄チェックが煩わしい作品である。弱電メーカーのイコマ電器は偽装倒産し、社長の生駒伝治、専務の前岡、常務の杉村らは売掛金などを着服し、山分けの相談を大阪府下でする。一方、椅子取りゲームのように相方を殺害して行く。アリバイを聞かれると、もっともらしい鉄道旅を言うのだが、虚偽まじりである。本当の鉄旅はこれだった、という警察の見立てが正しかったのかの説明が不十分なところがあるので確実なところだけを拾う。刑事も容疑者も新幹線利用が増えるのだが、意表を突くような在来線利用もある。

3人は大阪の東郊、古市で落ち合う。杉村は京都まで新幹線で行き、奈良を回り、近鉄に乗った後、大阪の天王寺に現れる。大阪環状線の鶴橋—天王寺3キロに乗ったと認定可能である。杉村はほどなく岡山県で殺害される。前岡は再び大阪に行く際、北陸へ旅するといって急行「能登」に乗るが、併結された急行「大和」に乗り移り、関西線を西行して天王寺に現れる。亀山—木津67キロ、奈良—天王寺37・5キロを初乗りに加える。

「大和」はちょっと変わった列車で、67年4月の時刻表によれば、東京を22時35分に発車して、名古屋で「能登」と分かれ、伊勢路、大和路を経て翌朝9時08分に天王寺、9時17分にJR難波（当時は湊町）に着く。東京駅で5分後に発車する急行「銀河」の大阪着が9時15分である。「銀河」に乗ったような目撃証言を作為すれば、大阪のミナミで犯罪を起こすのに少々時間が稼げた。

「大和」を使ったトリックを車掌が証言する。

《堀内車掌は語り出した。

「午前五時二十分ごろでした。つまり、十七日の朝ですね。この列車は名古屋で能登号と切りはなされて、五時六分に発車するのですが、わたしは後部二等車に行きました。ボーイの持った客席表にチェックして行くうち、その車輛のちょうど真ん中あたりの通路側に、これに似た人がいたんです」

と、堀内は写真の顔を指した。

「その人はぼくに金沢行の切符を出しましてね、都合で大阪に行くことになったから、その手続きをしてくれというんです。名古屋で東京からの乗客が五、六名降りて新しく乗った客が少ないので空席になったところに、そのお客さんはすわっていたんですね。この列車にはときどきそうした客がいますから、べつに変にも思わず、行先変更の手続きをとったんです。わたしの記憶が間違いないことは、伝票の複写がとってありますから、それを見ればわかります。二等車では、その人だけでした」》

72年、新幹線利用が増える中、「大和」は姿を消した。
前岡は古市の古墳で殺害されて見つかる。杉村事件を追う警視庁の神野、塚田の2刑事は何度か東京―大阪間を新幹線で往復する。最初は前岡の遺体発見の報を受けて行った。京都までは『葦の浮船』の近村達子が乗っており、京都―新大阪39キロを2刑事が乗った。描写がようやく細かくなる。
《大阪駅から国電で新大阪駅に行き、新幹線構内のプラットホームに上がった。すでに東京行上りの超特急列車はスマートな姿を横づけにしていた。二人は指定の車内にはいり、ならんで座席にすわった。発車にはあと十分だった》
《列車は京都駅を発して間もなく、左側に大津《おおつ》の街を見せた。街の向こうに琵琶湖《びわこ》が落日の光に映えていた。新幹線はさすがに速い》
寝台特急「あさかぜ」が登場すると、さっそく『点と線』で取り上げるなど、鉄道とそれに関連する社会現象、風俗に敏感だった清張だが、新幹線の登場のさせ方は遅い、というより多忙でなかなか乗る機会が来なかったのかもしれない。
2人は大阪府警本部に立ち寄った後、市電で阿倍野橋に向かう。大阪市街地を碁盤の目のように走っていた市電は、69年に全廃された。私が大阪の中心部を初めて歩いたのが70年のことなので、この風景イメージが描けない。彼らは近鉄南大阪線で、大阪阿部野橋から古市に向かう。18・3キロが一番乗りにカウントされる。
生駒もまた河内長野で殺害される。下請け業者に恨みを買っていたうえ、下請け業者たちも生駒らの金の分捕り合戦を始めたのである。乗り鉄チェック上、難解なのは生駒殺しの男が果たして昼近い時間から半日で東京と往復できるかである。刑事たちは飛行機、タクシー、地下鉄、近鉄を総動員して可能だとする行程を想定するのだが、相当無理でもある。そうしなければ犯罪が成り立たないのだが、関係者がすべて死んだ。ここではチェックを外したい。

新井白石の幻の著が現存しているという噂が引き起こす殺人事件を描いた**『史疑』**（「小説新潮」67年5月）は、歴史ものの要素もある。

――福井県の山奥に住む蔵書マニアが、近代史学の祖と言われる新井白石の記念碑的な幻の書「史疑」を持っているという噂が広がり、新進の歴史学者比良直樹が見に行くが、断られる。盗み見ようとして見つかり、殺害する。人目を避けて県境越えして岐阜県側に行くが、途中で地元の女と契る。7年後、その時の子供が比良そっくりに成長した――

比良は夜行で福井に行くが、東京発としており、米原回りのような印象を受ける。福井着後、私鉄に乗り換えて田舎の終着駅で降り、さらに山間部へバスに乗った。福井駅で乗り換えて山に向かう私鉄はえちぜん鉄道勝山永平寺線しかない（掲載時は京福電鉄越前本線）。九頭竜川沿いにのんびりとした谷間を勝山まで27・8キロを上るのだが、当時は京福大野までさらに8・5キロ延びており、比良はそれぞれを初乗りした。

《比良は、汽車の中でも知った者に出遇わなかった。福井からの私鉄の中は土地の人ば

かりである。バスの中もその通りだった。東京駅を発ってからの彼は誰にも知られない旅人であった》

殺害後、人目を避けたい比良は、夜通し歩いて岐阜県境を山越えする。美濃側の鉄道で名古屋に出るという目論見であった。昔の越美南線、今の長良川鉄道に乗ったと見る。北端の駅は北濃《ほくのう》だが、福井から来たとすれば美濃《みの》白鳥《しろとり》の方が自然なので、美濃白鳥―美濃太田66・1キロに乗ったと認定する。水量が豊かで、かつ流れが速い、美しい川に沿って走る。

『年下の男』（「小説新潮」67年6月）では、35歳の新聞社の電話交換手大石加津子が年下の男と婚約するが、別に恋人がいると知って高尾山の崖から突き落とす。加津子は写真を撮ってあげると言って、男を崖に立たせるのだが、そのカメラからアシが付く。

《二人は、日曜日の朝、わりあい早くアパートを出た。高尾山の麓までは電車でたっぷり二時間近くかかった。彼女はハンドバッグの中に買ったばかりの小型カメラを忍ばせていたが、そのことはまだ健治には知らせてなかった。もちろん、ほかの人間にも黙っていた。下からケーブルカーに乗り、降りてから高い石段を登り、山頂の寺院に参った。そこで少し休み、売店で餅や茹で卵を食べたりジュースを飲んだりした》

新宿からひたすら京王線に乗って来たとも考えられるが、他の鉄道との乗り換えが多い線である。最低京王高尾線の高尾―高尾山口1・7キロには乗ったと判断する。高尾登山電鉄（ケーブルカー）清滝―高尾山1キロにも乗った。

『古本』（「小説新潮」67年7月）の前半の舞台は、広島県東部の山間部に位置する府中市である。人気凋落した作家長府敦治は講演旅行先の古本屋で室町幕府の大奥ものを見つけ、それをネタにベストセラーを書く。盗作をかぎつけた、原作者の孫と名乗る男に恐喝される。東京西郊の自宅近くにある鉄橋を近道する恐喝男に列車通過時刻を偽り、死亡させるが、警察が事件として捜査を始める。

福塩線の福山―府中23・6キロは長府の一番乗りになる。芦田川と里山が見える昔懐かしい車窓が広がる。

《府中というのは広島から三時間くらい後戻りし、福山から支線に乗りかえて山奥へ入る不便な所であった。（略）

府中はいかにも田舎町だった。往昔、備後《びんご》府中の置かれた所だというが、その後は僅かに備後絣《がすり》で名前を知られていた。それも今は廃れ、みるからに侘しかった。長府敦治は、短い表通りから裏町に回った。このとき、暗い道路沿いに古本屋が店を開けているのが眼についた。店の半分は古道具がならんでいた》

経度と緯度

新幹線が走らない街には、昔ながらの家並みや暮らしがあった。

清張は小説の舞台として日本中の土地を自在に取り出してみせる。奇術師のポケットを思わせる。**『眘梁』**（「別冊文藝春秋」63年12月）の冒頭でこんなことを書いている。

《ほとんどの小説には背景になる土地が指定されてある。東京だったり、地方だったり、小都市だったり、山村、海浜だったりする。しかし、これは雰囲気を出す以外にあまり意味がない場合が多い。どこにでも起りうる人生の話には、舞台の指定を必ずしも必要としないからである。（略）東京××区にしてもよいし、青森県××郡××村にしても一向に差支えはない。

しかし、ぼんやりした具体的なイメージを読者に与える上から、とにかく東京の或る郊外の新開地としておく。都心から西北に電車に乗って約四十分、付近は、十年前までは農村とまばらな市街地とであったが、近年、工場の誘致と住宅地の激増で発展したところである》

場所を描くことなど大した問題ではないといいながら、簡にして要を得た書き方をする。池袋から埼玉へと伸びる東武線か西武線のイメージが広がってくる。

『Dの複合』（「宝石」65年10月～68年3月）は浦島や羽衣伝説を追って乗り鉄の場面が多い。――作家の伊瀬忠隆は「僻地に伝説をさぐる旅」を雑誌連載することになり、編集者の浜中三夫とともに東は成田、館山から西は鳥取まであちこちを旅行する。いずれも東経１３５度か北緯35度線上にあり、その先々で事件に巻き込まれる。かつて、東経１３５度上にある紀淡海峡で船舶火災と殺人事件があった。その復讐を果たそうとする男がいた――
最初の旅は空路関西入りし、京都から列車に乗る。山陰線で綾部まで行って乗り換え、西舞鶴、天橋立を経由し、夕日ヶ浦木津温泉（作品中は丹後木津）で降りる。奇妙な大回りであるが、行程を350キロにしたい意図の反映であろう。京都―綾部76・2キロが初乗り。舞鶴線の綾部―西舞鶴19・5キロも初登場する。宮津線（現3セクの京都丹後鉄道宮津線）の西舞鶴―夕日ヶ浦木津温泉61・1キロも2人が一番乗りした。

木津温泉で泊まった翌日、タクシーで城崎に出て和田山経由で姫路に抜けた。播但線の和田山―姫路65・7キロが初乗りになる。明石で泊まり、淡路島を通って海路和歌山に上陸する。4日目、和歌山市から南海電鉄で加太《かだ》へ行く。南海本線和歌山市―紀ノ川2・6キロ、加太線の紀ノ川―加太9・6キロが初乗りである。いったん和歌山市に戻り、南海本線で大阪へ戻る。加太線との分岐点紀ノ川―堺51・8キロの一番乗りも果たす。その先は、『雑草群落』で登場した。

2度目の初乗り旅は、補陀落《ふだらく》国渡海説話に題材を求め、房総半島南部へ行く。内房線は鋸山の麓の浜金谷まで『連環』の笹井誠一が乗っている。その先、九重までの27・7キロが初登場になる。

この辺りから殺人事件が起きたり、不審な人物が相次いで登場したりする。伊瀬たちはその1人を訪ねて成田へ行く。京成電鉄本線の京成上野から京成成田まで61・2キロに初乗りする。人探しの旅は鳥取県の三朝温泉にも及ぶ。その際、京都から山陰線で倉吉（文中では上井）へ急行「白兎」で行く。綾部―福知山12・3キロは、1回目の旅行と『砂の器』の今西刑事の亀嵩行きのいずれからも漏れ落ちた未乗区間であり、ようやく解消された。この旅行では、京都駅前から三条の飲み屋街まで路面電車に乗った。

山陰線の上り線の車窓が抑制的ながら印象に残る。鳥取、兵庫県境付近だろう。

《左手に青く澄んだ日本海がひらけていた。冬陽をうけた波打際の水がきれいな小石を透かして見せている。陸地になると、枯れた畑と裸の梢の林だった。沿線はそれを交互に繰り返した》

私立大学の理事長ポストを巡る争いをテーマにした**『混声の森』**は67年8月25日から68年9月2日まで、「信濃毎日新聞」夕刊等に連載された。専務理事の石田謙一は、現理事長大島圭蔵を失脚させるため、学生たちの京都旅行に大島を愛人と同行させ、醜聞に仕立てる。理事長は京都から奈良、伊勢と泊まり歩き、最後は鳥羽のホテルへ行く。清張作品に出て来る伊勢・鳥羽方面の鉄道利用は近鉄が多いのだが、彼らは参宮線の鳥羽―多気29・1キロに乗り、紀勢線、関西線で名古屋に出て帰京する。効率の悪い行程である。

石田自身も愛人を複数持ち、不倫旅行で事故に遭った女を見捨てた。夫婦の仲の悪さから高校生の息子恭太がぐれて、盛り場でチンピラのようなワルをする。浅草まで行って身柄を受け取り、地下鉄で渋谷まで一緒に帰る。

《「とにかく渋谷まで行こう。あすこなら、何からうまいものがあるだろう」

謙一は地下鉄に降りた。その間も、気づかないうちに恭太が逃亡しそうな危惧が去らなかった。（略）

電車の中を見渡した。ひとりで坐っている客の顔は憂鬱げであった。何か屈託に耽っているようである。それぞれが個人的な悩みと家庭的な苦悩を背負っているように思えた。

電車の吊りポスターだけが、赤や青い色を頭の上になびかせていた》

営団銀座線の浅草―上野2・2㌔は初登場である。苦労の末、理事長を追い落としたが、傀儡のはずだった学長から失脚させられた。

『**通過する客**』（「別冊文藝春秋」69年3月）は、再婚相手に少しも愛情が湧かない山根波津子の複雑な心理を描く。英語力を活かして通訳ガイド役を引き受けた際、米国ボストンの上流婦人を日光や京都に連れて行く。駄々をこねたり、払うべき支払いを拒否したりする扱いにくい客の上、詐欺師のような米国青年に好意を抱き、金をだまし取られる。倦怠期で刺激を求めていることを知り、わが身を思う。

日光へはロマンスカーで行くが、下今市で降りた。帰りは上野行きの電車なので、旧国鉄と見る。乗車地を今市と想定し、日光線の今市―宇都宮33・9㌔を一番乗りとみなす。

《その小さなトラブルは食堂の客が多すぎたことに原因した。上野行電車の発車時間が迫っているのにデザートがなかなか運ばれてこなかった。ジンフィズもあらわれなかった。いったい時間が少ないからそんな酒の注文など途中からするのは止したほうがいいと波津子は忠告しようと思ったが、なにせ相手ひとりが飲むのだからとめることもできなかったのである。（略）会計係は当然のことにミセス・ブロートンに右の代金を含んだ額を請求した。（略）彼女は拒絶した。（略）これ以上、紛争がつづくと座席を予約してある電車に乗り遅れそうなので、波津子は金を払った。

「あなたはあんな金を出す必要はなかったのです」

電車が動き出してから、それまで自動車の中でも何やら不機嫌な様子で気がかりげにしていた女客が波津子に云った》

車内の様子をさりげなく書くことで、登場人物の心模様に迫る筆も相変わらずである。

『セント・アンドリュースの殺人』（「週刊朝日カラー別冊」69年10月。**『セント・アンドリュースの事件』**に改題）は、スコットランドにあるゴルフの聖地を舞台にしたミステリーである。カウント対象外なのだが、英国鉄道をトリックに使っており、紹介したい。

――矢部製作所専務矢部開作、同社顧問弁護士庄司正雄、印刷会社専務鈴木吉蔵、矢部の愛人で銀座のバーのマダム山宮篤子の４人は、ゴルフの聖地でプレーをする。矢部は篤子を巡って庄司と争っていたうえ、社の経理問題で弱みを握られていたので庄司を殺害する計画を立て、不審なアジア人に狙われているという設定を作ったが、逆に殺される――

４人はロンドンまでそれぞれの航空便で来て、エジンバラまでは一緒の飛行機に乗った。

エジンバラからアバディーン行き列車の1等車に乗り、ルーカーズ・ジャンクション駅で降り、昼から1ラウンドした。矢部は翌日、ロンドンで仕事があるため、17時39分発エジンバラ行きに乗った。ところが翌朝、ゴルフ場近くの断崖下で遺体となって発見された。矢部はエジンバラに着く前のキューコルディ駅で18時21分に降り、18時32分発でルーカーズ・ジャンクションに引き返す。その際、変装して自らの足跡を消した。清張は日本でと同様に、自在の鉄道トリックを展開する。難コースの描き方も細やかで、ゴルフファンを喜ばせただろう。

鉄道乗車のある作品は70年も相次ぐのだが、未乗区間が少なくなるので、次の初乗りは71年5月の「小説現代」で発表された**『留守宅の事件』**になる。

――都内西新井に住む自動車セールスマン栗山敏夫が、足掛け10日間に及ぶ東北方面の出張から帰って来たら、妻宗子が殺害されていた、と届ける。実は保険金詐取のため、妻を東北に呼びつけて絞殺した。栗山自身は東北で多くの人に会い、東京へ戻るのは不可能というアリバイ作りをする――

栗山は1～3日目は仙台や一関で仕事をし、4日目に仙台から山形県入りし天童に泊まる。仙山線は、『山峡の章』の朝川昌子が仙台―作並間に乗っているが、作並―羽前千歳29・3キロは、栗山が初乗りした。6日目にサクランボで有名な寒河江《さがえ》まで往復して、蔵王温泉に泊まる。左沢《あてらざわ》線の北山形―寒河江15・3キロもまた一番乗りである。最上川を渡り、

表4　栗山敏夫のアリバイ説明と実際の動き

月日	栗山の申し立て		実際の動き	
2月1日 （7日目）	？	蔵王温泉から山形駅へ	？	蔵王温泉から山形駅へ
	12時42分	山形発仙山線急行	12時42分	山形発仙山線急行
	13時49分	仙台着	13時49分	仙台着
		旅館投宿		旅館投宿。自動車窃盗
			18時58分	「ひばり4号」で来た妻と落ち合う
				名取市付近まで自動車で行き妻殺害
2月2日 （8日目）	11時11分	仙台から特急「やまびこ」乗車	9時00分	旅館を出発
	12時09分	福島着。証言が残るように仕事をする	12時00分	遺体を載せた自動車で福島へ
				仕事の合間に車を郡山へ運ぶ
			18時41分	郡山発急行
	20時30分	知人宅へ行き宿泊	19時21分	福島着。知人宅へ行き宿泊
2月3日 （9日目）			8時27分	福島発特急
			9時01分	郡山着
	10時21分	福島発急行		遺体を載せた車を西那須野近辺に隠す
			11時35分	急行「まつしま1号」で西那須野発
	11時50分	仙台着	14時31分	仙台着
		松島観光をして仙台泊		
2月4日 （10日目）	12時20分	仙台発特急		申し立て通り
	16時18分	上野着		
2月5日 （11日目）		宇都宮辺りで外回り		自分の車で西那須野近辺に行く
				遺体を載せ換えて、自宅小屋に放置
2月6日 （12日目）		妻の殺害死体を発見と警察に届ける		申し立て通り

？は、時刻が特定できない部分

蔵王連峰や月山が見える。

7日目に仙台に戻って宗子を呼び出し、名取市付近で殺害、盗んだ車のトランクに入れた。8日目に盗難車で福島市へ移り、仕事の合間に郡山まで運び、再び列車で福島市へ戻り、知人宅に泊まる。9日目、列車で郡山へ行き、盗難車で西那須野まで行き、仙台まで列車で戻る。10日目は東京へ戻る。翌11日目に東京から自分の車で西那須野へ行き、妻の遺体を載せ換える。自宅に戻り、寝間着に着せ替えて物置に入れた。12日目に警察へ届けた（表4参照）。

宗子が仙台へ着ていったスーツは栗山が廃棄したが、それをもらうつもりだった宗子の妹が訝しんで犯行がばれるきっかけになる。

当時、上野—仙台間は特急で4時間に短縮されていた。だが、日中に仕事先の人間に会ったり、夜に食事をしたりすると、1日で東京に帰れるとは思われないし、実際不可能でもあった。だが、小刻みに動き、福島、栃木県境まで南下し、また仙台に戻るというのは意表をつくトリックである。いわば「だるまさんが転んだ」のミステリー版と言える。

今、東北新幹線は東京―仙台間が最速で約1時間半。この作品の犯人が申し立てた不在証明は相手にされない。

不条理への復讐

戦争によって生業を奪われ、肉親を失うことがどんなに辛いか。翻弄される庶民の姿をミステリーの中で描いたのが**『遠い接近』**（「週刊朝日」71年8月6日〜72年4月21日）である。自伝『半生の記』と重なる描写が多い。

――戦時中、自営の色版画工の山尾信治は仕事に追われ、近所である軍事教練にほとんど出なかった。それが役所の兵事担当に不熱心とされ、召集にかかる。古兵の安川哲次一等兵にいじめられ、朝鮮にまで送られた。妻、両親、2人の息子は疎開先の広島市で原爆に遭って死んだ。帰国後、兵事係長だった河島佐一郎と安川に復讐を誓う――

敗色濃くなる中、福岡から玄界灘を渡り、ソウル郊外に至る様子が書かれている。

《福岡の聯隊を完全武装で出発したのは未明であった。銃と背嚢《はいのう》に冷たい雨が降りそそいでいた。港までの沿道には憲兵がところどころ立った。うす暗い道を市民が三々五々にかたまり、隊列に沿って歩いていた。女が兵隊に近づいて話す。憲兵が追い払う。それでも、家族は雨に打たれて執拗についてきた。妻は泣いていた。出動は秘密にされているのに、この出発時間を家族に知らせる兵隊がいたのだった》

《釜山《ふざん》の港からすぐに汽車に乗った。見送りの群衆もなく、万歳の声もなかった。ホームは憲兵と駅員の姿だけで、乗車と同時に窓に鎧戸が下ろされた。行先が京城《けいじょう》らしいとは皆の話でわかったが、どこをどう走っているのかわからなかった》

寂しいとも不安だとも言えない兵隊たち。清張はそうした心情をくどくど書かないが、怒りさえ伝わってくる。出港の部分は『半生の記』とほぼ同内容である。

山尾はまず安川と国鉄、近鉄を乗り継ぎ、四日市まで行き、山中の崖から突き落として殺害、亀山に出る。翌日、河島と四日市で落ち合い、三重電鉄で湯ノ山へ行く。今は近鉄湯の山線となっており、近鉄四日市─湯の山温泉15・4キロが初乗りである。そこから山に入って自殺にみせかけて殺す。遺書まで作ったことからトリックが崩れた。

『山の骨』（「週刊朝日」72年5月19日〜7月14日）は、高級官僚を務め上げた谷井秀雄の悲劇である。優秀な息子と娘に恵まれたが、養子に出した次男の守山政治だけは悪に染まった。知人が扱いに困っていた女をあっさりと殺害し、八王子近くの山中に埋める。が、開発で遺体が発見されそうになったため、一家の恥をさらすまいとする谷井がもっと山奥の檜原《ひのはら》村の山中に埋めなおす。谷井はそのあと、五日市線の終点、武蔵五日市から立川に戻る。

武蔵五日市―拝島11・1キロの一番乗りになる。
行く末を悲観した谷井は政治を大田区洗足の長男宅で殺し、白骨化した後に多摩丘陵へ捨てに行く。行きはタクシーだったが、帰りは聖蹟桜ヶ丘―府中間で京王線に乗る。4・4キロが初乗りにカウントされる。

政治の骨は、以前谷井の娘夫婦の家に届けられた洋服生地の包み紙の中にあった。警視庁は当時の女中で、今は宮城県石巻市の船具商に嫁入りした女に事情を聞くため刑事2人を上野発夜行列車で派遣した。仙石線の仙台―石巻48・5キロに乗ったと判断する。松島の島々が見える線区である。

《普通なら、石巻署に事情聴取を依頼するところだが、大事をとって捜査員二名が上野駅から夜行で東北に発った。

木谷家にいたときの佐々木鶴子、いまは奥田鶴子になっている彼女には、木谷夫人に聞いた通り、石巻市内の船具商の家で会えた。彼女はそこの息子の嫁になっている。漁港が近く、岸壁には大きな漁船がいっぱい着いて、店先まで魚の臭いが漂ってきていた》

『遠い接近』が清張の戦時下の投影とするならば、**『表象詩人』**（「週刊朝日」72年7月21日〜11月3日）は昭和時代初期、清張の20歳前後の思い出の反映である。文学青年たちとの付き合いが、甘酸っぱいトーンで書かれている。

——昭和初期、小倉市で私鉄会社の駅員であった三輪には、製陶会社に勤めて、詩作をする久間英太郎、秋島明治という仲間がいた。製陶会社の高級技術者深田弘雄の家がサロン風であり、若い3人は深田の妻明子に憧憬や思慕を抱いていた。三輪は、久間と明子の間に関係があると想像する。盆踊りの夜、帰宅途中の明子が殺害され、久間と秋島に容疑がかかるが、迷宮入りする。約40年後、三輪は秋島を宮崎県に訪ねた——

製陶会社とは今のTOTOで、三輪の私鉄会社は、現JR日田彦山線だ。筑豊炭田の主要都市田川と北九州工業地帯を結び、貨物輸送上重要であった。清張はこんな風景を描く。

《この鉄道の沿線に炭坑地帯があり、客車よりも炭車が多く、そのために経営がどうにかやっていける会社であった。わたしは、駅の出札係や改札係をしていたのだった。どの駅にも田圃《たんぼ》を背景にして必ず真っ黒な山の貯炭場があり、待避線には炭車の長い黒い列が捨てられたように置いてあった》

初乗りは彼らが老境を迎えてからのことだ。三輪は、宮崎県H町の議員になっている秋島を訪ねる。日之影町と見られる。小倉から急行列車で6時間、Nという駅から支線に乗って2時間と書く。Nは延岡、支線は高千穂線と断定できる（08年廃止）。降りたのは五つ目の駅で、もう少し行けば裏阿蘇という表現も出て来る。昭和一〇年代であれば、川水流《かわずる》という旧北方町の中心地域になる。

日豊線の大分までは、『ひとり旅』の田部正一や『殺人行おくのほそ道』の倉田麻佐子が乗っており、大分—延岡123・3キロが初乗りである。高千穂線の延岡—川水流17・2

キロも三輪が一番乗りした。

『告訴せず』は73年1月12日から11月30日まで「週刊朝日」に載った。この年、第1次石油ショックが起き、企業が売り惜しみしたり、投機に走ったりしてモラルが問われた。庶民は、休日のドライブを控えたり、暖房を節約したりする一方、トイレットペーパーや洗剤の確保のために商店で列を作った。多くの石油製品に囲まれた生活、それが遠い中東情勢に依存していることを実感することになった。他人の迷惑よりも自分の利益という拝金主義は、やがてバブルの時期に増幅される。

木谷省吾は、代議士をしている義弟の選挙運動資金を持ち逃げして、小豆相場に投資し、大儲けする。資金は「実弾用」に派閥の親分からもらった金であり、義弟は告訴できない。木谷は水上温泉の女中お篠を愛人にして福島県白河市でモーテル業を始める。お篠は別の男に通じており、木谷の預金口座をだまし取る。義弟らの追及の手を逃れるため、偽名を使っている木谷は本名を明かして告訴することができず、自殺する。

初乗りは、2人が群馬県の八塩温泉に行った帰り、列車で帰るため八高《はちこう》線沿いの藤岡に出る。木谷は上野、お篠は水上が行き先なので、群馬藤岡―倉賀野7・3キロを2人で乗ったと見てよかろう。

『黒の回廊』は、71年4月から74年5月までの「松本清張全集」第一期（文藝春秋）の月報で続いた。欧州に行った女性ツアーの中でダブル殺人事件が起き、それを添乗員らが謎解きする。海外ツアーが盛んになる時期のタイムリーな作品である。

国内の乗り鉄はないが、英国のロンドン―エジンバラ間が夜行列車だった。途中駅としてドンキャスターを挙げており、ペニン山脈の東麓を通ったと見る。スイスでは、ベルン―インターラーケン間が列車旅。インターラーケンからユングフラウヨッホに登山電車で登り、グリンデルワルトに降りた。今もアルプス観光の定番であろう。

東京駅の別れ

乗り鉄場面のある作品の3要素として、旅への誘い、男と女、ミステリーを繰り返し強調してきたが、『火の回路』（『**火の路**』に改題）は古代史、大学の研究室の欺瞞に満ちたヒエラルヒーという要素も加わり、重厚感のある作品である。73年6月16日から74年10月13日まで、「朝日新聞」に連載された。舞台は東京から西に向けて、長野、滋賀、奈良、京都、大阪、兵庫、愛媛、福岡、さらにはイランと大きなスケールである。

――T大学史学科助手の高須通子は、奈良盆地の飛鳥・奈良時代の遺跡がペルシャ文明、ゾロアスター教の影響を受けているという仮説を深めるため、明日香村の酒船石などを調べる。カメラマンの坂根要助と知り合い、坂根は通子に魅かれる。奈良市の路上で起きた殺傷事件で、通子は海津信六を助ける。海津は元T大史学科助手で通子に学問上のアドバイスをする。前後して発掘物の贋作が出回っている騒ぎが起きたが、海津は贋作づくりにかかわっていた――

初乗りチェックをする。通子は河内地方の遺跡見学を兼ねて海津を訪ねる。新幹線で大阪入りした後、阪和線で和泉府中まで乗る。天王寺―和泉府中20・9キロは初登場である。海津が不在だったので、いったん安福寺横穴群へ行き、近鉄の道明寺から河内長野へ移動する。道明寺―古市間は南大阪線で『二重葉脈』の警視庁刑事が乗っている。長野線の古市―河内長野12・5キロは通子の一番乗りとする。左手は葛城山や金剛山の麓であり、古代ロマンと大阪近郊の猥雑さが交じり、武蔵野の面影を探りたくなる東京近郊とは趣が異なる。そう思うのは無教養な私だからであり、清張の筆は格調高い。

《道明寺駅から古市駅を過ぎるまで、電車の両窓には人家や工場の建物の間に松林の繁る独立した丘が、なだらかな形でいくつも見えた。ほとんど前方後円墳で、古市古墳群と呼ばれ、応神、仲哀、仁賢、安閑など天皇名でいわれる大きなのが多い。昔、付近に人家が少なく、この辺が原野や田園だったころは、陵墓の遠望は空にそびえる大きさだったにちがいないが、住宅や工場がたてこんだ今は、その頂上部をちらちらと見せているだけだった》

坂根は通子に依頼され、益田岩船の測量に行く。その時、近鉄南大阪線を踏破するのだが、古市―橿原神宮前21・4キロを一番乗りする。通子は再び海津を訪ねる。1回目と経路は同じなのだろうが、新大阪から天王寺まで大阪市交通局の地下鉄御堂筋線で行ったと清張は書いた。11キロを踏破区間としてカウントする。

新幹線の車窓は旅情がない、という言い方がある。トンネルが多く、近くの景色はじっくり見る間もなくすっ飛んでいく。ましてや夜は窓外に目を向ける人自体が少ない。清張は、1回目に海津を訪ねた通子が新大阪発19時40分発「ひかり」で帰京する際の夜汽車の窓外を描いた。名古屋では南紀方面の取材旅行から帰る坂根と偶然席が一緒になった。

《京都駅を過ぎて間もなく大津の夜景が流れる。湖畔の船の灯がちらりと写った》

《どこかの駅を通過して構内の灯が何秒間か光った》

米原か岐阜羽島であろう。

《列車は豊橋のあたりを走っていて、蒲郡付近らしい平坦な黒い野がつづいていた》

《列車は浜名湖の鉄橋にかかった。湖水に弁天島の料理屋や旅館の灯が映っていた》

《浜松駅の明りが通過した》

《静岡はとうに過ぎていた。乗客の半分は睡っていた》

《清水付近のコンビナートが下からの照明をうけて闇に白く浮び出ていた》

《列車がトンネルに入った。音響は長くつづいた》

新丹那トンネルであろう。

《長いトンネルが終ると、熱海の賑やかな灯の集まりがいちどきに右に現れた》

《坂根は、暗い蜜柑畑の中の寂しい灯にちらりと眼を走らせて言った》

《小田原の町の明りがすぎた》

11時ごろ東京に着いた。

《東京駅に着くと、坂根は重いジュラルミンの写真器材函を肩にかけ、三脚をたたんで手に抱え、通子とホームを歩いた。階段から新幹線の改札口までは同じ列車から降りた人群れに揉まれたが、そこを出ると構内は閑散としていた。壁の時計は十一時すぎになっている。遅い夜行列車に乗る団体客が長くならんで、立ったり坐ったりしていた。

「高須さんは、これから?」

「下北沢ですから、中央線の電車で帰ります」

「そいじゃ中央線のホームまでお送りしましょう。ぼくは駅の前からタクシーでも拾います」

「けっこうですわ。そんな重い荷物を持ってらっしゃるんですもの」

「これですか、これはいつものことで、馴れていますよ」

坂根は、通子ともっと伴れになっていたそうだった。
一、二番線ホームの昇り口にむかって長い構内を歩いた。（略）
階段を一、二番線ホームに上って坂根は言った。

「……どういう恋愛だったんでしょうね。軽薄なようですが、その相手の女性にぼくは興味をひかれますよ。そして、その女性はどこかに健在なんでしょうがね」

中央線の電車に乗る前、通子はその話にはふれずに、坂根に言った。

「思いがけず名古屋からごいっしょになれて、ほんとうに愉しかったですわ。ここまで送っていただいて、どうもありがとう」
電車が動き出しても、坂根要助は寂しいホームに立っていた》

坂根は通子が好きなのだが、日常的に会える間柄ではない。恋人同士なら「明日またね」とか「今度は新宿で会いましょう」などと再会を約束して別れることができるだろうが、彼はそれができない。中央線のホームまで行くのが精いっぱいの表現なのである。

通子は坂根が嫌いではないが、どこかガードを固めている。昔、仲の良かった又従兄《またいとこ》が結婚した後、「離婚したい」という言葉につられて不用意に男女の仲になった。男性不信というよりも自己嫌悪の面が強い。

新幹線でトンネルが少ない箇所の一つは琵琶湖東岸である。清張はそこを書き落としたりはしない。通子の２回目の海津訪問の際に出て来る。

《車内にはこころよい暖かさが流れている。窓には大津市内の建物越しに琵琶湖の寒そうな青い色が見えていた。粉雪が斜めに降っていて、比良《ひら》の白いかたちはかすんでいた》

旧国鉄とＪＲは１万０６８９キロ、私鉄は１２５１・３キロ。それぞれ大台に乗った。地図７（旧国鉄とＪＲの初乗り区間）を見ると、日本列島の骨組みはますます強靭になった。

注１　井ノ頭線は、井の頭線の誤記か。

地図7　第7章に登場した初乗り区間

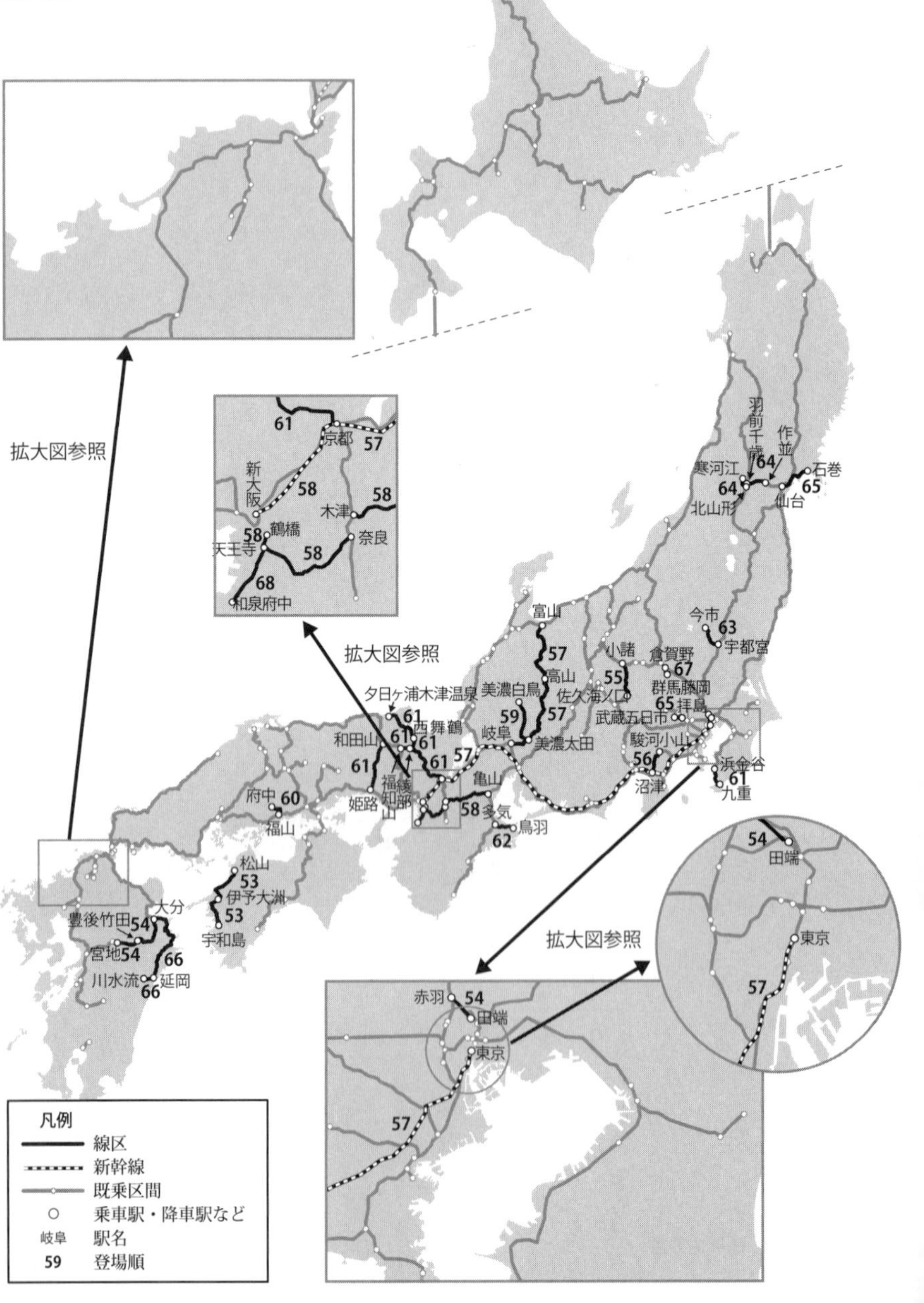

第8章

ディスカバー・ジャパン

（1976年7月～1992年9月）

本章に登場する作品

渡された場面（全集40巻2刷）
渦（全集40巻2刷）
馬を売る女（全集41巻1刷）
状況曲線（『状況曲線』上下・新潮文庫9刷）
百円硬貨（全集42巻1刷）
天才画の女（全集41巻1刷）
骨壺の風景（全集66巻1刷）
不運な名前（全集66巻1刷）
死の発送（『死の発送』角川文庫31刷）
彩り河（全集47巻1刷）
南半球の倒三角（『名札のない荷物』新潮文庫2刷）
信号（全集66巻1刷）
聖獣配列（全集60巻1刷）
数の風景（全集62巻1刷）
黒い空（全集62巻1刷）
一九五二年日航機「撃墜」事件
（『一九五二年日航機「撃墜」事件』角川文庫1刷）
神々の乱心（『神々の乱心』上下・文春文庫1刷）
犯罪の回送（『犯罪の回送』角川文庫21刷）
（細字は初乗り場面なし）

国鉄離れの時

国内の旅客数を年次別に調べた総務省統計局のデータがある。東京五輪があった64年は、国鉄が64億人だったのに対し、乗用車は36億人であった。モータリゼーションが進み、68年、国鉄68億人に対し、乗用車82億人と逆転する。だが、大学生だった私には、新車のマイカーは高嶺の花だった。当時、自動車好きの学生でも、自前で買うとなると、中古の小型車や軽四輪と相場が決まっていた。私は、友人の車で男3人、女2人のドライブをしたことが忘れられない。行ったのは、この章の最初に出て来る『渡された場面』の殺害現場の近くにある、玄界灘が見える松林であった。

相対的な鉄道離れに、旧国鉄は毎年のように運賃・料金の値上げを繰り返した。これがさらに鉄道離れを促す、自己撞着の経営方針だった。

国鉄は70年から、「ディスカバー・ジャパン」という集客キャンペーンにも取り組んだ。同時期に雑誌「アンアン」や「ノンノ」が、金沢、松江、津和野などを紹介し、あなたも行ってみませんか、と呼びかけたが、国鉄離れを食いとめるのにそう成功したようには思えない。78年に山口百恵の『いい日　旅立ち』が、同様なキャンペーンに用いられたが、これまた空振りに終わったのではないか。旧国鉄は分割民営化に向けて矛盾を深めていた。海外旅行が増える中、清張自身も作品の舞台を数多く海外に求めた。しかし、日本人とその暮らし、背景にある自然から眼をそらすことはなかった。『古代史疑』『昭和史発掘』などこの国の歴史を見据える大作も続く。今、「ディスカバー・ジャパン」を試みるなら、この時期の松本清張作品をひもといてはどうか。

四国で起きた強盗殺人事件と北部九州の愛人殺しはまったく無関係に発生したのだが、両方の地を訪れた作家がいた。彼の書き残した小説の下書きが真相を明らかにする。76(昭和五一)年1月1日から7月15日まで、「週刊新潮」で連載された**『渡された場面』**は、文学への向きあい方にも触れた秀逸な作品ではなかろうか。

文壇で確固たる評価を得る作家は、出来が気に入らないと、没にしてしまう。気分を換えようと、あちこちを旅する。それでも創作の苦しみから脱け出せない。林芙美子に憧れる旅館の女中は、自らの修行不足を思いながら作家にサービスを尽くす。ちょっとした言葉のやりとりで、作家は女が小説を書きたいようだと見抜き、女は書きかけの原稿を見て、その力量の一端を理解する。一方、女の恋人である地方文壇のリーダー格を自負する男は、盗作しても何の呵責も感じない。

——作家の小寺康司は、四国の中都市に滞在して小説の一部を書きかけるが、そこに強盗殺人事件の犯人の姿が出ていた。原稿用紙を佐賀県の坊城町(呼子町のこと)の旅館で捨てるが、書き写した女中真野信子が恋人の下坂一夫に渡す。彼はそのまま盗作して発表、評価を得る。下坂は別の女と結婚するため、妊娠した信子が邪魔になり、殺害する。四国の殺人事件捜査本部の香春銀作捜査一課長らは、強殺現場のことをなぜ佐賀県の男が書いたか不審に思って捜査し、信子殺しが分かる——

　下坂は佐賀県唐津市の陶器店の放蕩息子で、博多のバーへ列車で通い、そこで働いていた景子と結婚する。列車は筑肥線で、今ならば唐津—姪浜間を乗った後、福岡市営地下鉄に乗り入れて博多まで来る。だが、当時は地下鉄が開通しておらず、唐津市内も別路線だった。東唐津—姪浜39・3キロと、廃止された同線の姪浜—博多11・7キロが下坂の初乗り区間と認定する。

　信子は佐賀県の中央部の多久市で育った。四国のA県警捜査一課の越智達雄警部補ら2刑事は失踪した信子の行方を追って多久へ行き、その帰りに唐津線の多久—唐津25・1キロに一番乗りする。多久市は米どころ佐賀平野にあって旧松浦炭田で栄えた町である。

《多久駅のホームに立って唐津行の電車を待っていると、すぐ前がピラミッド形のボタ山だった。炭鉱はエジプトへの連想だけを残して消滅している。どんよりとした灰色の雲が重く垂れて、冬のうすい光が亀裂の間から斜線を洩らしていた。ホームの掲示板には名所案内として多久聖廟、若宮八幡宮、天山《てんざん》登山口などとならんでいた。炭鉱の名はなかった》

唐津線は当時、全線非電化であり、齟齬がある。

信子は林芙美子に憧れる一方、騙されていることも知らずに下坂に尽くす薄幸の女として描かれている。清張には珍しく、優しい筆で描いており、読者の共感を呼ぶ。小寺は信子に優しい言葉をかけたわけではないが、執筆を夢見る女の気持ちをしっかりと受け止める。作品中では間もなく病死するのだが、清張の分身であろう。小寺の下書きを写して、同人雑誌に発表した下坂に対しては、屈辱的なまでの破滅を用意する。

下坂は玄界灘が見える殺害現場まで信子を自動車に乗せていく。過去の列車利用の犯罪者たちは同乗者に目撃されたが、今回は完全犯罪になるはずだった。だが、殺害直前に犬をはねるという事故を起こす。さらに、下坂の盗作部分が、同人雑誌をチェックする文芸誌の批評欄で評価されたため、文学仲間が下坂の祝賀旅行を催す。それが殺害現場近くであり、犬がいた。「あのときの犬だ」という強迫観念にとらわれ、自ら転んでしまう。

清張ほど多くの作品がテレビドラマ化された作家はいないだろう。BS（放送衛星）、CS（通信衛星）番組では再放送が続く。だが、おそらく『渦』（「日本経済新聞」76年3月18日〜77年1月8日）だけはドラマ化されることはないだろう。テレビ視聴率調査は正しく行われ、かつ正確なのか、というテーマである。

——喫茶店を営む一方、油絵を描く小山修三は新劇の重鎮に頼まれ、視聴率調査が本当に行われているかを調べるため、端末機の記録紙を回収するアルバイト主婦らを尾行する。その中の1人の不倫絡みの殺人事件も追いはじめる——

調査員たちが新橋にある調査会社と自宅を電車で往復する経路がいくつも出て来る。全集によれば、小山らがE号と名付けた川端常子は会社を出た後、地下鉄都営浅草線に乗ったと見られ、江戸橋まで行った。ここで営団地下鉄（現東京メトロ）東西線に乗り換え、西船橋まで行く。

《地下鉄を江戸橋で降りて西船橋行の快速電車に乗る。腰かけてケースから眼鏡をとり出し週刊誌を読む。眼が細く、鼻が大きい。五分と経たないうちに窓ガラスによりかかり、口を開けて眠る。小山はこれをE号婦人ときめた。

西船橋（終点）に着き、乗客が降りかかってから眼を開ける。彼女の降りたところで降りる。乗りかえた電車の中でも、すぐに口を開けて眠る。よほど疲れているらしい》

新橋―江戸橋、乗り換えて日本橋―西船橋が一番乗りと読める。

ところが、初出の日本経済新聞、新潮文庫21刷（88年）では、茅場町で乗り換えたと書かれていた。新橋から茅場町まで一本では行けないので乗り換え回数を減らすため全集収録時に改稿したものか。

私が初乗りと認定するのは、営団日比谷線東銀座―茅場町2・1キロと東西線茅場町―西船橋18・8キロである。新橋から東銀座まで、営団の銀座乗り換えなのか、都営浅草線利用なのかは不明のままにしておく。同様に銀座線で日本橋まで行き、東西線に乗り換えたら一番すっきりしている、との疑問も残しておく。

『渦』の連載が終わった時点で、都心を走っていた地下鉄は営団が6、都営が2の計8路線だったが、今は13路線に増えた。総務省統計局のＨＰから東京都市圏の交通機関別輸送人員という数字を見つけた（注1）。70年は、国鉄36億人、私鉄32億人、地下鉄13億人だったのだが、80年は国鉄39億人、私鉄39億人、地下鉄20億人と変化した。ここでも国鉄の頭打ち傾向が表れている。この時期、相互乗り入れも進み、首都圏の人々は、ある2地点を結ぶ様々な選択肢を持つようになった。

調査員の川端常子は、終点の西船橋で乗り換えたのだが、京成とは書いておらず、ホームが近接する国鉄と受け止める。佐倉で降りた。総武線の千葉―佐倉16・1キロが初登場である。

一方、西伊豆で車が転落、車内にいた主婦が死んだ。Ｄ号調査員で、事故ではなく、殺人だった。小山は検視した下田の医者に会いに行く。新幹線で熱海、伊東線、伊豆急行と続く。伊豆急行の伊東―伊豆急下田45・7キロが初登場した。

引き続き日本経済新聞に『利』（『**馬を売る女**』に改題）が連載された（77年1月9日～4月6日）。

――日本橋の外れにある繊維会社の社長秘書星野花江は、馬主でもある社長の電話を盗聴して本命馬がダメだという情報を流して、商売にしていた。不審に思った社長が孫請けの業者に調べさせる。業者は花江の手口を知る一方、金を借りる。借金が増えると、首都高速の永福—高井戸間の非常駐車帯に止めた車の中で花江を殺害、相模湖周辺で捨てる。カーセックスを装う完全犯罪になりかけたが、車のナンバーが目撃されていた——

会社からの帰り、花江は地下鉄で人形町から秋葉原へ出る。営団日比谷線1・5キロに一番乗りする。総武線に乗りかえた後、小岩で降りてからは徒歩になる。清張は東京西郊の風景はよく書いているが、下町は少ない。千葉県境付近は初めてである。

《小岩駅前の広場はバス待ちの客で行列ができている。タクシーは次々と客を運んで去る。夕方七時ごろは電車を降りた勤め人で混雑していた。

広場を右側にとって南に行く通りは商店街になっていて、入口に「フラワー・ロード」のアーチ看板がかかっていた。左側から南へ行く通りはずっと寂しい。星野花江はそこを歩く。わき目もふらぬ足どりだった。帰りの勤め人たちも流れていた。

七分ばかり歩くと賑やかな通りに出た。色のついた灯が連なっている繁華街で、キャバレー、バーなどが両側にならんでいる。星野花江はその通りを左へ行って八百屋に入る。ジャガイモとタマネギとタマゴを二つ。その買いものをしている間、隣りの小さな映画館からはベルが鳴りっぱなしであった》

私は15年秋、小岩駅の南口側を歩いた。昼間だったので、歓楽街のざわめきは聞こえてこなかった。花江とすれ違うキャバレーの呼び込みの男のような若者はおらず、高齢者が目立ったように思える。

東京はかつて若者の街と思っていた。近年、駅頭や車内で高齢者を見ることが多くなった気がする。では、地方はどうなっているのか。若者も高齢者も姿を見せない。なぜなら、人間よりも車の方が圧倒的に多く、中に誰がいるのか、よく見えないのである。

石狩川の畔

土建業界の談合と足の引っ張り合い、それに介入する政治家、役所の工事情報を伝える黒幕……。ロッキード事件捜査と裁判で政財官の癒着が国民の前に明らかになっていく時代、相似形となった作品が**『状況曲線』**（「週刊新潮」76年7月29日～78年3月9日）である。

――大手の日星建設専務味岡正弘は、談合組織の仲間や部下に疎まれ、殺人事件の犯人に仕立て上げられそうになる。観光道路計画の視察や談合組織のゴルフコンペで行った北陸、京都でさらに追い詰められ、静岡県で殺害される。天竜市の刑事矢田部護親が捜査に乗り出し、錯綜した利害関係を解き明かし、黒幕も追い詰める――

味岡は名古屋から自動車で長良川を上り詰め、加賀を連想させる「きたぐに温泉郷」で泊まる。翌日、大阪行き特急のグリーンに乗る。京都までほぼ2時間とあり、加賀温泉駅から乗ったと推定できる。74年に湖西線が開通し、関西と北陸を結ぶ特急が通るようになった時代である。同線の近江塩津―山科74・1キロの一番乗りを果たした。

味岡は北陸で知り合った芸者と京都で過ごそうと計画、叡山電鉄に出町柳から乗り、鞍馬線の貴船口で降りる。この間11・4キロを初乗りした。ただし、出町柳―宝ケ池3・8キロは叡山本線になる。ラブホテルに行くと、芸者はおらず、談合組織黒幕の事務所の女が死んでおり、あわてて逃げる。鞍馬まで行き、そこから電車で京都市街地へ戻る。鞍馬―貴船口1・2キロも味岡が初乗りした。

矢田部刑事は味岡の逆コースを行き、殺害の実行役に土建屋の現場グループが関与していることを調べ、長良川沿いを列車で南下した。越美南線（現長良川鉄道）は『史疑』の比良直樹が乗っており、初乗りではないが、美濃加茂から多治見へ抜けた。美濃加茂市の中心駅は高山線の美濃太田駅である。太多線の美濃太田―多治見17・8キロは矢田部によって初踏破された。

作品の冒頭、談合屋たちが国鉄の東京駅界隈のガード下に集まる。

《都心のガード下に沿った狭くて細長い地帯に走る路地は、ちょっとした迷路となっていて、屈折したり行きどまりになったりしている。そのようなガード下、区域的には有楽町と大手町の中間とでもいうか、やはり迷路じみた中に、すし屋とバアにはさまれた狭い間口の喫茶店があった》

今なお結構踏ん張っている昭和の景観ではなかろうか。

『百円硬貨』（「小説新潮」78年7月）に登場する相互銀行勤めの村川伴子は、微罪の発覚から人生を棒に振る。年上の妻子ある男と愛人関係になるが、妻にばれて離婚するなら3000万円出せと迫られる。銀行の金を持ち出して、新しい生活を始めようと鳥取県の片田舎へ向かう。男の妻の実家があり、待機している彼に渡すためだった。

ところが、夜行列車の車内販売の弁当を買っているうちに、百円硬貨が切れてしまい、男に電話がかけられない。早朝のため、1万円を崩す機会が来ない。倉吉線の終点山守の窓口で、近くまでの切符を買って崩そうとするが、着いた駅で替えてくれと断られる。前の客が出札窓口に置いた100円玉に手を出して騒がれ、警察が駆けつける。

東京から新幹線で新大阪まで行き、福知山線、山陰線の夜行に乗り継ぎ、倉吉で乗り換えた。倉吉線の倉吉―山守20㌔（85年廃止）は、伴子が一番乗りした。

《打吹《うつぶき》、西倉吉、小鴨《おがも》などという見知らぬ駅名が小さな車輛の窓から過ぎた。少しずつ明けてきた蒼白い中に霧のかかった山ばかりがあった。労務者たちは関金《せきがね》という駅で降りた。一人がふざけてホームからふり返り伴子に手を振って笑った。山仕事の人らしかった》

列車に乗る際、どの程度小銭が必要かを想定することは大事である。ローカルのワンマン列車を降りる時になって「1万円札しかない」と言い出す客を時に見かける。

絵画の贋作、模倣は清張作品に何度も出て来るテーマであるが、登場人物を東京から離れた場所に置くと、その秘密を探ろうとする者が列車旅をする。地方色や旅情が出て来る。

『天才画の女』（「週刊新潮」78年3月16日～10月12日）もそうした作品の一つである。

――本格的な絵を勉強したことがない降田良子は、福島県の実家で面倒を見ている傷痍軍人で脳に障害を負って幻想的な絵を描く小山政雄の作品を模写して、画壇デビューする。制作の秘密を隠すため、かえって天才と称される。彼女の絵で儲けを企む光彩堂画廊に対し、ライバルの叢芸洞支配人の小池直吉が盗作の疑惑を持つ。偵察のため隣の部屋に住まわせた男に夢中になった良子の絵は凡庸になり、天才画家の鍍金《めっき》はあっさりはげる――

良子の実家は、作中では福島県真野町と書かれており、東北線で上野から2時間半、支線に乗り換えて15分だという。中島河太郎は「三春町」のことだと指摘する（注2）。五万五千石の旧城下町で、城址の説明などを読めば確かにその通りである。磐越東線の郡山―三春11・9キロは小池によって初乗りされた。

小池は小山のルーツ探しのため大分へ空路で行く。着陸直前の機窓を描写する。

《空港は、瀬戸内海に突き出た国東《くにさき》半島の東南にある。下降する機上から見えたのだが、豊予《ほうよ》海峡をはさんで九州の鏃《やじり》のような半島（佐賀関）と四国の長槍《ながやり》のような半島（佐田岬）とが対《む》かい合い、鏃の根もとを手前にぐっと抉《えぐ》りこんで国東半島につらなるのが別府湾である。上空から見ても絵ハガキのような風景だが、空港から別府市に向かう海岸沿いの道路もなかなかの佳景である。小池は初めてなのでタクシーの窓から見惚《みと》れた。おりから夕日が西の山脈の上に落ちかけ、別府湾は朱に輝いていた。なんという名か富士山に似たかたちの山がある》

正確な描写が美しさにつながっている好例である。富士に似た山は、由布岳だ。

『**骨壺の風景**』（「新潮」80年2月）は、『半生の記』とセットで読まれるべきものだろうか。父方の祖母カネに対する思い出であり、遺骨を長年置き去りにしていたことへの済まなさも滲み出ている。父の養母なので、血縁関係はない。だが、貧乏をともにした絆は深い。清張は飛行機で福岡まで飛び、山陽新幹線で博多―小倉67・2キロと小倉―新下関19キロに自ら一番乗りした。トンネルが多い山陽新幹線が登場する作品はほかにない。

《関門海峡の突端、門司側の和布刈神社のあたりに立って真向いの壇ノ浦側を注意して眺めると、すぐ背後の山の斜面の一部が色違いになっているのが分る。山の色が違うのは山崩れのあとに植林したからである。

山崩れの前まで兼吉とカネはその壇ノ浦で餅屋をしていた。兼吉は私が三歳くらいのときに死んだので、この祖父に記憶はない。餅は祖母と母とでつくっていた》

《私は新下関駅からタクシーをたのんだ。旧壇ノ浦に立ったときは小雨が降っていた。下関から長府方面へ延びる海岸沿いの国道9号線は四車線の広い道幅で、火ノ山と海峡とに挟まれている。旧道はこの国道の半分にも足りなかった。（略）

今は空に関門自動車道の大橋があって、のしかかるように下の街道を圧迫している》

『**不運な名前**』（「オール讀物」81年2月）は、明治一〇年代、政商の藤田組が起こしたとされる贋札事件で有罪となり、北海道の樺戸《かばと》集治監《しゅうじかん》で亡くなった熊坂長庵を調べるルポライター安田の旅行記である。安田は清張の分身と見てとれるが、熊坂長庵は冤罪であり、長州の井上馨が黒幕であったとの思いを強める。石狩川に沿った月形町にある集治監跡の資料館に来て、熊坂と同郷で彼の無罪を訴える神奈川県の伊田平太郎や事件当時の紙幣寮の女工監督の遠縁筋にあたる神岡麻子と会い、意見を交わす。元福岡藩士で初代典獄だった月形潔の明治期官僚として不遇な生き方も話題になる。

監獄横を流れる石狩川を見て、熊坂は相模川、月形は遠賀川、それぞれの故郷の川に似ていると思ったことであろう、と締める。歴史の彼方に埋もれかかった人々を、1世紀後にも忘れない庶民がいる。清張の言いたいことではないか。

安田は取材を済ませた後、札沼線で新十津川へ行き、バスに乗り換え、滝川に向かった。石狩月形—新十津川30・2キロが彼の一番乗りになる。

《月形駅のホームに立って安田は町のほうを眺めた。（略）いかにも穀倉地帯の集散地にふさわしい米穀倉庫の切妻《きりづま》の高い屋根が、密集した住宅街の上にならんで見える》

《さっぴない、おそきない、さってき、しもとっぷ、など札沼線の駅名を読みながら安田は、白頭短軀の前高校校長伊田平太郎と、上背があって眼が細く頸の長い、神岡とのみ告げる青いコートの女を思い出していた。夕闇の中にうら寒い雨催《あまもよ》いの風景が窓につづいていた》

かな書きの駅名は、それぞれ札比内、晩生内、札的、下徳富である。

札沼線の起点札幌から北海道医療大学までは、電化された都市圏路線だが、石狩月形の先、浦臼—新十津川間は今、1日1往復しかない。乗りつぶし困難線区の代表である。2

012年夏、無人の新十津川駅を訪れた。地元の人によってきれいに清掃されており、彩り豊かな花壇に心癒された。「内地から来られたのですか」と声をかけられた。

積み荷の中から我が死体

『渇いた配色』は、61年4月から62年12月まで「週刊公論」、次いで「小説中央公論」に掲載されたのち、82年11月に加筆して『**死の発送**』と改題され、カドカワノベルズ版として出版された。トリックは、ミステリー全盛期の切れがある。

――公金を使い込んだ元N省官吏岡瀬正平が出所した。まだ1億円を隠していると見た夕刊紙の編集長山崎治郎は記者の底井武八に取材を命じる。岡瀬は1億円を元代議士立山寅平に貸し、その借用書を隠しており、無効としたい元代議士に近い調教師西田孫吉に殺害される。山崎も郡山の北、五百川《ごひやくがわ》駅近くでジュラルミンのトランクに詰められた死体となって見つかる。ところが、その直前に山崎自身がトランクを田端駅で預けており、その謎解きが話の本線となる。

西田は山崎と東北線の夜行に乗った際、荷重調整用の砂などを詰め、山崎の体重と同じにしたトランクを山崎に荷物として駅で預けさせ、途中駅で自らが受け取るようにする。一方、同じ荷札を付けた空トランクを前後して走る貨物列車の家畜車の中に用意、人気馬を見せると言って誘い出して殺害、空トランクに詰め、五百川駅で捨てた。砂が入ったトランクは福島競馬場に運んだ。西田は、自分が旅客列車にばかり乗っていたかのようなアリバイを作る――

これも、「時間差型」と呼べる殺人行である。

登場人物は競馬関係者が多く、東京、福島の両競馬場への往来が激しい。底井が東京競馬場へ行ったある日のルートは中央線に乗った後、支線で国分寺から府中へ向かうものだった。当時は下河原線と呼ばれる中央線支線があり、府中とは東京競馬場前のことに違いない。底井は5・6キロを一番乗りした。この区間は73年の武蔵野線西国分寺―府中本町開通で廃線になった。加筆の際、61、62年ごろの線路地図をそのまま引きずったのだろう。

別の日は新宿から京王線で行った。布田までは、『不安な演奏』の宮脇平助が何度も行っており、布田―東府中5・5キロと東府中―府中競馬正門前0・9キロが底井の初乗りとなる。

既に紹介した『告訴せず』がそうだが、清張は晩年に向けて企業や投機市場を舞台にした作品を数多く書くようになった。金、女、犯罪が絡むストーリーと同時に、難しい取引システムを解説風にかみ砕くように書いた。経済成長は爛熟し、モラルの荒廃が目立つようになった時代を先取りしている。**『彩り河』**（「週刊文春」81年5月28日～83年3月10日）では、普通銀行化を目指す一方、消費者金融を法的に認知された存在とし、そこを貸出先にしたい相互銀行業界の思惑が背景として描かれる。

――昭明相互銀行社長の下田忠雄は、クリスチャンとしての信仰を経営の理念に掲げながらもライバルを蹴落とし、愛人でナイトクラブのママ山口和子も疎ましくなれば裏世界を使って殺害する男だ。この相互銀行によって倒産に追い込まれた二流商社の昔の重役井川正治郎は、かつての愛人和子の行方を追ううち下田の存在に気付く。同様に企業情報誌の契約記者である山越貞一も真相を追うが、逆に殺される。井川は、下田を親の敵と思う元相銀副社長の息子である田中譲二と協力して復讐を果たす――

山越殺害の関係者には銀座のクラブが一枚絡んでいると見た井川は、偵察に行く際新宿から地下鉄に乗り、銀座で降りた。営団丸ノ内線は『球形の荒野』の野上久美子が霞ケ関まで通勤で乗っており、霞ケ関―銀座1キロが初乗りである。山越が下北沢に住む取材協力者を訪ねる場面がある。

《世田谷区下北沢駅前通りの発展は急速だった。ここは小田急線と京王井の頭線とが交差している。いうまでもなく小田急線は新宿・小田原、江ノ島間、井の頭線は渋谷・吉祥寺間である。どちらも都内一、二の繁華な巷《ちまた》と沿線のひろいベッドタウンとを結んでいる。乗換駅の機能は、以前は勤め人たちがここでいったん下車して帰路の前の一杯の楽しみを駅前の飲み屋で過したものだが、沿線人口の急増は、赤提灯式の飲み屋をキャバレーやバーの集中に変らせ、夕方になると原宿・六本木族が流れこんだかと思われるくらい「若者の街」の様相を呈してきた。通りの商店街も賑やかな店頭となった》

83年12月と84年1月の「文藝春秋」に出た『**南半球の倒三角**』は、インドが舞台だ。インド旅行へ行った主人公の「私」は、ベンガル湾に臨むマドラスに滞在した際、米国カリフォルニアから来た白川保雄という造園師に会う。白川は、地球上の大陸の南がことごとくとがっていることに触れ、昔、月が二つあり、その一つが地球と衝突した結果である、と力説する。科学的根拠に乏しいとは思いつつ、「私」は関心を示す。大陸移動説などが出て来る。

白川はインド大陸南端のコモリン岬を見た後、トリヴァンドラムからマドラスまで列車で来た。17時間かかったという。

『信号』は84年2・4・6の各月、「文藝春秋」に載った。広島県呉市で海運業を営む一方、中央文壇でも名の売れた穂波伍作。その文学サロンに出入りする取り巻き連中の生きざまを広島市のデパート広告部員である白石信一が見聞する。豪放磊落な穂波は、北九州市若松区で石炭荷役に従事する労働者を束ねる家に生まれた火野葦平を思わせる。作中でも昭和一三年にA氏文学賞を受賞したとあるが、『糞尿譚』の芥川賞受賞がその年だ。取り巻き連中を冷ややかに見ていた白石は、清張の芥川賞受賞後の姿に近いように見える。

昭和三五年ごろ、白石は穂波の出版記念祝賀のために呉へ列車で行く。山陽線と呉線の分岐点海田市―呉20キロが初登場区間である。

穂波に遅れて華やかに文壇デビューした七里庄兵衛は、その後伸び悩み、東京で穂波の温情にすがるが、耐えられなくなる。東久留米に居を移した。上京した白石は清瀬に行った帰り、七里を訪ねようとする。西武池袋線の清瀬―東久留米1・8キロに乗った。七里は毎晩のように池袋で飲み、終電車近くに帰って来ていた。池袋線は『溺れ谷』の大屋圭造らが池袋―練馬間を乗っており、七里の一番乗りは東久留米―練馬11・8キロになる。

《その辺は新しい住宅団地がふえていたが、まだ広い農地もあり、防風林や高い生籬《いけがき》に囲まれた改造農家も多かった。昔の畔道がつくり直されたようなせまい舗装道路を辿って行くと、（略）生籬の農家が三軒ずつ両側から対い合っていて、まん中にせまい路地があった。農家の屋根は青いペンキ塗りで、その形は昔の藁葺きであった。七里庄兵衛の家は左側の二軒目であった。防風林は松と杉だが、まわりの雑木林は紅葉していた。（略）

秋のすすむ関東平野から電車の音が遠く聞えている》

こういう風景はもはやなかろう。

『聖獣配列』（「週刊新潮」83年9月1日～85年9月19日）の主人公で銀座のクラブのマダム中上可南子は、訪日した米国大統領の一夜の相手になった際、迎賓館で密談する日米首脳の写真を撮った。それをネタに米国側から多額の金を受け取るが、スイス銀行にだまし取られ、スイスの山奥で行倒れる。欧州が舞台で、チューリッヒ郊外の小駅から湖畔の街ラパスビルまで列車に乗る。

荒唐無稽のようだが、清張はロッキード事件に刺激を受けて、国際的な秘密の金の流れに迫ろうとした、という解説もある（注3）。可南子は銀座一丁目から自宅がある市ケ谷まで営団地下鉄有楽町線4・2㌔に一番乗りした。冒頭、可南子の店が出て来る。

《銀座の雑居ビル、バアの名が階数に従ってタテにならんだ看板の四階が「クラブ・シルバー」である。開店五周年記念の内祝は去年の秋にすませた。

三月半ばの寒い風が八丁目の道路に舞う晩、時刻は九時をまわったころだが、三十八、九の背の低い小肥りの男が、その倍も丈がありそうな外人の男を連れて入ってきた。入口近くの席にいたホステスらが男客を一目見るなり、腰を浮かしておじぎをし、同時に、ママ、ママ、と奥へむけて呼んだ。

店は、奥に長く、まん中がせまい通路で、向かって左側にテーブルが一列にならび、右側は入口からトイレ、更衣室、長いカウンターの酒場となっている。これは正面窓ぎわに近いところでカギの手に折れていて、いちばん奥のテーブルとの間にできたスペースには花をのせたピアノがある。カウンターは桜材二枚継ぎの本格で、磨きこんだ飴色《あめいろ》の下から柾目《まさめ》が浮んでいた。酒瓶棚《さかびんだな》を背にしてバーテン二人が働いていた。

ならんだテーブルは八割がとこ客で占められ、この時間にしてはまずまずの活況であった。黒っぽい洋服の女が奥から立ってきて、あら、とうしろに外人を従える小肥りの男に笑みを投げた》

清張世界の鉄路乗りつぶしも、残存線区が少なくなってきた。これまでなぜか未乗だった区間が次々に登場する。『**数の風景**』は86年3月7日から87年3月27日まで「週刊朝日」

に連載された。

――不動産業者だった谷原泰夫は多額の借金を抱え、死地を求めて山陰に来た際、送電線下の補償問題を知って一儲けする。その際、地場の大企業経営者が石見銀山跡に殺人遺体を遺棄したという推測を立て、金を脅し取ろうとするが、逆に殺される。谷原に世話を受けた出版社員の夏井武二らが事件の謎解きをして、企業経営者の犯行が分かる――

谷原は大阪南港からフェリーで死出の旅に出て、別府、由布院に来る。由布院から豊後森まで久大線に乗り、25・9キロを初乗りした。この辺りは、『青春の彷徨』、『波の塔』、『不安な演奏』などに登場するのだが、乗り鉄描写がなかった。日田まで歩き、その後転々として山口県の山陰側にたどり着く。

山陰線で大田市まで東進して、石見銀山近くの宿に泊まる。途中、温泉津という駅がある。『顔』の井野良吉が愛人殺しのために降りた駅だ。温泉津―大田市20・7キロも一番乗りは谷原である。前後して、銀山の観光開発の手助けを求められた設計士板垣貞夫が空路米子入りした後、松江から大田市まで急行「おき3号」に乗る。途中、宍道までは『砂の器』の今西刑事が亀嵩行きのために乗っていたが、宍道―大田市48・3キロは板垣が初乗りした。この瞬間、長大路線の山陰線は全線踏破され、青森から下関までの日本海側は五能線の相当部分、奥羽線の一部、小浜線、越後線などを除いてつながった。

板垣が湖畔で見た景色である。

《宍道湖の上は鈍重な灰色の雲がひろがり、濃淡の斑《まだら》な縞が横に滲んでいた。いかにも雪もよいの空だが、寒そうに見えるだけで、粉雪一つちらついてなかった。湖南の道路の混雑とは違って湖の北岸は車が少なく、沿道の集落も静まり返っている。線路はどこまでも道路と並行だが、電車は一台も走ってなかった。山かげの畑に積もった雪があり、凪いだ湖面は鉛を板に溶《い》れたようだった》

谷原は送電線が走る土地を求めて江津から三江線に乗って、中国山地に入る。O町で降りたと書く。三瓶山の南西に続く山間部とあり、邑智町《おおち》（現美郷町）であると推定できる。ならば、江津―粕淵48・1キロに乗ったと見なせる。

『黒い空』（「週刊朝日」87年8月7日〜88年3月25日）に登場する山内定子は、関東管領家の血筋を引く。経営手腕を持ち、都心に住んでコンツェルンを率いる。夫善朗はハンサムだけが取り柄で、高尾で結婚式場のみ任されている。経理係の千谷規子と懇ろになるが、定子が突然式場を訪れたため、2人は誤って死なせ、式場の庭園の一画に埋めた。

やがてばれるのだが、空一面が黒いように群れるカラスが謎解きのヒントになる。武蔵野の林野を造成して霊園を作ったのがカラス増加の原因であると書き、武蔵野の姿が無秩序に変わってしまったことを批判しているように思える。定子と規子はともに管領家の流れを汲むのだが、管領家も内部抗争があり、その怨念が現代にも残っているというのが、清張らしい。史実「河越野戦」を面白く紹介している。

規子は証拠隠滅のため、朝の京王線を往復する。

《「明大前」駅に到着したのが七時二十九分であった。井の頭線乗換え。乗客の半分以上がここで降りる。ホームの階段を下りて井の頭線で渋谷に向かう。渋谷からは銀座線が出ている。

規子は乗換えの降車客の波に揉まれて階段を下りた。井の頭線の下り吉祥寺方面行きのホームへ行く。渋谷行きは線路をはさんだ向う側で、上りを待つ乗客の群れが溢《あふ》れている。

こっちのホームに花屋があった。素早く帽子を脱《と》った規子は、その隣りのトイレに入った。

中で、コートをとった。スカーフを頸《くび》から外す。ライトブラウンのワンピースを脱いだ。こうして紺色のツーピース姿の自分に戻った。

ツバ広帽子を二つに折り、定子のワンピースと、スカーフをポケットに押しこんだコートをたたんで、ワニ革のハンドバッグといっしょに広い風呂敷に包んだ。風呂敷は、そのつもりで会館の部屋から持ってきた。この操作に五分かかった。

トイレを出た。ホームの客は彼女を見なかった。上下線とも電車が頻繁に入ってきて、人々の眼と足はそれに奪われている。

規子はふたたび階段をあがった。顔をうつむきかげんにし、わき見をしなかった。

階段につづくトンネルの通路をまっすぐに奥へ行くと、つきあたりにコインロッカーがあった。その場所は前から知っていた。

ロッカーの棚は三十個ある。五段で六列だ。通路に沿ったその傍らにはパン屋とＤＰ店があり、店員が店先にちらちら動いていた。規子はそれには目もくれず、「８番」にコインを入れ、蓋をひらいた。すぐに風呂敷包みを押しこむ。躊躇のない、いかにも自然な動作であった。カギをスーツのポケットに入れた。むき直ったが、だれも彼女を見ていなかった。三分で終った。
さらに上の階段をあがった。府中・八王子・高尾方面行きのホームだ。二分と待たないうちに「急行」がきた。
七時五十分発の下り電車は空いていた》

明大前駅の描写が詳しいが、売店は相当入れ替わった。東京の多くの人が利用する駅で登場人物に犯罪を行わせるトリックの冴えとリアルな筆は、少しも衰えていない。

定子は高尾の式場に行く際、新宿から京王線の各駅停車に乗って高尾まで行く。京王線は、多くの作品で部分的に乗りつぶされていたが、ようやく東から西の端までほぼ完乗に至る。定子が初乗りしたのは、東府中―府中１・５キロ、聖蹟桜ヶ丘―北野９・８キロ、京王高尾線北野―高尾６・９キロである。なぜ、高尾特快に乗らなかったのだろうか、との疑問が残る。

『一九五二年日航機「撃墜」事件』は、92年４月に角川書店から書下ろしとして出版された。山前譲の角川文庫版解説によると、52年に起きた墜落事故について、清張は『「もく星」号遭難事件』（60年）、『風の息』（72〜73年）の2作を書いていたが、71年の岩手県雫《しずく》石《いし》上空で起きた全日空機と自衛隊機衝突を受けて、『風の息』を全面的に改作したのだという。過去2作も、日本の空を支配していた米軍側の管制ミス、米軍機の関与という指摘をしていたが、3作目では米軍演習機による銃撃が旅客機に向けられていた、という推論が色濃く出ている。

死亡した女性乗客の烏丸小路万里子（仮名）がなぜ乗り合わせたのか、どのような経歴の女性かというテーマが物語風に展開される。

事故後10年が過ぎ、食品会社の宣伝雑誌編集長下坂孝一とR新聞社の嘱託である老評論家岸井善太郎が追う。この女性は宝石デザイナーと称していたが、実は米軍人が絡む宝石密売関係者であると推理する。終戦後の世を生きるためオンリーになった先に悲運が待っていた。戦後を生きる女性の悲劇という点で、『ゼロの焦点』の室田佐知子を思わせる。

下坂は万里子の墓を探しに成田へ行く。千葉まで行き、乗り換えたとある。成田線の佐倉—成田13・1キロは、『渦』で登場した調査員婦人の居住地の先であり、初乗りになる。

《千葉で乗り換え、総武線の佐倉を過ぎるあたりから雨が落ちてきた。成田駅におりたときは激しい雨となっていた。四月初めだが寒かった。

駅前で聞くと、宗吾霊堂はここから二里ばかり西南の公津《こうづ》村下方《しもかた》にあるという。下坂はタクシーを傭った。

田舎道を一時間近く走った。左右は平野で雑木林がつづいた》

セピア色の関東平野

『**神々の乱心**』は未完の大作である。90年3月29日から92年5月21日まで、「週刊文春」に連載された。終わって間もない昭和時代を広く、深くとらえようという執筆意図が感じられる。鉄道の登場のさせ方が、セピア色を深めているように思える。

——埼玉県梅広町（仮名、実際は東松山市か）に本拠を置く宗教団体的組織で降霊術の「月辰会研究所」は、国や軍の阿片による資金作りに関わった平田有信会長（別名秋元伍一や横倉健児）が、大本教を手本に立ち上げた。不審の目を向けるのは埼玉県警察部の特高課係長吉屋謙介と、信心する女官掌侍《ないじ》深町（萩園彰子）の弟で子爵家の次男萩園泰之であった。33（昭和八）年、吉屋は月辰会に出入りした深町の使いを職質して、自殺に追い込んだことがきっかけで捜査に乗り出す。萩園は月辰会と宮中関係者との間に何かあると感じた。

平田が麻薬密売で使った男たちは、会の繁盛ぶりを聞きつけて脅しにきたが、逆に殺害される。会のご神体ともいえる鏡の盗掘品故買の骨董商も殺された。渡良瀬遊水池や埼玉県の横穴古墳で見つかる。満州での麻薬密売が発端であることが分かる——

職質を受けた北村幸子は、会から深町女官あての書簡を持っていたため、解放され、電車で帰った。東武東上線の池袋—東松山49・9キロを往復したと考えて間違いあるまい。

北村幸子は故郷の奈良県吉野で入水自殺し、吉屋はその真相を知ろうとして、萩園は姉の依頼を受けて、それぞれ葬儀へ行き、挨拶をする。吉屋は「自分は群馬県下仁田の小学校教頭である」と自己紹介するが、不自然と見た萩園は下仁田まで行って嘘と確認する。

上信電鉄の高崎―下仁田33・7キロに乗る。街の様子が昭和初期を映している。

《山間盆地の町である。中心地は駅前通りからはじまって、山に突き当る。

山の斜面は段々畑だが、栽培しているのを見れば麦でも野菜でもない。桑でもない。豆の葉にしては丈が高いのがならんでいる。

旧い町だとは、通りを少し歩いただけでわかった。往時の中山道の脇街道。屋根の向うに妙義山の突兀《とっこつ》とした山容が遠望できた。昔から近在の物資の集散地だが、桐生、伊勢崎、足利の絹織物の不況はここから遠いとしても、隣り町の富岡の紡績が火の消えたようになっている。土産物店の前にならんでいるのは人形でも菓子でもない。コンニャクばかりだった。そのほかは椎茸がある。さっき山の段々畑に見た作物はコンニャクの葉だった》

萩園は旧い新聞を調べ、大正天皇の病が重くなる時期、宮中女官の間で宗教熱が高まる一方、旧満州で日本政府の出先の幹部がかかわる阿片密輸事件が摘発されたことを知る。直接の関係は見えないが、阿片密輸の関係者の妻川崎春子を訪ねて広島県三次まで行く。

山陽線の福山駅で降りた後、福塩南線で府中まで行き、タクシーで山あいを抜け、福塩北線吉舎《きさ》―塩町10・7キロに乗った。南北の福塩線が全通したのは38（昭和一三）年であり、考証にも抜かりがない。福塩南線部分は『古本』の作家長府敦治が既に乗っている。

渡良瀬遊水地の第1の遺体は、秋元の元手下で南紀白浜の農園主津島久吉なのだが、身元がなかなか割れなかった。浅草の木炭問屋の支配人が紀州の産地に行く時に持って行った東京の新聞がきっかけで分かった。支配人には名前が与えられていないが、備長炭のことが丁寧に書かれ、通行人Aというわけではない。紀勢線の南部—白浜19・1㌔に乗った。

渡良瀬遊水池で第2の殺人死体が見つかった。同じ日、吉屋は浦和から東北線で古河、萩園は東武伊勢崎・日光線で藤岡まで行き、池のほとりで再会する。作中人物を同じ場所へ違う列車で行かせる手法は、『顔』や『点と線』でも見られたが、サスペンス感を高める効果がある。2人は互いの手の内を明かさぬまま別れる。

吉屋は萩園と別れた後、東武伊勢崎線館林—羽生8・4㌔に初乗りする。埼玉県警察部の捜査本部へ行くためだった。

東京市電もセピア色効果を高めている。北村の兄は妹の死の背景が宮中にあると思い、萩園に相談に来る。その際、渋谷から南青山一丁目まで乗るが、萩園は不在。連絡のあった日比谷まで乗る。別の日、萩園は皇居に姉を訪ね、坂下門から出た後、東京会館で昼食をとり、図書館で調べ物がしたくなり、内幸町まで乗る。

舞台は22（大正一一）年、旧満州の奉天（現瀋陽）へ遡り、平田は横倉健児と名乗る銃砲店主として登場する。元海軍少佐で大本教を信仰する宇野陽太郎から宗教団体の動かし方を学ぶ。商売になると見たのか、大本教の「お筆先」に相当するような霊感を持つ女性を探しに北へ進む。

奉天から長春へ南満州鉄道で行き、乗り換えて吉林まで行く。いずれも初乗りである。泊まった旅館の女中坂下キクが案内に協力的だった。吉林―長春間にある九臺という町で、お筆先に似た降霊術を持つ江森静子と会い、男女の契りをして、日本に連れて帰る。

月辰会の存在が作中で大きくなる中、吉見百穴近くでの遺棄死体を見るため、吉屋は浦和から大宮へ行き、川越線大宮―川越16・1キロに一番乗りする。東武線で現場へ行き、タクシーで羽生へ移動する。室町将軍の末裔で、高級女官だった足利千代子を訪ねて、佐野まで東武佐野線で行く。館林―佐野11・5キロが初乗りになる。

荒川、利根川の渡河が描写されている。

《関東平野がひらけてきた。桑畑がつづく。茶畑が見える。狭山茶の延長であった。

三キロも走ると、大きな川に出た。高い川土堤を往還へ上下する小道がついていた。その小道を降りてくる二台の馬車があった。馬が挽いているのはまわりに板囲いをつけた荷車だった。砂利を積んでいるのだ。

川は荒川である。このへんの川幅は三十メートルくらい。

橋を渡る。車窓から見下ろすと川の中に中洲ができていて葦が生い繁っていた。葦のないところが川敷の砂利や礫石《れきせき》のひろがりであった。そこに馬車がとまっていて、三人が砂利を掘っていた。

橋を渡りきると、鴻巣である。その鴻巣街道にも砂利運びの馬車が悠々と歩いていた》

《このあたりを上利根（上流から栗橋までが上利根、栗橋から布川《ふかわ》までが中利根）といっているが、さすがに音に聞えた坂東太郎《ばんどう》で、中流でも川幅は五百数十メートルもある。車窓から覗くと中洲がとびとびにあって、葦が茂っている。その葦にも初秋の色があった。上流にはもっと中洲が多いのを埼玉県警察部の吉屋は知っている。利根川にくらべると荒川はずっと狭い》

川砂利採取が規制され、護岸改修が進んだ今、このような風景があるのか分からない。昭和三〇年代には見られたのではないか。

吉林の旅館で横倉の世話をした坂下キクは、広島にいる川崎春子の妹だった。病気の姉を見舞うため、咸興《ハムフン》港から船便で敦賀に来る。

宇野陽太郎は、張作霖の護衛を頼まれたが、奉天郊外で関東軍の手によってなされた列車爆破事件に巻き込まれて命を落とす。宇野は錦州から乗っていた。

戦時色が濃くなる描写が多いのだが、吉屋が見た橿原神宮前駅での風景を紹介する。

《ホームに降りると吉野線の下り側に、軍服の一群が整列していた。上等兵の肩章だが、兵卒ではなく、幅広の帯革《たいかく》（ベルト）を締め、留金《とめがね》（バックル）は円形で、旭日章を中心に桜模様のふちどりがあった。それを釦（ボタン）の掛け目の筋にきっちりと当てるのが作法らしい。吉屋も東京で見かけたことのある陸軍士官学校の生徒であった。長靴《ちょうか》をはいた六十人ばかりの生徒たちが二列にならび、「休め」の姿勢をとっていた。かれらはきれいに折りたたんだ外被《がいひ》（コート）を片手にし、同じ規格の旅行鞄を足もとに置いていた。
列の右に、すこし離れて、大尉の肩章を付けた引率の将校が手をうしろに組んで立っていた。生徒たちの凜々しい姿はホームで上下線の電車待ちの人々の眼を集めるに充分だった。まだ幼な顔が残っている生徒たちは「休め」の姿勢でも私語一つせず、わき目も振らなかった。各自が瞳を正面の一点に向けていて、まるでそこに射撃場の標的があるかのようだった。周囲にどんな叫び声が起ろうと、命令がない限りふりむくことはできないみたいだった》

吉屋は、伏見の桃山御陵、橿原神宮、吉野神宮、後醍醐天皇陵を参拝する途中なのだろうと見る。満州事変や満州国建国宣言などがあり、精神教育をたたきこむためなのだと合点する。戦争を予兆させる風景は作中に数多く、栃木県では満州へ移る農業移民団の壮行ムードが高まっていた。坂下キクが帰国した時、満州国皇帝の来日に向けた時期だったので、敦賀では憲兵らによる厳しい検問を受けた。

首都圏中心部の私鉄初乗りも終わりを迎えた。地図東1（資料編309ページ）で清張鉄道の広がりを確認してもらいたい。

北への回廊

最後の旅を迎えた。『対曲線』（『犯罪の回送』に改題）は62年1月から63年1月にかけて

「小説新潮」に連載された後改稿され、死去の翌月92年9月、角川書店から出版された。

――北海道北浦市長の春田英雄は、東京への陳情活動中に行方不明になり、日野市で絞殺死体となって見つかる。東京に泊まったと見せかけて飛行機で北海道に帰り、妻美知子と春田の弟雄次の不倫現場を押さえようとするが、逆に殺害される。遺体は酒樽に積み込まれて東京に逆送されるが、それを受け取って遺棄したのは反市長派の市議早川準二だった。弟雄次と早川は昔、春田の前夫人登志子を争った仲で、雄次が登志子をいとしさ余って殺して海に捨て、早川も手伝った。市長が進める港湾開発工事が進むと、遺体発見につながるので早川は開発に反対していた。早川も雄次に殺される――

北浦は架空の都市だが、限りなく苫小牧市をイメージさせる。既存の港があるが、企業誘致につながる新港を建設しようというのは、苫東《とまとう》開発を連想させる。市郊外には湖沼が多い。美知子と雄次の不倫の場は、苫小牧が分岐点である日高線の終着駅の様似であった。

書き直し版の時代設定がいつなのか書かれていないが、東北新幹線が盛岡終点である。盛岡開業（1982年）と八戸延伸（2002年）の間ということになる。さらに、北海道から上野までの寝台特急が走っており、青函トンネル開通（1988年）以降でもある。死去の92年まで、4年の間の出来事となる。

東京と九州の間で空陸2つのルートを巧みに使ったトリックは、『点と線』、『危険な斜面』（59年）、『時間の習俗』にあった。『犯罪の回送』では、東京と往来するのが北海道に変り、鉄路が寝台と新幹線の2通りとなる。二〇世紀末の短い期間の3ルート並行を登場させて、人々がどのように使い分けたかを書いたのはフィクションとは言え、貴重な記録となっている。時代の特徴をすくい上げる清張の筆を感じる。

春田は東京出張の際、市議らとともに寝台特急「北斗星2号」に乗った。東室蘭を過ぎて食堂車に行ったというから、苫小牧乗車とする根拠にもなる。長万部で函館線に入る。室蘭線の苫小牧―長万部135・2キロが初乗りされた。列車は函館到着後、1駅戻って五稜郭から江差線の五稜郭―木古内《きこない》37・8キロ、海峡線の木古内―中小国87・8キロ、津軽線中小国―青森31・4キロを次々に一番乗りする。2016年3月の北海道新幹線開業で、江差線は第3セクターの道南いさりび鉄道と名を変えた。旅客鉄道としての海峡線は北海道新幹線によって消えた。

江差線とは元々、五稜郭から木古内を経て日本海側の港町江差を結んでいたのだが、木古内―江差42・1は、2014年に廃線となった。緑と清流の山地を越えると、上ノ国《かみのくに》駅から日本海が見えて来る。

春田の失踪後、同道の市議らはいったん帰郷することになり、上野発17時06分の「やまびこ53号」に乗る。市長殺害の連絡を受けて、新花巻から上野へUターンする。新花巻着が20時15分で、「やまびこ58号」は20時18分発だった。上野を夕刻に発って岩手県まで行き、その夜のうちに帰京する。以前の東北旅行の通念を打ち破る行程である。東北新幹線の上野―新花巻496・4キロが初踏破された。

警視庁は青木、岡本の2刑事を北浦市に派遣する。夕方発の新幹線で盛岡まで行き、在来線特急に乗り継ぎ、青森にたどり着く。夜行急行「はまなす」で未明に北浦市に着く。新花巻―盛岡35・3キロが清張鉄道の初乗り旅行の打ち止めになる。

《田代は、午後五時六分に上野駅を発つ東北新幹線「やまびこ53号」に青木と岡本を見送った。これに乗れば盛岡着が午後八時二十八分、「はつかり25号」に乗り継ぎ、青森着は、午後十時五十八分。青森発午後十一時八分の夜行急行「はまなす」で、翌朝五時すぎには北浦市に着く。（略）

地下二十二番線ホームから列車の赤い尾灯《テール》が暗闇の奥に小さく消えたのを見送ったあと、田代は人混みの中に混って歩いた。地上に出ると在来線の各ホームは折から帰りの通勤客でごった返している》

この時代、東京から北海道の札幌へ鉄道で行く場合、在来線の寝台特急で行くより新幹線を使った方が早いのだが、２度の乗り換えは煩わしく、疲れたであろう。寝台特急はそうした旅行客へのサービスを目指したのだろうが、やはり時間がかかり過ぎる。結果的に飛行機利用を促す結果になった。

初乗り距離は、旧国鉄とＪＲが１万２０７２・９キロ、私鉄が１４７８・９キロに達した。合計は１万３５５１・８キロになる。地図８が清張鉄道の旧国鉄・ＪＲの全路線図ということになる。

注1　元データは、一般財団法人運輸政策研究機構「都市交通年報」。
注2　新潮文庫『天才画の女』の解説。
注3　文春文庫『聖獣配列』の解説で、元ＮＨＫ記者手嶋龍一が書いた。

地図8　第8章に登場した初乗り区間

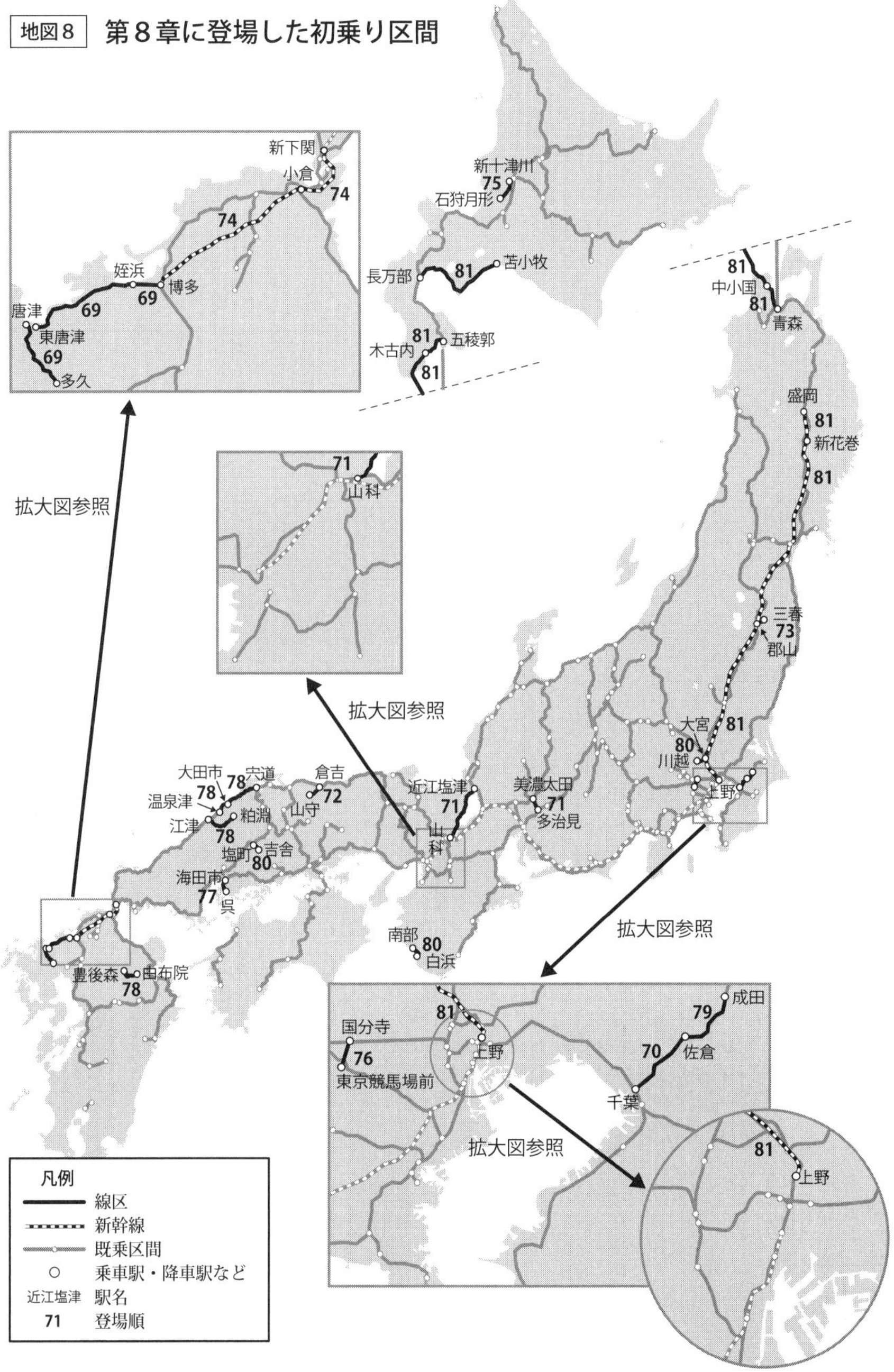

鉄路は果てても

私は前書きの中で、新聞記者的図々しさをあらわにし、「乗り鉄場面が出て来そうな作品320編を読んだ」と書いた。松本清張の小説は約450編とされる。そのうち約100編は時代小説である。『恋情』『啾啾吟』のように、江戸時代から明治中期以降に至る流れの作品もある。『西郷札』以外に乗り鉄は登場しないというのが私の見方なのだが、あるいは間違っているかもしれない。

350編は読むべきだったが、刊行されたかどうかも分からず、入手できなかった本がある。SFものは除外した。困惑したのは、ノンフィクションかどうか、境界線がはっきりしない作品と外国を舞台にした作品である。私は早めにチェックを放棄したが、そうしてよかったのか、読まないことには分からない。一番気になる点だ。

言い訳は用意している。広く、高く、深い清張山脈を探検する際、拙速で分かったような論を立てるのは、かえって危険なことではないか。私は第2次調査として残余の分をチェックしたいと思う。ただ、『小説帝銀事件』の例を挙げたい。平沢貞通元死刑囚が小樽から上野まで護送されたことや、事件直前に東京から池袋まで山手線内回りに乗ったことなどが書かれているが、これが清張世界の乗り鉄と言えるのか、やや分類に困る例である。清張世界を線引きするのは、丸い地球の姿を平面の地図に落とすような困難が伴う。

清張作品から初乗り部分を抽出する意味と意義も説明しえたかどうか。本文中で、初乗りは初期の作品に偏して登場する理由を書いた。時代が下ると、作中で乗り鉄部分があっても初乗りでなければ、いわゆる既乗区間であれば、カウントしなかった。その辺りの偏差を補足的に論じたい。

表5は、私が読んだ作品を年次別に分けて、①初乗りが出て来る②既乗区間だけが書かれている④鉄道乗車場面が全く出てこない、という3種類に分けて作品数を書き出したものである。①②に該当しないが、外国の線区に乗ったものは、③外国で初乗りとしてカウントした。①〜④を合せると、320編になる。

表5　年次別の鉄道乗車場面の有無

年次	初乗りあり①	既乗のみ②	外国で初乗り③	鉄道なし④	計	乗り鉄作品率%
51	1	0		1	2	50
52	2	0		0	2	100
53	1	0		4	5	20
54	5	1		1	7	85
55	3	0	2	4	9	55
56	4	0	1	9	14	35
57	5	2		8	15	46
58	6	3		9	18	50
59	3	3		10	16	37
60	8	4		5	17	70
61	10	2		12	24	50
62	6	4		4	14	71
63	6	8		6	20	70
64	1	3		4	8	50
65	6	0		2	8	75
66	2	4		6	12	50
67	5	9		10	24	58
68	2	2		5	9	44
69	1	3	1	8	13	38
70	0	2		6	8	25
71	1	2		6	9	33
72	3	0		4	7	42
73	1	0		2	3	33
74	1	1	1	0	3	100
75	0	1		3	4	25
76	1	1		0	2	100
77	2	0		2	4	50
78	3	0		7	10	30
79	0	1		3	4	25
80	1	1		0	2	100
81	1	1		0	2	100
82	1	0		2	3	33
83	1	1		0	2	100
84	1	0	1	1	3	33
85	1	0		1	2	50
86	0	0		0	0	—
87	1	0		1	2	50
88	1	0		1	2	50
89	0	0		1	1	0
90	0	0		4	4	0
91	0	3		0	3	100
92	3	0		0	3	100
計	100	62	6	152	320	52.5

興味深いのは、鉄道場面がある作品と、ない作品がほぼ半数ずつであることだ。熱心な

清張ファンであれば、現代ものを読み進めながら感じ取っていることかもしれない。また、年次によって乗り鉄小説の数と率が上下していることである。この理由は少しこじつけができる。

第1章で紹介した『私の小説作法』の中で、清張は「交換作業」という言葉を使っている。

《私の場合、一つのものを長くつづけてやれないという意味である。極端な例でいうと、現代小説と歴史小説とを交互に進行して書いたほうがどちらにも新鮮さを感じて、自分の体質には向くようである。だれにでもすすめられる作法ではない》

鉄道乗車のある作品を書くことに力が入る時期が、周期的に訪れたのもそのせいかもしれない。

作品中に現れた旧国鉄とJRの初乗り区間距離、既乗区間距離それぞれのトップ30作品を、表6、表7として示す。乗り鉄場面が多いからと言って、文学性が高いとは限らない。しかし、長々分析してきたように、鉄道を使って文学性、時代性を吹き込んだ作品は多数ある。初乗り、既乗のいずれでも上位に入る作品にはそれが特に感じられる。『点と線』、『ゼロの焦点』、『砂の器』を高く評価する理由でもある。初乗りに焦点を絞って作品を分析することで、清張文学の理解に迫る一つのルートになりうるという愚見を重ねて強調したい。

意味ある文学的旅であった、と自負することを書く。路線図が広がっていく地図を作り

表6　初乗り区間距離の上位30（旧国鉄・JRのみ）

	作品名	年次	キロ数
1	蒼い描点	59年	1154.8
2	火の記憶	52年	1135.6
3	犯罪の回送	92年	823.9
4	点と線	58年	795.7
5	白い闇	57年	750.3
6	葦の浮船	67年	739.4
7	砂の器	61年	690.6
8	ゼロの焦点	60年	519.6
9	眼の壁	57年	362.2
10	金環食	61年	312.7
11	わるいやつら	61年	295.4
12	不安な演奏	61年	290.2
13	Dの複合	68年	262.5
14	顔	56年	238.6
15	ひとり旅	54年	220.4
16	父系の指	55年	190.9
17	落差	62年	187.4
18	二重葉脈	67年	146.5
19	数の風景	82年	143
20	表象詩人	72年	140.4
21	青春の彷徨	53年	132.6
22	影の地帯	60年	119.8
23	地方紙を買う女	57年	119.6
24	万葉翡翠	61年	117
25	断碑	54年	108.7
26	草の陰刻	65年	103.2
27	殺人行おくのほそ道	65年	100.7
28	影	63年	98.7
29	状況曲線	78年	91.9
30	人間水域	63年	90.2

表7　既乗区間距離の上位30（旧国鉄・JRのみ）

	作品名	年次	キロ数
1	点と線	58年	6307.2
2	時間の習俗	62年	5699.4
3	砂の器	61年	5102.1
4	神々の乱心	92年	4491.2
5	不安な演奏	61年	4336.8
6	混声の森	68年	4073.9
7	犯罪の回送	92年	4000.5
8	火の路	74年	3595.2
9	二重葉脈	67年	3548.6
10	死の発送	82年	3448.6
11	屈折回路	65年	3303.6
12	統監	66年	3276.6
13	波の塔	60年	3212.6
14	ゼロの焦点	60年	3080.7
15	Dの複合	68年	2949.8
16	殺人行おくのほそ道	65年	2814.1
17	顔	56年	2776.1
18	眼の壁	57年	2650
19	断線	64年	2500.6
20	連環	62年	2469.2
21	紐	59年	2319.5
22	花実のない森	63年	2303.2
23	真贋の森	58年	2294.4
24	彩霧	63年	2280
25	黄色い風土	60年	2215.6
26	わるいやつら	61年	2104.3
27	絵はがきの少女	59年	2073.5
28	遠い接近	72年	1990.5
29	半生の記	65年	1961.6
30	落差	62年	1939.2

ながら気づいたのだが、清張の鉄道世界には三つの聖地があると思う。「中国山地」、「信州」、「武蔵野」を挙げたい。「中国山地」の鉄道を『父系の指』で初登場させた後、清張は繰り返し登場人物を送り込む。清張にとって、父峯太郎がなぜ出奔してどのような青春時代を送ったのか、永年のテーマだったと考える。父を投射した人物が繰り返し出て来る。故郷の伯備線だけでなく、木次線や三江線にも乗せた。研究では触れなかったが、最晩年の『夜が怕《こわ》い』（91年）も父親への尽きぬ思いが語られる。父がなぜ貧しかっ

たのか。最期まで考え続けたのではないか。清張として結論が出たわけではあるまい。だが、父親を寛容に見るトーンが強まり、「親父さん、あんたも貧しかったが、ぼくも貧しさを克服して生きてきたよ」とでも語りかけているように思う。この中国山地が、ＪＲ廃線の危機にさらされている地域の一つであり、故郷喪失につながることを知ったら、清張はどう思うことか。

「信州」は、九州から東京へ移り住んだ直後に上諏訪を訪れた体験が大きい。『湖畔の人』以降、相当数の作品が諏訪湖周辺を舞台にしている。第3、第4章末尾の地図を再確認してもらいたい。私もそうなのだが、九州の人間が信濃路の旅をすると、山河の造りの大きさに感動を覚える。第2章末尾の地図で分かるように、『白い闇』のころには、東北への関心も高かったのだろう。だが、結果的に信州に厚く、東北に薄い作品展開となった。超多忙な執筆生活の中、東北をゆっくり見聞する機会が少なかったのかもしれない。三陸海岸や会津盆地など清張の筆なら自在に描けたのに、と少し残念である。信州を書き尽した後、甲州ものが多くなったのも時間の制約故だろうか。

「武蔵野」については新たな言葉を費やすことはなかろう。15年秋、私は武蔵野の各地を歩いた。作品世界がどんどん消えていく。どうすべきなのか、私が物申せる筋合いではないが、焦燥を感じてならない。

東京と地方が対極として語られることが多い時代である。２０２０年五輪が象徴的だが、東京には富と情報が集まる。一方、原発事故被災地や沖縄に代表されるが、地方はそれらを搾り取られているというより、生命を維持して行く条件さえ踏みつけられるような状況がある。車窓から瞥見するだけでも一端は分かる。

駅前商店街は県庁所在地も含めてシャッター街化が進む。特に、昭和時代には工業、港湾都市として栄えた県内第2、第3の街が厳しい。生産拠点が外国に行ったのか、利益最重視の産業技術が地方の工場を無用にしたのか、あるいは物流の形態が変わってしまったのか。深夜未明にも飲食店の賑わいに触れられる24時間勤務の街。そうした都市が持つ猥雑な魅力は、急激に姿を消した。

不思議なのは、農村の風景である。車窓から人は見えず、車ばかりだ、とは本書の中でも書いた。それでも田植えと稲刈りは確実に行われている。鳥取市から岡山県津山市に抜ける因美線の物見峠は、山陰・山陽の風土の違いを実感でき、かつ沿線の集落が限界化したことを直視させられる地点である。だが、田植えのころになると、谷間の奥まで見事に苗が植えられていた。米作を止めない人々とそれを可能とする地域の存在を知った。

地方に住む人々にとって、地域内での移動手段は今、車が圧倒的な重みを占める。ローカル鉄道線が廃止に追い込まれた現実は、初乗り区間一覧でも確認できる。

地方と東京という関係に視点を変えると、飛行機と新幹線の比重が高くなる。とりわけ、北海道、山陰、四国、九州に至っては、飛行機の利用が決定的に多くなる。清張が鉄道の登場する作品を盛んに書いた昭和時代は、長距離列車中心の旅があった。変化したのは、速度、効率性を求める時代の要請からであり、経営的に立ち行かなくなった交通機関が舞台から去るのは致し方ないところである。

県庁所在地に絞れば、東京で暮らす人々は、羽田を発って地方の飛行場に降り立つまで窓から人々の暮らしを見る機会はない。飛行場に降りて、瞬時、遠い、暑い、寒いなどの印象を抱いて、用事が終われば早々に帰京する。新幹線もまた遮音壁やトンネルが増えた結果、車窓観察の機会は減ってしまった。江戸時代、江戸表と国元という言葉があった。参勤交代の駕籠に乗った殿様は、街道脇ではいつくばる庶民を見ていたであろうか。早飛脚で送られる情報は、街道沿いの風物が盛り込まれただろうか。江戸表と国元しか見ていないのは、今の政治家、役人、メディア人の有り様でもあろう。

東京から地方に向かう際、その地方の手前にも先にも別の地方がある。その横にも地方がある。そうした意識というか、国土観が極めて薄くなった時代である。地方と地方との間の連絡も細ったと思う。例えば、大阪から新潟に向かう際、昔は東海道、北陸、信越線をたどる特急が何本も出ていた。今は、東京へ出て新幹線で行くように誘導されている。高速道路にしても、山陰地方同士のつながりは薄く、山陽側からのルートばかりだ。

日本の交通ネットワークは過剰なまでに東京中心となり、代替が利かない方向にある。そのことを意識するうえでも清張作品を読む意義は大きい。地方なくして国土の発展はないと思う人は、あの時代から何がどう変わったか、今から何が必要なのか、と考えさせられるであろう。

資料編

作品中の旧国鉄・JRの初乗り区間一覧

☆発表順　＊長編は最終回掲載月とする

☆	初出＊	作品名	線区名	乗車駅	降車駅	キロ数	小計	初乗り者
【第1章】								
1	51年3月	西郷札	東海道	新橋	横浜	26.9		旧佐土原藩士樋村雄吾は、西郷札買い付けに日向へ向かう
			根岸	横浜	桜木町	2	*28.9*	
2	52年3月	火の記憶	東海道	東京	新橋	1.9		母の不倫を疑う高村泰雄は、相手の男がいた炭鉱町を訪ねる
			東海道	横浜	神戸	560.7		
			山陽	神戸	門司	534.4		
			鹿児島	門司	折尾	24.6		
			筑豊	折尾	直方	14	*1135.6*	
3	9月	或る「小倉日記」伝	鹿児島	折尾	久留米	83.8	*83.8*	田上ふじ、耕作母子の鷗外足跡の聞き取り取材
4	53年6月	青春の彷徨	鹿児島	久留米	熊本	82.7		木田と佐保子の心中旅行
			豊肥	熊本	阿蘇①	49.9	*132.6*	
5	54年2月	湖畔の人	中央	富士見	上諏訪	19	*19*	記者矢上の転勤引き継ぎ
6	4月	大臣の恋	鹿児島	門司港②	門司③	5.5	*5.5*	布施英造の門司税関時代の思い出
7	7月	ひとり旅	日豊	小倉	大分	132.9		田部正一の竹製品売込み旅の帰途
			鹿児島	熊本	八代	35.7		愛人との心中旅行
			肥薩	八代	人吉	51.8	*220.4*	
8	9月	恐喝者	湯前＊1	人吉温泉④	湯前	24.8	*24.8*	ダム建設現場に向かう尾村凌太
9	12月	断碑	桜井	三輪	奈良	18		旧制中学卒業で、代用教員の木村卓治は仕事の合間に京都大学に行って考古学を学ぶ
			関西	奈良	木津	7		
			奈良	木津	京都	34.7		

			総武	両国	千葉	35.9		木村卓治は上総国分寺遺跡見学で久保シズエと知り合い結婚する
			外房	千葉	蘇我	3.8		
			内房	蘇我	五井	9.3	108.7	
10	55年9月	父系の指	芸備	広島	備後落合	114.5		貧しい「私」は父の故郷を訪ねる
			芸備	備後落合	備中神代	44.6		
			伯備	備中神代	生山	24.6		
			山手	品川	渋谷	7.2	190.9	「私」は豊かな暮らしの叔父を訪ねる
【第2章】								
11	55年12月	張込み	長崎	鳥栖	佐賀	25	25	柚木刑事の犯人追跡行
12	56年8月	顔	山陰	幡生	温泉津	235.9		俳優井野良吉の愛人殺害行
			山手	渋谷	代々木	2.7	238.6	渋谷で飲んだ帰り
13	9月	九十九里浜	総武	御茶ノ水	両国	2.8		文化人となった古月は異母姉に会いに行く
			外房	蘇我	大網	19.1		
			東金	大網	東金	5.8	27.7	
14	11月	声	中央	水道橋	代々木	6.2		元新聞社交換手の高橋朝子は、声の主を知ろうとして、誘い出される
			山手	代々木	新宿	0.7		
			中央	新宿	国分寺	21.1	28	
15	57年4月	地方紙を買う女	中央	国分寺	甲府	102.7		潮田芳子の殺人行
			伊東	熱海	伊東	16.9	119.6	作家を殺害する旅は失敗する
16	5月	遠くからの声	幸袋※1	小竹	幸袋	4.9	4.9	津谷敏夫は、義妹啓子を炭鉱町に訪ねる
17	8月	白い闇	東北	上野	日暮里	2.2		小関信子は失踪した夫の行方を探しに行く
			東北	岩沼	盛岡	201.1		

			東北＊2	盛岡	目時	82		
			東北＊3	目時	青森	121.9		
			常磐	日暮里	岩沼	343.1	750.3	信子は夫を殺害した高瀬俊吉と十和田湖へ向かう
18	8月	捜査圏外の条件	宇部	宇部⑤	宇部新川⑥	6.1	6.1	黒井忠男は復讐を準備するため東京を長年離れる
【第3章】								
19	57年12月	眼の壁	東北	東京	神田	1.3		萩崎竜雄は、東京駅で会計課長と別れ、帰宅。この間に課長はパクリ屋の詐欺に遭う
			中央	神田	水道橋	2.1		
			中央	名古屋	瑞浪	50.1		射殺犯でパクリ屋一味、黒池健吉の逃走
			中央	甲府	富士見	48.8		パクリ屋を追う弁護士の拉致殺人事件で、警視庁の井手警部補が中央線回りで木曾谷へ
			中央	上諏訪	岡谷	8.5		
			中央	岡谷	塩尻	27.7		
			中央	塩尻	木曾福島	41.7		
			小海	小淵沢	佐久海ノ口	39.4		萩崎は黒池の故郷を見に行く
			篠ノ井	塩尻	松本	13.3		黒池は殺され、萩崎はその遺体遺棄現場を見に行く
			大糸	松本	簗場	46.3		
			中央	木曾福島	瑞浪	83	362.2	萩崎は証人を連れて一味の根城へ乗り込む
20	58年1月	点と線	青函航路※2	青森	函館	113		某省の石田芳男部長は、安田辰郎のアリバイ工作のために北海道出張をする
			函館	函館	滝川	369.8		
			根室	滝川	釧路	308.4		
			横須賀	大船	鎌倉	4.5	795.7	三原警部補が安田の妻亮子を訪ねる
21	2月	拐帯行	鹿児島＊4	八代	日奈久温泉⑦	10.1	10.1	森村隆志は会社の金を拐帯、西池久美子と死地を求める

22	4月	氷雨	山手	新宿	目白	3.6	3.6	割烹料理屋女中、加代の帰宅
23	6月	装飾評伝	青梅	立川	河辺	15.9	15.9	画家芦野信弘は、青梅町のはずれに名和薛治を訪ねる
24	6月	真贋の森	筑豊	直方	新飯塚	12.8	12.8	宅田伊作は、贋作作家酒匂鳳岳を発掘に九州へ
25	59年8月	紐	津山	岡山	津山	58.7	58.7	夫殺しの梅田静子は、遺体を多摩川に置いて帰郷する
【第4章】								
26	59年8月	蒼い描点	東北(尾久経由)	日暮里	赤羽	7.6		変死した田倉義三の妻の行方を追って、編集者椎原典子は奥羽地方を一周する旅に出る。妻を装っていたのは、畑中邦子であり、犯人だった
			東北	赤羽	福島	259.6		
			奥羽	福島	秋田	298.7		
			奥羽	秋田	八郎潟⑧	28.8		
			羽越	秋田	新津	271.7		
			信越	新津	宮内	51.1		
			上越	宮内	高崎	162.6		
			高崎	高崎	大宮	74.7	1154.8	
27	60年1月	ゼロの焦点	信越	宮内	直江津	70		板根禎子は、結婚直後に失踪した夫鵜原憲一を追って金沢へ向かう
			北陸＊5	直江津	市振	59.3		
			北陸＊6	市振	倶利伽羅	100.1		
			北陸＊7	倶利伽羅	金沢	17.8		
			七尾	津幡	羽咋	29.7		禎子は、能登金剛の自殺遺体の確認に行く
			信越	高崎	横川	29.7		憲一の兄が殺害され、禎子は嫂とともに金沢へ向かう
			信越※3	横川	軽井沢	11.2		
			信越＊8	軽井沢	篠ノ井	65.1		
			信越	篠ノ井	長野	9.3		

			信越＊9	長野	妙高高原⑨	37.3		室田佐知子は、憲一の兄殺害後、遠回りで金沢へ帰る
			信越＊10	妙高高原⑨	直江津	37.7		
			北陸	能美根上⑩	金沢	22.6		
			七尾	羽咋	和倉温泉⑪	29.8	519.6	禎子は室田夫婦を追う
28	6月	黒い樹海	身延	甲府	波高島	38.2	38.2	笠原祥子は姉の死の真相を探ろうと、富士川の谷へ
29	6月	影の地帯	篠ノ井	松本	篠ノ井	53.4		写真家田代利介は、不審な音を追って信濃の湖畔を往く
			飯田	辰野	飯田	66.4	119.8	新聞記者木南は殺人集団を追って逆に殺害される
30	6月	波の塔	身延	沼久保	富士宮	6.2		検事小野木と人妻結城頼子の不倫旅は、台風に遭う
			信越	新津	新潟	15.2	21.4	恋に苦しむ小野木は、佐渡へ傷心旅行に行く
【第5章】								
31	60年8月	駅路	可部	横川	可部	14	14	呼野刑事は銀行幹部の広島時代の女性関係を探る
32	8月	黄色い風土	御殿場	国府津	駿河小山	24.6	24.6	週刊誌記者若宮四郎は贋札作り集団におびき出される
33	61年1月	金環食	函館	滝川	旭川	53.3		新聞記者石内は金環食観測のため5日かけて稚内へ行く
			宗谷	旭川	稚内	259.4	312.7	
34	2月	万葉翡翠	大糸	簗場	糸魚川	59.1		万葉の伝説に魅かれた学生3人は新潟県西部の山に入る
			飯山	豊野	津南⑫	57.9	117	杉原忠良の場所は空振りに終わり、仲間殺しを計画する
35	2月	考える葉	身延	波高島	身延	6.7	6.7	書道家村田露石は硯を求めて身延山へ来る
36	4月	砂の器	山手	目白	池袋	1.2		刑事今西栄太郎は迷宮入りの日、渋谷で飲んで帰宅
			福知山	尼崎	福知山	106.5		被害者三木謙一の身元が分かり、今西はかつての勤務地へ向かう。
			山陰	福知山	松江	263.4		山陰を延々と乗り、いったん松江で泊まる
			山陰	松江	宍道	17		宍道湖畔から中国山地へ入る

			木次	宍道	出雲三成	41.5		
			赤羽	赤羽	池袋	5.5		バー勤めの三浦恵美子が事件に関係ありとみて今西は行方を追う
			姫新	美作江見	津山	23.3		三木謙一は岡山の山奥から金刀比羅、京都、奈良へ行く
			宇野	岡山	宇野	32.8		
			宇高航路※4	宇野	高松	18		
			予讃	高松	多度津	32.7		
			土讃	多度津	琴平	11.3		
			北陸	米原	敦賀	45.9		今西は和賀英良の出生の秘密を探りに行く
			北陸・旧線	敦賀	今庄	26.4		
			北陸 ※5	今庄	大聖寺	65.1	690.6	
37	6月	田舎医師	木次	備後落合	八川	25.6		杉山良吉は九州からの出張帰りに父の故郷へ行く
			木次	八川	出雲三成	14.8	40.4	葬儀のあとは山陰線回りで帰京する
38	6月	わるいやつら	東北	福島	岩沼	61.4		戸谷信一は逃げた女を追って北関東や東北を駆け回る
			石北	新旭川	網走	234	295.4	多くの罪を背負わされて無期刑となり、網走へ向かった
39	12月	山峡の章	仙山	仙台	作並	28.7	28.7	朝川昌子は、偽装された夫と妹の心中遺体を確認に行く
【第6章】								
40	61年12月	風の視線	奥羽	青森	川部	31.1		写真家奈津井久夫は、野々村千佳子との新婚旅行中に取材も入れる
			五能	川部	五所川原	21.5	52.6	
41	12月	不安な演奏	紀勢	新宮	尾鷲	56.9		選挙違反もみ消しグループの南田広市区議の視察旅行
			関西	名古屋	亀山	59.9		南田の娘菊子は父親殺害の報を受けて紀伊半島へ
			紀勢	亀山	尾鷲	123.3		

			身延	身延	沼久保	26.6		雑誌編集者宮脇平助は、選挙違反もみ消し事件で奔走
			身延	富士宮	富士	10.7		
			二俣＊11	掛川	遠州森	12.8	290.2	
42	62年3月	蒼ざめた礼服	東北	神田	上野	2.3		怪しげな業界紙記者片山幸一は殺人事件の聞き込み取材に行く
			東北(田端経由)	日暮里	田端	1.3		
			山手	田端	池袋	5.2		
			横須賀	鎌倉	横須賀	11.4	20.2	片山幸一の海苔工場周辺取材
43	10月	連環	内房	五井	浜金谷	54.7	54.7	笹井誠一の滋子殺害行
44	11月	時間の習俗	南武	川崎	立川	35.5		タクシー会社専務峰岡周一の殺人行
			成田	成田	佐原	26.9	62.4	峰岡逮捕に向かう三原警部補と鳥飼刑事
45	11月	落差	土讃	琴平	高知	115.3		教科書売込みに高知に向かう細貝景子
			土讃	高知	窪川	72.1	187.4	
46	63年1月	影	伯備	倉敷	新見	64.4		落魄の身の作家笠間久一郎が湯原温泉に向かう
			姫新	新見	中国勝山	34.3	98.7	
47	4月	人間水域	富良野	旭川	富良野	54.8		記者島村理一は水墨画新人の森沢由利子に会いに行く
			広尾※6	更別	帯広	35.4	90.2	由利子の少女時代の思い出
48	5月	塗られた本	青梅	河辺	奥多摩⑬	21.3	21.3	美貌の出版社社長紺野美也子は失踪した夫を探しに行く
49	12月	彩霧	日豊	霧島神宮	隼人	15.3		銀行員安川信吾は横領した金で女と南九州を遊びまわる
			横浜	町田⑭	東神奈川	22.9	38.2	小野啓子は安川と落ち合い、逃避行の予定だったが…
50	12月	けものみち	北陸	能美根上⑩	動橋	16.5		刑事久恒は公団幹部の愛人死亡事件を追って北陸へ
			北陸	動橋	大聖寺	7.3		
			北陸・新線	今庄	敦賀	19.2	43	

51	64年1月	陸行水行	伯備	新見	備中神代	6.4		邪馬台国マニア浜中浩三の詐欺まがいの旅
			伯備	生山	伯耆大山	43	49.4	
52	65年2月	屈折回路	岩内※7	小沢	岩内	14.9		ポリオ流行の原因調査に取りつかれた「私」の北海道行
			室蘭	岩見沢	栗山	19.5	34.4	
【第7章】								
53	65年5月	草の陰刻	予讃	伊予大洲	宇和島	48.1		事務員竹内平造は飲んだ翌日急いで帰る
			予讃	伊予大洲	松山	55.1	103.2	地検支部長瀬川良一は放火の捜査で松山と行き来多数
54	8月	殺人行おくのほそ道	豊肥	大分	豊後竹田	60		倉田麻佐子は旧大名家の叔父の地元で妻隆子の意外な行動を聞く
			豊肥	豊後竹田	宮地	34.6		麻佐子と叔父は阿蘇へ行く
			東北	田端	赤羽	6.1	100.7	麻佐子は隆子を助けたい叔父を訪ねる
55	11月	すずらん	小海	佐久海ノ口	小諸	39.5	39.5	北海道に咲くスズランを不在証明に使う画家の犯罪
56	66年3月	統監	御殿場	駿河小山	沼津	35.6	35.6	伊藤博文の世話をする女中光香の意外な元勲批判
57	67年4月	葦の浮船	高山	富山	高山	89.4		野暮ったい国史科助教授小関久雄だが、なぜか心を寄せる近村達子との列車旅行
			高山	高山	岐阜	136.4		
			東海道新幹線	名古屋	東京	366		小関が誘いに乗らず、達子は新幹線一人旅
			東海道新幹線	京都	名古屋	147.6	739.4	達子は京都、奈良へも新幹線で行ったことがあると語る
58	4月	二重葉脈	大阪環状	鶴橋	天王寺	3		偽装倒産したイコマ電器の杉村常務は大阪に現れた
			関西	亀山	木津	67		前岡専務は「能登」から併結された「大和」に乗り移ってひそかに大阪へ
			関西	奈良	天王寺	37.5		
			東海道新幹線	京都	新大阪	39	146.5	神野・塚田刑事は急ぎの大阪出張で新幹線で往復する
59	5月	史疑	越美南＊12	美濃白鳥	美濃太田	66.1	66.1	比良直樹は福井県山中で男を殺害後、岐阜県へ山越え

60	7月	古本	福塩	福山	府中	23.6	*23.6*	落ち目の作家長府敦治は府中で格好のネタ本に出会う
61	68年3月	Dの複合	山陰	京都	綾部	76.2		作家伊瀬忠隆は、編集者の浜中三夫と浦島や羽衣伝説取材に向かう
			舞鶴	綾部	西舞鶴	19.5		
			宮津＊13	西舞鶴	夕日ヶ浦木津温泉⑮	61.1		
			播但	和田山	姫路	65.7		2人は丹後での取材後淡路、紀伊に足を伸ばす
			内房	浜金谷	九重	27.7		補陀落国渡海説話の取材に房総半島の先まで行く
			山陰	綾部	福知山	12.3	*262.5*	鳥取に行く際に通過した区間
62	9月	混声の森	参宮	鳥羽	多気	29.1	*29.1*	私立女子大理事長の大島圭蔵は、愛人の職員と旅行した
63	69年3月	通過する客	日光	今市	宇都宮	33.9	*33.9*	山根波津子は勝手気儘な米国婦人の通訳で日光へ行く
64	71年5月	留守宅の事件	仙山	作並	羽前千歳	29.3		妻殺しの栗山敏夫は、出張と見せかけて東北各地を旅行しながら、不在証明を作る
			左沢	北山形	寒河江	15.3	*44.6*	
65	72年7月	山の骨	五日市	武蔵五日市	拝島	11.1		元高級官僚谷井秀雄は遺骨処理で多摩山中へ
			仙石	仙台	石巻	48.5	*59.6*	谷井一家の動きを不審に見た警視庁は元女中へ聞き取りに
66	72年11月	表象詩人	日豊	大分	延岡	123.3		貧しい文学青年だった三輪は年老いて、仲間の秋島明治を日向に訪ねる。上司の美人妻殺しの真犯人が分かる
			高千穂※8	延岡	川水流	17.2	*140.5*	
67	73年11月	告訴せず	八高	群馬藤岡	倉賀野	7.3	*7.3*	小豆相場で儲けた木谷省吾は愛人と八塩温泉から帰る
68	74年10月	火の路	阪和	天王寺	和泉府中	20.9	*20.9*	史学科助手の高須通子は学問で尊敬する海津信六宅へ
【第8章】								
69	76年7月	渡された場面	筑肥	東唐津	姪浜	39.3		作家志望の下坂一夫は博多のバーで働く愛人のもとへ通う
			筑肥※9	姪浜	博多	11.7		

			唐津	多久	唐津	25.1	*76.1*	A県警の刑事は、殺された真野信子の実家周辺を洗う
70	77年1月	渦	総武	千葉	佐倉	16.1	*16.1*	視聴率の記録用紙回収の主婦川端常子は佐倉から通っていた
71	78年3月	状況曲線	湖西	近江塩津	山科	74.1		ゼネコン専務味岡正弘は北陸視察の後京都へ向かって殺された
			太多	美濃太田	多治見	17.8	*91.9*	味岡の足跡を追うのは静岡県警の矢田部護親
72	7月	百円硬貨	倉吉※10	倉吉	山守	20	*20*	大金を拐帯した村川伴子は駅に着いて小銭で失敗する
73	10月	天才画の女	磐越東	郡山	三春	11.9	*11.9*	画廊の小池直吉は天才画の女の秘密を探ろうと、彼女の故郷へ
74	80年2月	骨壺の風景	山陽新幹線	博多	小倉	67.2		清張は貧困時代を共にした祖母の遺骨の在りかを知る
			山陽新幹線	小倉	新下関	19	*86.2*	
75	81年2月	不運な名前	札沼	石狩月形	新十津川	30.2	*30.2*	贋札犯にされた男や典獄を偲ぶ人々が石狩河畔で出会う
76	82年11月	死の発送	中央線支線＝下河原※11	国分寺	東京競馬場前	5.6	*5.6*	夕刊紙記者底井武八は殺人事件に競馬関係者がいると見た
77	84年6月	信号	呉	海田市	呉	20	*20*	百貨店店員白石信一は文学界の親分穂波伍作を訪ねる
78	87年3月	数の風景	山陰	宍道	大田市	48.3		設計士板垣貞夫は石見銀山の観光開発を頼まれ現地へ
			久大	由布院	豊後森	25.9		事業に失敗した谷原泰夫は死地を求めて九州へ来た
			山陰	温泉津	大田市	20.7		谷原は九州から山口を経て島根に入った
			三江	江津	粕淵	48.1	*143*	送電線の補償交渉の依頼人となるため、山陰各地を移動する
79	92年4月	一九五二年日航機「撃墜」事件	成田	佐倉	成田	13.1	*13.1*	下坂孝一は、もく星号事故で死亡した女性の墓を探す
80	5月	神々の乱心	福塩	吉舎	塩町	10.7		子爵家の萩園泰之は、旧満州の麻薬事件の詳細を知ろうと広島へ
			紀勢	南部	白浜	19.1		浅草の木炭問屋支配人が持ってきた新聞で身元判明
			川越	大宮	川越	16.1	*45.9*	特高係長吉屋謙介は、吉見百穴近くの遺体発見現場へ

81	9月	犯罪の回送	室蘭	苫小牧	長万部	135.2		北浦市長春田英雄は寝台特急「北斗星2号」で東京出張に行く
			江差＊14	五稜郭	木古内	37.8		
			海峡	木古内	中小国	87.8		
			津軽	中小国	青森	31.4		
			東北新幹線	上野	新花巻	496.4		帰郷中の同行市議団は市長の訃報で東京へ引き返す
			東北新幹線	新花巻	盛岡	35.3	*823.9*	警視庁の2刑事は北浦市へ捜査に出向く

《注》乗車駅、降車駅には、通過駅、下車しなかった分岐駅などを含む。

線区名のうち、＊は3セクになった旧国鉄線。現在の鉄道会社と線名は以下の通り。

1くま川鉄道、2IGRいわて銀河鉄道、3青い森鉄道、4肥薩おれんじ鉄道、5えちごトキめき鉄道、6あいの風とやま鉄道、7IRいしかわ鉄道、8しなの鉄道、9同鉄道（北しなの線）、10えちごトキめき鉄道（妙高はねうまライン）、11天竜浜名湖鉄道、12長良川鉄道、13京都丹後鉄道、14道南いさりび鉄道

※は廃線、一部区間廃止になったJR、旧国鉄線。

1幸袋（69年廃止＝以下同）、2青函航路（88年）、3信越（97年）、4宇高航路（88年）、5北陸（62年）、6広尾（87年）、7岩内（85年）、8高千穂（08年）、9筑肥（83年）、10倉吉（85年）、11下河原（73年）

後ろに○囲み数字のある駅は、掲載時などには次のような旧駅名であった。

①坊中、②門司、③大里、④人吉、⑤西宇部、⑥宇部、⑦日奈久、⑧一日市、⑨田口、⑩寺井、⑪和倉、⑫越後外丸、⑬氷川、⑭原町田、⑮丹後木津

北海道・東北の路線詳細図

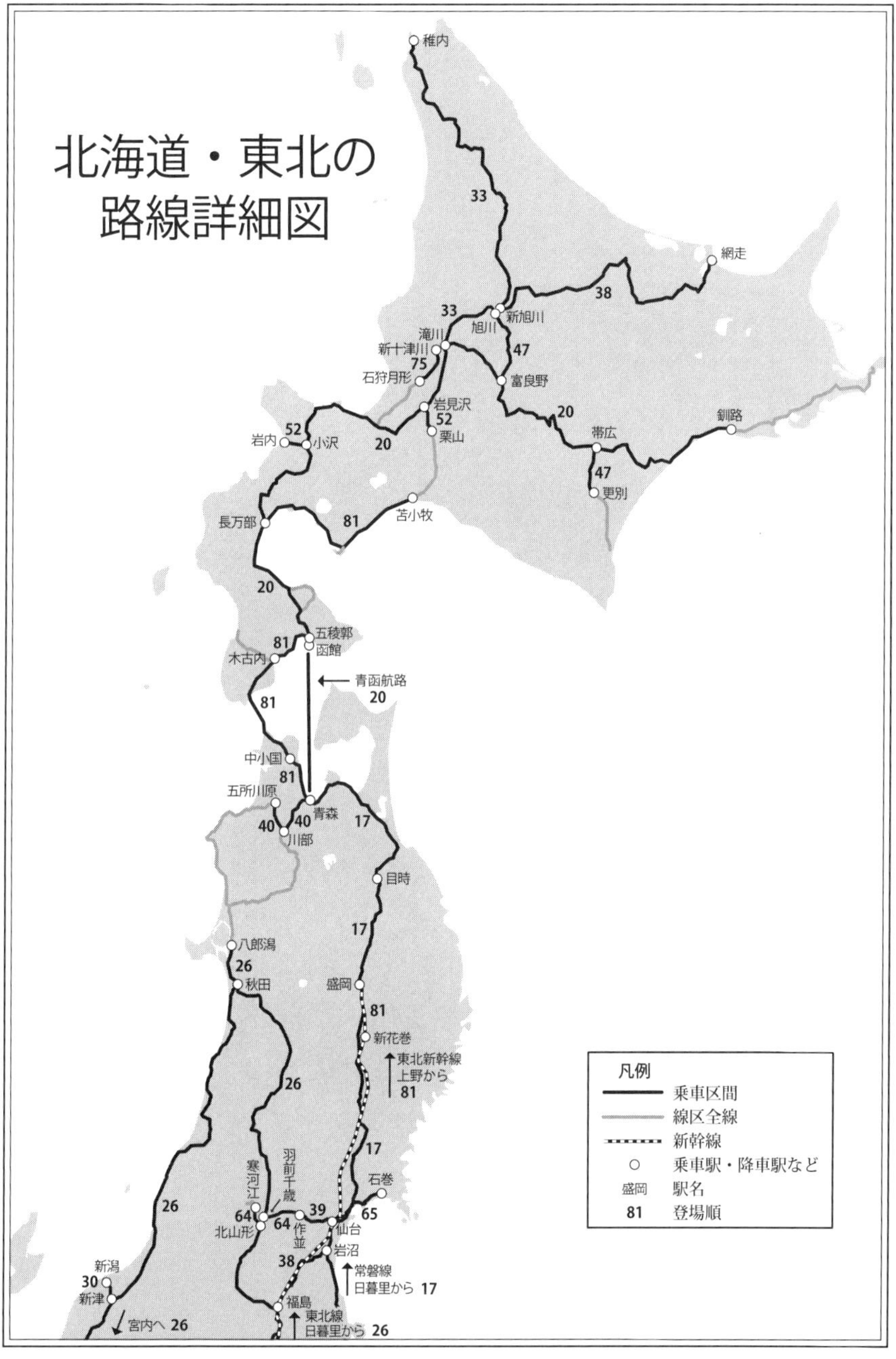

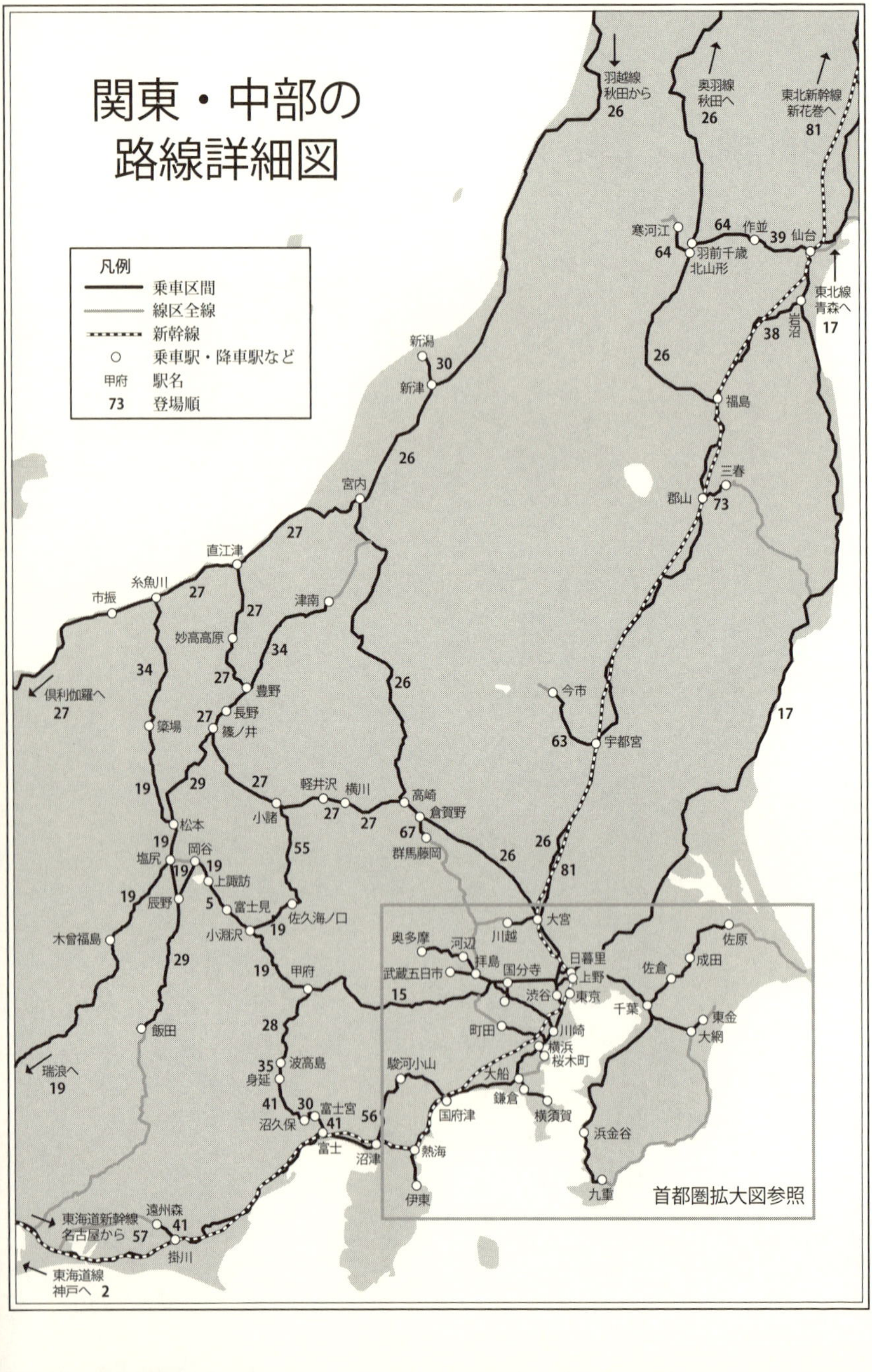
関東・中部の
路線詳細図
凡例
乗車区間
線区全線
新幹線
乗車駅・降車駅など
甲府 駅名
73 登場順
羽越線
秋田から
26
奥羽線
秋田へ
26
東北新幹線
新花巻へ
81
寒河江
64
作並
39
仙台
64
羽前千歳
北山形
東北線
青森へ
17
岩沼
38
26
新潟
30
新津
福島
26
宮内
三春
郡山
73
27
直江津
糸魚川
27
市振
津南
27
妙高高原
34
34
27
豊野
26
倶利伽羅へ
27
27
長野
簗場
篠ノ井
今市
17
63
宇都宮
29
19
27
軽井沢
横川
高崎
小諸
27
27
倉賀野
松本
67
19
群馬藤岡
55
26
26
岡谷
塩尻
19
19
81
上諏訪
19
辰野
5
富士見
佐久海ノ口
大宮
小淵沢
19
川越
木曽福島
奥多摩
河辺
佐原
日暮里
29
拝島
成田
19
甲府
武蔵五日市
国分寺
上野
佐倉
15
渋谷
東京
千葉
28
東金
町田
川崎
大網
飯田
横浜
桜木町
波高島
35
身延
駿河小山
大船
瑞浪へ
19
鎌倉
41
30
富士宮
56
国府津
横須賀
沼久保
41
浜金谷
富士
沼津
熱海
九重
伊東
首都圏拡大図参照
東海道新幹線
名古屋から
遠州森
41
57
掛川
東海道線
神戸へ 2

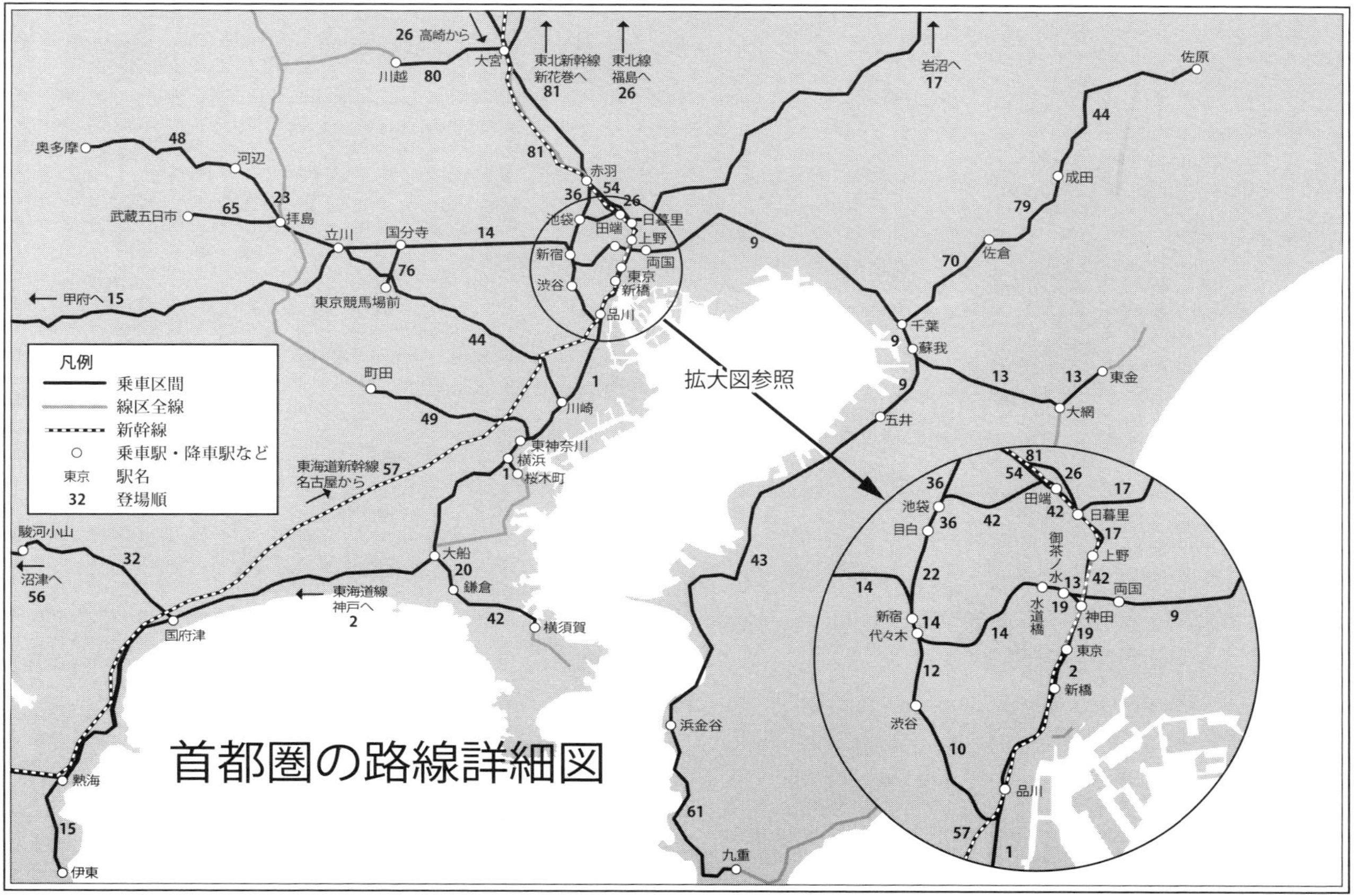
首都圏の路線詳細図
凡例
乗車区間
線区全線
新幹線
乗車駅・降車駅など
東京 駅名
32 登場順
26 高崎から
大宮
川越 80
東北新幹線 新花巻へ 81
東北線 福島へ 26
岩沼へ 17
佐原
44
成田
79
佐倉
70
奥多摩
48
河辺
23
武蔵五日市
65
拝島
立川
国分寺
14
76
東京競馬場前
甲府へ 15
81
赤羽
36
54
26
池袋
田端
日暮里
上野
新宿
両国
東京
渋谷
新橋
品川
9
千葉
9
蘇我
13
13
東金
大網
9
五井
拡大図参照
44
町田
1
川崎
49
東神奈川
横浜
1
桜木町
東海道新幹線 57
名古屋から
駿河小山
32
沼津へ 56
大船
20
鎌倉
東海道線 神戸へ 2
42
横須賀
国府津
43
浜金谷
61
九重
熱海
15
伊東
81
54
26
17
36
池袋
田端
42
日暮里
36
42
目白
御茶ノ水
17
上野
22
13
42
両国
14
水道橋
19
神田
9
新宿
14
代々木
14
19
東京
12
2
新橋
渋谷
10
品川
57
1

関西・北陸の路線詳細図

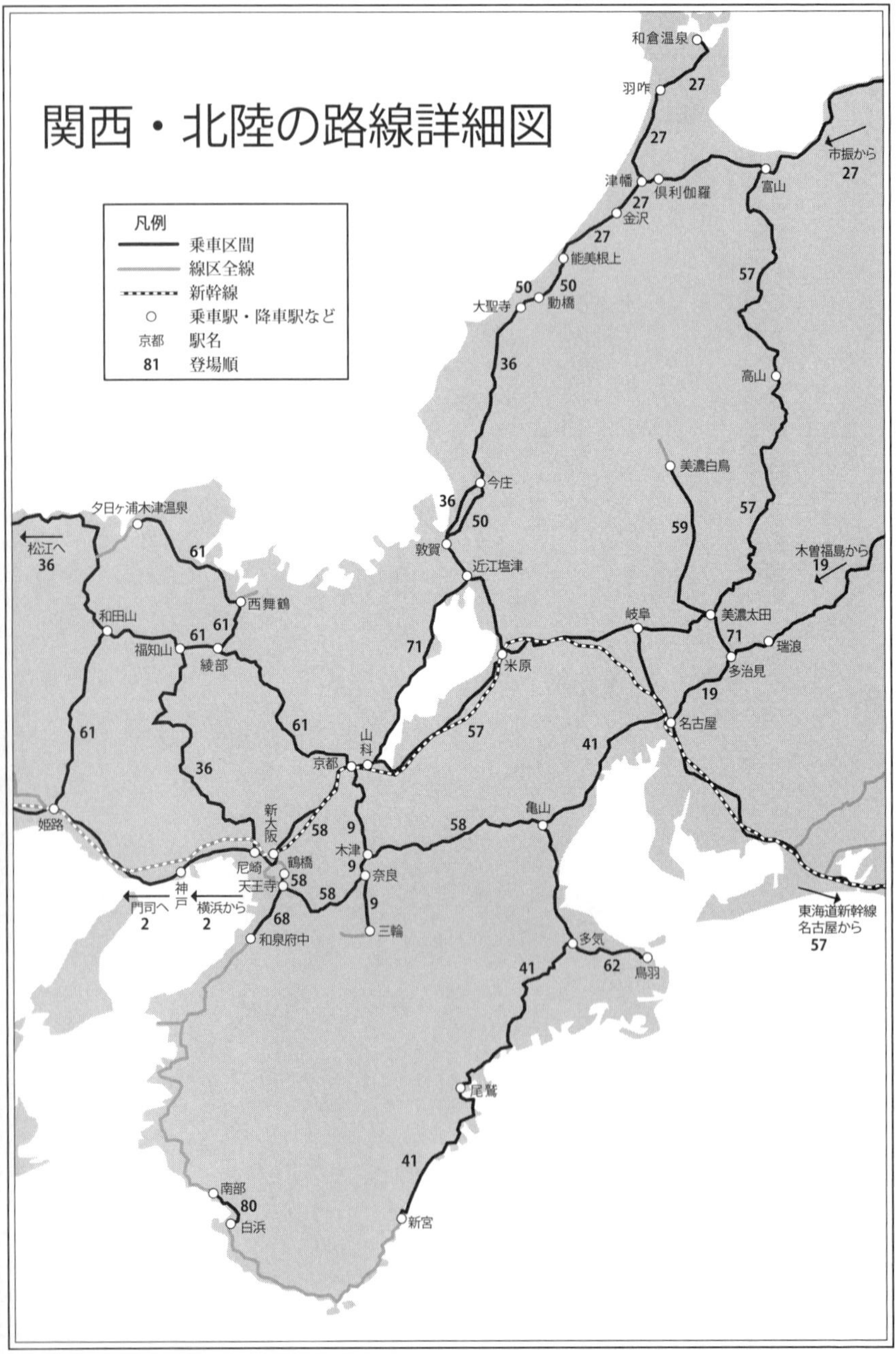
凡例
乗車区間
線区全線
新幹線
乗車駅・降車駅など
京都 駅名
81 登場順
和倉温泉
羽咋
27
津幡
倶利伽羅
金沢
能美根上
大聖寺
動橋
50
36
富山
市振から
27
57
高山
美濃白鳥
59
今庄
敦賀
近江塩津
夕日ヶ浦木津温泉
松江へ
36
61
西舞鶴
和田山
福知山
綾部
71
米原
岐阜
美濃太田
木曽福島から
19
瑞浪
多治見
名古屋
山科
京都
57
41
亀山
58
姫路
新大阪
尼崎
鶴橋
天王寺
木津
奈良
9
三輪
神戸
門司へ
2
横浜から
2
68
和泉府中
東海道新幹線
名古屋から
57
多気
62
鳥羽
尾鷲
南部
80
白浜
新宮

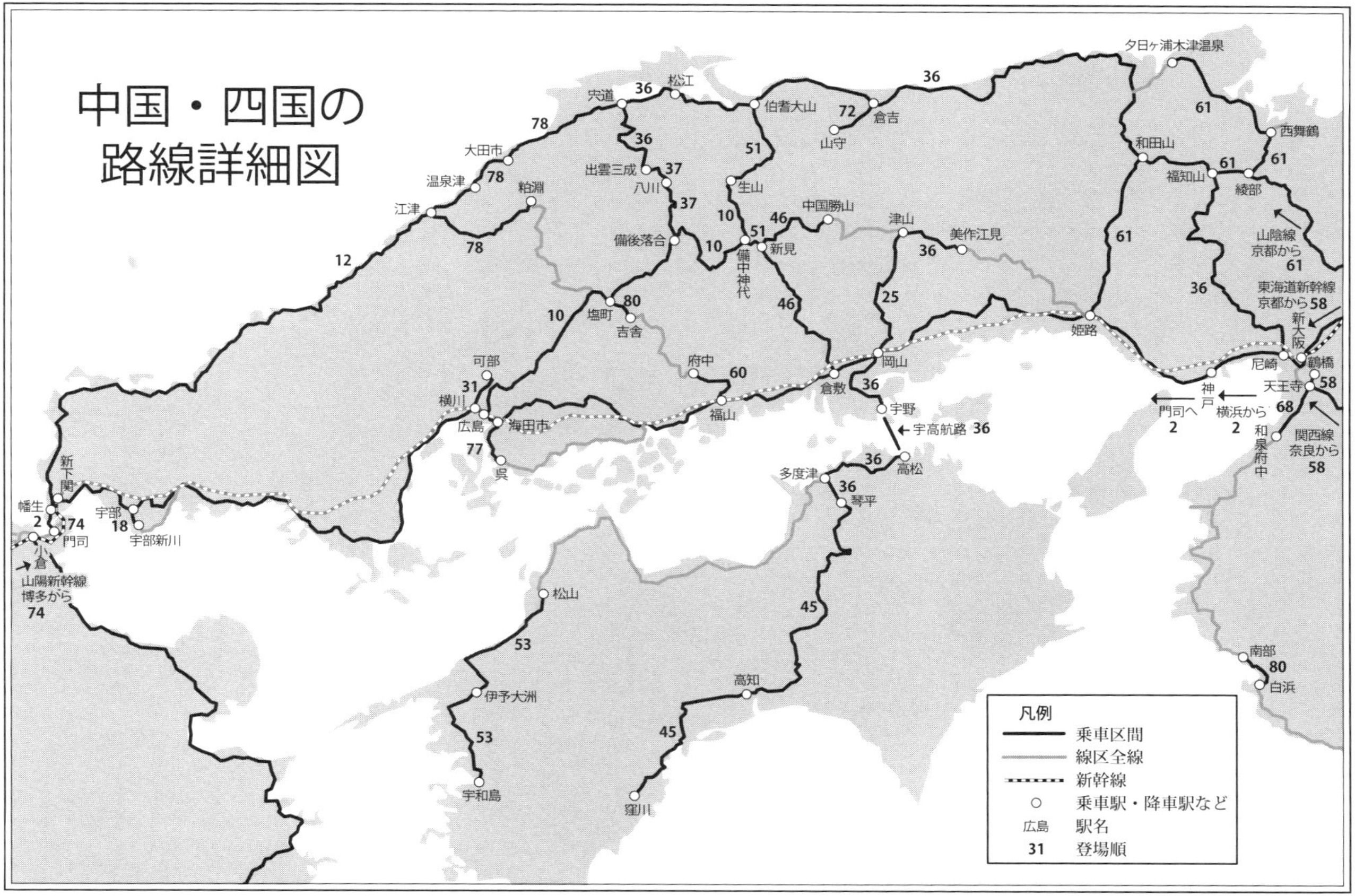

中国・四国の
路線詳細図
夕日ヶ浦木津温泉
西舞鶴
和田山
福知山
綾部
山陰線
京都から
61
東海道新幹線
京都から
58
新大阪
鶴橋
尼崎
天王寺
神戸
門司へ
2
横浜から
2
和泉府中
関西線
奈良から
58
南部
白浜
姫路
宍道
松江
伯耆大山
倉吉
山守
大田市
温泉津
粕淵
江津
出雲三成
八川
備後落合
生山
備中神代
新見
中国勝山
津山
美作江見
塩町
吉舎
府中
福山
倉敷
岡山
宇野
宇高航路 36
高松
多度津
琴平
可部
横川
広島
海田市
呉
新下関
幡生
宇部
宇部新川
門司
小倉
山陽新幹線
博多から
74
松山
伊予大洲
宇和島
高知
窪川
凡例
乗車区間
線区全線
新幹線
○ 乗車駅・降車駅など
広島 駅名
31 登場順

九州の路線詳細図

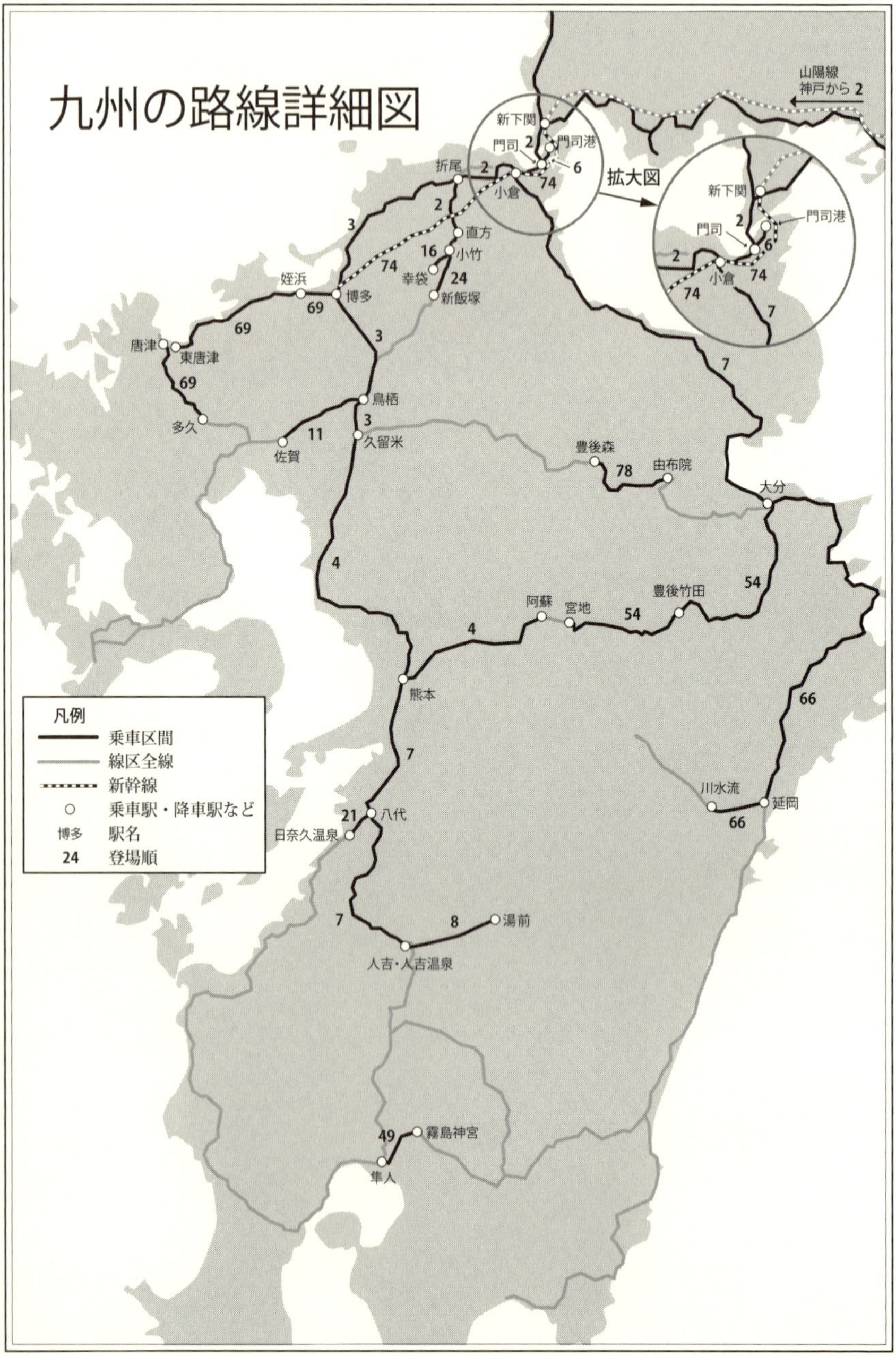
山陽線
神戸から 2
新下関
門司
門司港
折尾
小倉
拡大図
直方
小竹
幸袋
新飯塚
姪浜
博多
唐津
東唐津
多久
鳥栖
久留米
佐賀
豊後森
由布院
大分
阿蘇
宮地
豊後竹田
熊本
川水流
延岡
八代
日奈久温泉
湯前
人吉・人吉温泉
霧島神宮
隼人
2
3
4
6
7
8
11
16
21
24
49
54
66
69
74
78
凡例
乗車区間
線区全線
新幹線
乗車駅・降車駅など
博多 駅名
24 登場順

地図東１

東京の私鉄の初乗り区間拡大図

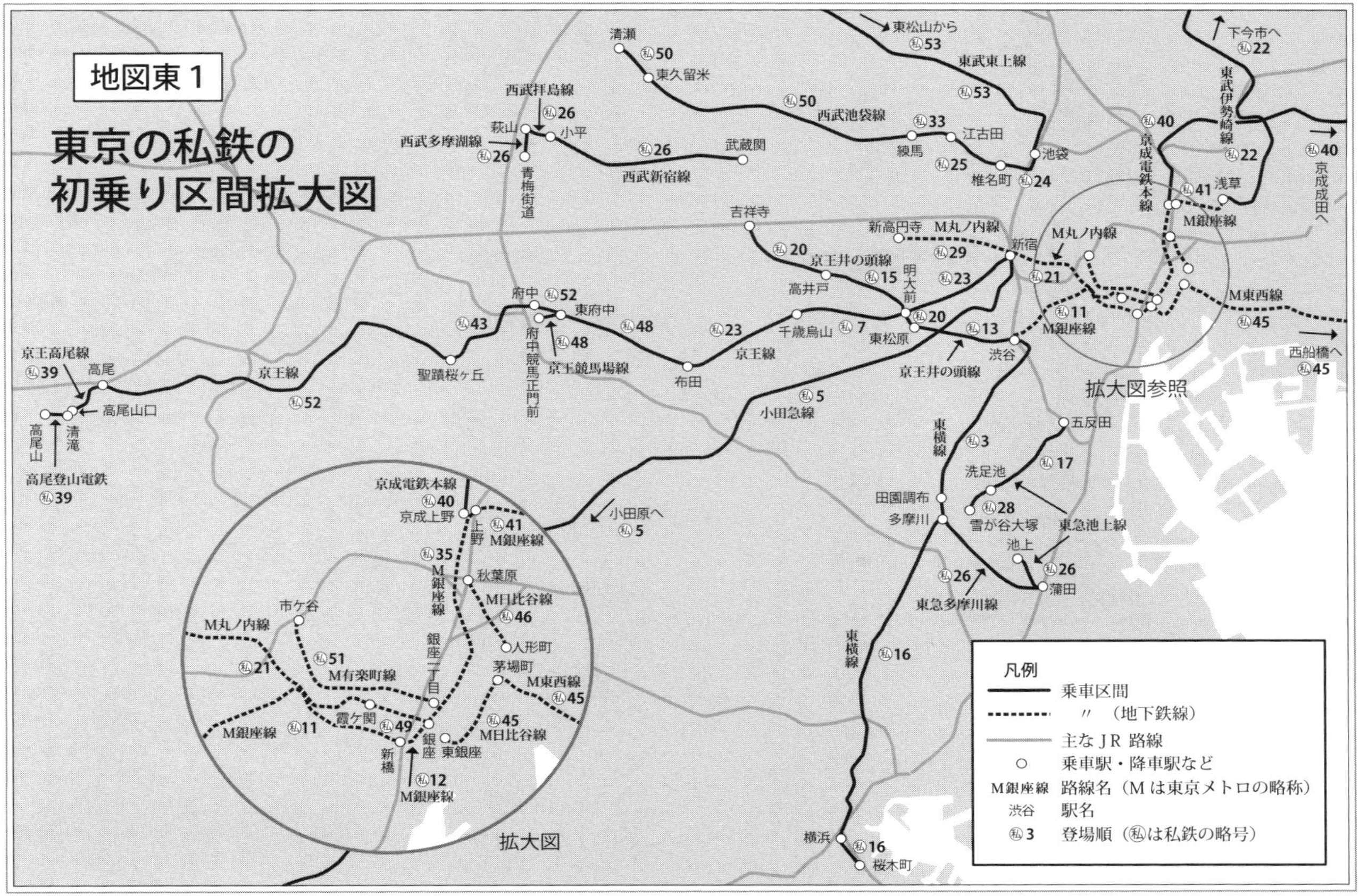

作品中の私鉄の初乗り区間一覧

☆発表順　＊長編は最終回掲載月とする

☆	初出＊	作品名	線区名	乗車駅	降車駅	キロ数	小計	初乗り者
【第1章】								
私1	52年9月	或る「小倉日記」伝	西鉄大牟田＊1	西鉄久留米	西鉄柳川	19.8	*19.8*	田上ふじ、耕作母子の鷗外足跡の聞き取り取材
私2	54年7月	ひとり旅	京阪	天満橋	丹波橋	40		田部正一の竹製品売込み旅
			京阪石山坂本	浜大津	坂本	7.4	*47.4*	田部は初めて琵琶湖を見た
私3	55年9月	父系の指	東急東横	渋谷	田園調布	8.2	*8.2*	貧しい「私」は裕福な叔父を訪ねる
私4	11月	青のある断層	伊豆箱根鉄道駿豆	三島	修善寺	19.8	*19.8*	画廊店主の奥野は画家姉川滝治に創作のヒントを与える
【第2章】								
私5	56年5月	箱根心中	小田急	新宿	小田原	82.5		中畑健吉、喜玖子の従兄妹同士の日帰り旅には思わぬ落とし穴が待ち受けていた
			箱根登山鉄道	小田原	箱根湯本	6.1		
			箱根登山鉄道鋼索	上強羅	早雲山	0.2	*88.8*	死を選んだ日、2人はケーブルカーに乗る
私6	8月	顔	京阪京津※1	京阪三条	御陵	3.9		俳優井野良吉は愛人殺しの目撃者抹殺計画を練るべく下調べをする
			京阪京津	御陵	浜大津	7.5		
			比叡山鉄道比叡山坂本ケーブル	ケーブル坂本①	ケーブル延暦寺②	2	*13.4*	
私7	57年4月	地方紙を買う女	京王	千歳烏山	明大前	4.7	*4.7*	バー勤めの潮田芳子が渋谷へ通う路線
【第3章】								
私8	57年12月	眼の壁	近鉄名古屋	近鉄名古屋③	伊勢中川	78.8		萩崎に協力する新聞記者田村満吉は、右翼の大物が事件に関係ありと見て、会いに行く
			近鉄山田	伊勢中川	宇治山田	28.3	*107.1*	
私9	58年1月	点と線	西鉄宮地岳＊2	貝塚④	西鉄香椎	3.6		刑事鳥飼重太郎は、心中偽装殺害現場へ行く

			西鉄宮地岳＊2	西鉄香椎	和白	3.6		鳥飼は、国鉄と西鉄の香椎駅で目撃された男女が2組いると見て沿線で聞き込み捜査を続ける
			西鉄宮地岳＊2	和白	西鉄新宮	3.8		
			西鉄宮地岳※2	西鉄新宮	西鉄福間	7.2		
			江ノ島鎌倉観光電鉄＊3	鎌倉	極楽寺	2.4	20.6	三原警部補が安田の妻亮子を訪ねる
私10	4月	日光中宮祠事件	東武日光軌道※3	日光駅前	馬返	9.6		日光の無理心中は一家強盗殺人事件だった。10年後、隣県の刑事たちが真相に迫り、真犯人探しに向かう
			東武日光鋼索鉄道※4	馬返	明智平	1.2	10.8	
私11	59年6月	失踪	営団銀座＊4	渋谷	新橋	6.3	6.3	強殺事件の被告は、この先どこに向かったかが争われた
私12	8月	紐	営団銀座	銀座	新橋	0.9	0.9	夫殺害の梅田静子は、都心見物のアリバイ作りをした
【第4章】								
私13	59年8月	蒼い描点	京王井の頭	渋谷	東松原	4		編集者椎原典子は作家村谷阿沙子の家へ原稿督促に行く
			秋田中央交通※5	一日市	五城目	3.8	7.8	典子は田倉義三の妻を探して、秋田へ大旅行
私14	60年1月	ゼロの焦点	北陸鉄道能登※6	羽咋	能登高浜	14.6		板根禎子は夫ではないか、と自殺遺体を確認に行く
			北陸鉄道石川※7	白菊町	野町	0.8		室田佐知子は、鵜原憲一の兄を毒殺すべく誘い出す
			北陸鉄道石川	野町	鶴来	13.8		
			北陸鉄道能美※8	鶴来	新寺井	16.7	45.9	室田佐知子は、殺害後遠回りして、姿かたちを変える
私15	6月	黒い福音	京王井の頭	明大前	高井戸	3.8	3.8	生田世津子は教会のトルベック神父に呼び出される
【第5章】								
私16	60年8月	黄色い風土	名鉄名古屋本	名鉄名古屋	枇杷島分岐点	3.3		週刊誌記者若宮四郎は、木曾川の転落死事件を聞き込む
			名鉄犬山	枇杷島分岐点	犬山遊園	26.1		
			東急東横	田園調布	横浜	16		若宮は贋札団の一味ながら美しさに魅かれる沈丁花の女から話を聞こうとする
			東急東横※9	横浜	桜木町	2.1	47.5	
私17	12月	歪んだ複写	東急池上	五反田	洗足池	4.3	4.3	税務署の不正を追う記者田原典太は課長の愛人を探す

私18	61年2月	万葉翡翠	富士急大月	富士山⑤	大月	23.6	23.6	少年が殺人犯に渡した富士山麓の花の種子が事件発覚に
私19	4月	砂の器	近鉄奈良	近鉄奈良	大和西大寺	4.4		被害者の元警察官三木謙一は吉野へ旅する
			近鉄橿原	大和西大寺	橿原神宮前⑥	23.8		
			近鉄吉野	橿原神宮前⑥	吉野	25.2		
			北陸鉄道山中※10	大聖寺	山中	8.9	62.3	刑事今西栄太郎は和賀英良の育った村を訪ねる
私20	12月	山峡の章	京王井の頭	東松原	明大前	0.9		朝川昌子は夫や妹を殺害した一味の病院に乗り込む
			京王井の頭	高井戸	吉祥寺	4	4.9	
私21	12月	球形の荒野	近鉄京都	京都	大和西大寺	34.6		医学者芦村亮一は、学会の後京都から奈良へ観光に行く
			近鉄大阪	鶴橋	布施	3		新聞記者添田彰一は、恋人野上久美子の父の元外交官が絡む事件で殺害された男の身元調べに奈良へ行く
			近鉄奈良	布施	大和西大寺	22.3		
			営団丸ノ内	新宿	霞ケ関	5.8	65.7	荻窪に住む久美子は新宿乗り換えで官庁街に通勤する
【第6章】								
私22	61年12月	風の視線	大分交通宇佐参宮※11	宇佐	豊後高田	4		写真家奈津井久夫は国東半島の富貴寺の取材に来る
			東武伊勢崎	浅草	東武動物公園⑦	41		旧伯爵家の嫁竜崎亜矢子は新聞社の事業部デスク久世俊介との愛が貫けぬことを伝えるために旅へ誘った
			東武日光	東武動物公園⑦	下今市	87.4	132.4	
私23	12月	不安な演奏	京王	新宿	明大前	5.2		選挙違反絡みの殺人事件に関係しそうな人物が布田駅周辺を立ち回るため、雑誌編集者宮脇平助は現地を踏む
			京王	千歳烏山	布田	5		
			遠州鉄道	新浜松	西鹿島	17.8	28	逃亡する一味を追って宮脇は奥遠州まで足を伸ばす
私24	62年3月	蒼ざめた礼服	西武池袋	池袋	椎名町	1.9	1.9	怪しげな業界紙記者片山幸一は、変死事件で周辺取材
私25	10月	連環	西武池袋	江古田	椎名町	2.4	2.4	笹井誠一は九州から来た愛人を江古田の旅館に泊める
私26	10月	美しき闘争	東急池上	池上	蒲田	1.8		井沢恵子は知り合いの作家梶村久子の闘病生活を支えようと、女流作家らにカンパ呼びかけをして回る
			東急目蒲＊5	蒲田	多摩川	5.6		

			西武新宿 西武拝島 西武多摩湖	武蔵関 小平 萩山	小平 萩山 青梅街道	8.5 1.1 1.2	18.2	井沢は梶村の病院を訪ねる。見つからずに右往左往する
私27	11月	時間の習俗	近鉄大阪 近鉄大阪	大阪上本町⑧ 布施	鶴橋 伊勢中川	1.1 104.8	105.9	犯人峰岡周一と関係があった男を追い、警視庁の2刑事は大阪から名古屋に移動、夜の世界で聞き込みを進める
私28	11月	落差	東急池上	雪が谷大塚	洗足池	1.3	1.3	歴史学者島地章吾は人妻佐野明子を訪ねた後五反田へ
私29	12月	地の指	営団丸ノ内	新高円寺	新宿	4.9	4.9	精神病院の不正と殺人事件を追う2刑事が聞き込みの後
私30	63年12月	絢爛たる流離	大分交通耶馬渓※12	中津	耶鉄柿坂	24.8	24.8	山口県の古物商足立二郎は借金相手を遠出に誘い殺害
私31	64年1月	陸行水行	大分交通豊州※13	豊前善光寺	豊前四日市	4.1	4.1	邪馬台国マニア浜中浩三は四国から海を渡ってくる
私32	65年1月	半生の記	京福電鉄鋼索	ケーブル八瀬⑨	ケーブル比叡⑩	1.3	1.3	清張は箒売込みの合間、独りで雪の比叡山に登った
私33	65年2月	溺れ谷	西武池袋	江古田	練馬	1.7	1.7	業界紙記者大屋圭造はライバル的女の素性を調べに行く
私34	2月	屈折回路	寿都鉄道※14 夕張鉄道※15	黒松内 栗山	寿都 夕張本町	16.5 30.2	46.7	ポリオ流行の背景を知りたい「私」は、それを探って自殺した従兄香取喜曾一の足跡を漁村や炭坑町にたどる

【第7章】

私35	65年8月	殺人行おくのほそ道	営団銀座	銀座	上野	4.9	4.9	倉田麻佐子は、叔母の過去を知る婦人の上京を出迎える
私36	66年7月	雑草群落	南海電鉄南海本	難波	堺	9.8	9.8	古美術商高尾庄平は成金に偽浮世絵を売りつけに来る
私37	67年4月	二重葉脈	近鉄南大阪	大阪阿部野橋	古市	18.3	18.3	偽装倒産の仲間割れ殺人で、警視庁2刑事が遺体現場へ
私38	5月	史疑	京福電鉄越前本＊6 京福電鉄越前本※16	福井 勝山	勝山 京福大野	27.8 8.5	36.3	歴史学者比良直樹は、福井県の山奥に住む古書マニアが新井白石の幻の古書を持っていると聞いて確かめに行く
私39	6月	年下の男	京王高尾 高尾登山電鉄	高尾 清滝	高尾山口 高尾山	1.7 1	2.7	大石加津子はフィアンセが浮気したことを知り、自己過失の転落死に見せかけるため高尾山へ行く

私40	68年3月	Dの複合	南海電鉄南海本	和歌山市	紀ノ川	2.6		作家伊瀬忠隆は、各地の伝承を取り入れた紀行文を書くため、東経135度線に沿って、兵庫県から和歌山まで南下する。取材が終わり、大阪経由で引きあげる
			南海電鉄加太	紀ノ川	加太	9.6		
			南海電鉄南海本	紀ノ川	堺	51.8		
			京成電鉄本	京成上野	京成成田	61.2	*125.2*	伊瀬のファンと称する読者に会おうと出かけた
私41	9月	混声の森	営団銀座	浅草	上野	2.2	*2.2*	私大の専務理事石田謙一は不良息子を警察で引き取る
私42	72年4月	遠い接近	三重電鉄＊7	近鉄四日市	湯の山温泉⑪	15.4	*15.4*	山尾信治は元兵事係を山中で殺害、徴集令の復讐をする
私43	7月	山の骨	京王	聖蹟桜ヶ丘	府中	4.4	*4.4*	元官僚谷井秀雄は不出来の息子を殺害、骨は遺棄する
私44	74年10月	火の路	近鉄長野	古市	河内長野	12.5		史学科助手の高須通子は海津信六を待つ間に遺跡巡り
			近鉄南大阪	古市	橿原神宮前	21.4		写真家坂根要助は通子の依頼で巨石の計測に橿原へ
			大阪地下鉄御堂筋	新大阪	天王寺	11	*44.9*	通子は再び海津を訪ね、大阪市内を南へ抜ける
【第8章】								
私45	77年1月	渦	営団日比谷	東銀座	茅場町	2.1		高等遊民風の小山修三は視聴率調査の正確さを調べ出す
			営団東西	茅場町	西船橋	18.8		記録用紙回収員の婦人は、都心から佐倉まで帰る
			伊豆急行	伊東	伊豆急下田	45.7	*66.6*	別の回収員が殺害され、小山は西伊豆の遺体遺棄現場へ
私46	4月	馬を売る女	営団日比谷	人形町	秋葉原	1.5	*1.5*	競馬情報で金を稼ぐ星野花江の小岩へ帰る通勤路
私47	78年3月	状況曲線	叡山電鉄叡山本	出町柳	宝ケ池	3.8		ゼネコン専務味岡正弘は北陸で会った芸者と再会を図る。
			叡山電鉄鞍馬	宝ケ池	貴船口	7.6		貴船口のホテルには業界黒幕の愛人の死体があった
			叡山電鉄鞍馬	鞍馬	貴船口	1.2	*12.6*	味岡は殺人の嫌疑がかかるのを避け、鞍馬まで逃げる
私48	82年11月	死の発送	京王	布田	東府中	5.5		殺人事件に競馬関係者がいると見た底井武八は東京競馬場へ行く
			京王競馬場	東府中	府中競馬正門前	0.9	*6.4*	
私49	83年3月	彩り河	営団丸ノ内	霞ケ関	銀座	1	*1*	元商社員井川正治郎は銀行の不正を暴こうと銀座を偵察

私50	84年6月	信号	西武池袋	清瀬	東久留米	1.8		白石信一は、落魄の作家七里庄兵衛宅を訪ねようとする
			西武池袋	東久留米	練馬	11.8	*13.6*	七里は鬱屈が高まり、連夜池袋に飲みに出かけていた
私51	85年9月	聖獣配列	営団有楽町	銀座一丁目	市ケ谷	4.2	*4.2*	米大統領から愛人代を取った中上可南子は地下鉄も利用
私52	88年3月	黒い空	京王	東府中	府中	1.5		関東管領山内上杉家の血を引く実業家山内定子は、夫の不倫を予感したのか、新宿から京王線で行き、逢瀬を押さえる
			京王	聖蹟桜ヶ丘	北野	9.8		
			京王高尾	北野	高尾	6.9	*18.2*	
私53	92年5月	神々の乱心	東武東上	東松山	池袋	49.9		宮中勤めの北村幸子は降霊術研究所帰りに職質を受ける
			上信電鉄	高崎	下仁田	33.7		子爵家の萩園泰之は特高係長の嘘の経歴を確認に行く
			東武伊勢崎	館林	羽生	8.4		特高係長吉屋謙介は麻薬密売と殺人事件の関係を追う
			東武佐野	館林	佐野	11.5	*103.5*	吉屋は宮中の元高級女官邸を訪ねる

《注》会社名、路線名は略称の方が広く知れ渡っている場合が多く、誤解を招かない範囲で略称も多用した。乗車駅、降車駅には、通過駅、下車しなかった分岐駅などを含む。

線区名のうち、＊は作品登場時から変わったもの。現在名は以下の通り。

1西鉄天神大牟田、2西鉄貝塚、3江ノ島電鉄、4東京メトロ銀座（以下営団→東京メトロの注釈は略）、5東急多摩川、6えちぜん鉄道勝山永平寺、7近鉄湯の山

※は廃線または一部廃止になった区間。

1京阪京津（97年廃止＝以下同）、2西鉄宮地岳（07年）、3東武日光軌道（68年）、4東武日光鋼索鉄道（70年）、5秋田中央交通（69年）、6北陸鉄道能登（72年）、7北陸鉄道石川（72年）、8北陸鉄道能美（80年）、9東急東横（04年）、10北陸鉄道山中（71年）、11大分交通宇佐参宮（65年）、12大分交通耶馬渓（75年）、13大分交通豊州（53年）、14寿都鉄道（72年）、15夕張鉄道（75年）、16京福電鉄越前本線（74年）

後ろに○囲み数字のある駅は、掲載時などには次のような旧駅名であった。

①坂本、②叡山中堂、③近畿日本名古屋、④競輪場前、⑤富士吉田、⑥橿原神宮駅、⑦杉戸、⑧上本町、⑨西塔橋、⑩四明ヶ岳、⑪湯ノ山

あとがき

我が陋屋は、北九州市小倉北区の丘陵を切り開いた地にある。路線バスが走る大通りからだらだら坂を10分ほど上る。この道を、松本清張は31（昭和６）年、21歳の時に上った。83歳で亡くなった、祖母カネの棺を大八車に乗せて斎場へ向かっていたのである。父峯太郎が引っ張り、清張らが後押しした。雪の深い日だった。この本にも登場した自叙伝的小説『骨壺の風景』に描かれている。

カネは峯太郎の養母であり、清張と血のつながりはない。だが、松本家が貧しかった時代、仕事で忙しい両親に代わって清張の面倒を見たのは祖母だった。カネの遺骨は寺に託され、その寺も移転したため、清張は半世紀近く経って、遺骨を探し求めた。合葬されていた寺は、坂道のちょっと脇にある。その先には清張が高等小学校へ通った道が今も残る。旧長崎街道であり、私も週に何回か歩く。

私は２０１４年から16年にかけて、清張作品を集中して読んだ。『骨壺の風景』は、最も印象に残った作品の一つである。繰り返し述べた「鉄道＝タイムトンネル」という理屈は、私の場合、「清張作品＝タイムトンネル」にもなる。作品を通して、昭和初期の小倉の街で彼に会っている気分になった。全国各地の乗り鉄で求めていたのは、時空を超えた清張や登場人物と出会うことではなかったか、と今思うのである。

私の拙い文章が出版されたのは、長年文藝春秋で清張担当の編集者を務め、北九州市立松本清張記念館の館長だった藤井康栄さん（現在は名誉館長）のおかげだと思う。記念館が主催する「第17回松本清張研究奨励事業」に応募した際、私の提案を一番に評価されたと伝え聞く。15年夏の奨励金授与式の際、「こういう研究が必要だと思っていたのよ」という励ましを受けた。研究レポートを提出すると、清張担当の後輩でもある、文藝春秋出版局の田中光子さんに挨拶する機会を作っていただいた。

２０１６年の師走、東京・武蔵野でのことだった。田中さんから「本にしたいですね」という言葉を頂戴したが、社交辞令と思っていた。４カ月後、「上司の許可が出ました」という知らせが来た。以後、的確な批評、様々なアイデアで助けてもらい、研究を磨き上げることにつながった。

研究レポートの段階では、松本清張記念館の下澤聡さんとよく議論し、レポートの体裁まで面倒みていただいた。親子ほどの年の差なのだが、私の研究を理解しようとする姿勢が強く感じられた。17年８～10月に記念館で開かれた企画展「清張と鉄道――時代を見つめて　小倉発１万３５００キロ」は、彼の努力の結晶であり、お手伝いできたのは、人生の残り時間が少ない私にとって良い思い出となった。

２０１７年立秋

フランク永井『有楽町で逢いましょう』
作詞：佐伯孝夫　作曲：吉田正
島倉千代子『東京だよおっ母さん』
作詞：野村俊夫　作曲：船村徹
コロムビア・ローズ『東京のバスガール』
作詞：丘灯至夫　作曲：上原げんと
狩人『あずさ2号』
作詞：竜真知子　作曲：都倉俊一
美空ひばり『哀愁波止場』
作詞：石本美由起　作曲：船村徹
ジェリー藤尾『遠くへ行きたい』
作詞：永六輔　作曲：中村八大

本書は『清張鉄道1万３５００キロ——作品中の鉄道乗車記録詳細と文学的効果の考察』（北九州市立松本清張記念館「第17回松本清張研究奨励事業研究報告書」）に加筆したものです。

ＤＴＰ制作・ローヤル企画

著者略歴

1948（昭和23）年、福岡市生まれ。1971年、九州大学文学部卒業、朝日新聞入社。主に、西部本社社会部（北九州市、福岡市）で勤務。佐賀支局次長、宮崎支局長、社会部長代理（北九州在勤）、山口総局長を経て、2009年10月退職。本書が初の著書となる。

清張《せいちょう》鉄道《てつどう》1万《まん》3500キロ

二〇一七年十一月十日　第一刷発行

著　者　赤塚《あかつか》隆二《りゅうじ》

発行者　吉安　章

発行所　株式会社　文藝春秋

〒102―8008　東京都千代田区紀尾井町三ノ二十三

電話　〇三―三二六五―一二一一

印刷所　理想社

付物印刷　大日本印刷

製本所　大口製本

ISBN978-4-16-390723-9